世界探偵小説全集㉙

白鳥の歌

Swan Song

エドマンド・クリスピン　滝口達也＝訳

国書刊行会

Swan Song
by
Edmund Crispin
1947

この書をゴドフリイ・サンプソンに捧ぐ

血生臭い物語などさほど読まぬであろうあなたに対して献辞を付すなど、普段なら当然、遠慮した。が、この書では『ニュルンベルクのマイスタージンガー』――僕の持ち駒はこれしかない――を背景に使った。この偉大な芸術作品に（僕の音楽修行と言えば、ピアノのレッスンをさぼることだったが、そんな時代に）僕を誘ってくれたのはあなたであったし、また、この音楽へのたがいの賞賛の念が、その後の友情の大きな礎となったことと信ずる。だから、その背景ゆえに――コヴェント・ガーデンにワーグナーの傑作が復活する日を夢見る者の他愛ない夢物語として――この書をご笑納下さい。

E・C

一九四六年　　デヴォンにて

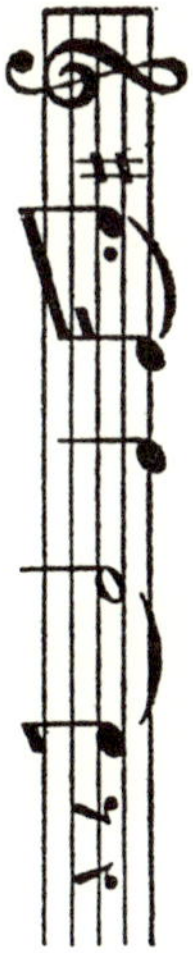

白鳥の歌

主な登場人物

エドウィン・ショートハウス……………バス歌手
チャールズ・ショートハウス……………その兄。作曲家
ビアトリクス・ソーン……………………チャールズの同居人
アダム・ラングリイ………………………テノール歌手
エリザベス・ハーディング………………その妻。作家
ジョウン・デイヴィス……………………ソプラノ歌手
ジョン・バーフィールド…………………バス歌手
ジョージ・ピーコック……………………指揮者
カール・ヴォルツォーゲン………………ドイツ人の舞台監督
ダニエル・ラザストン……………………制作者
ジュウディス・ヘインズ…………………合唱団の歌手
ボリス・ステイプルトン…………………その恋人。作曲家志望の青年
リーヴァイ…………………………………興行主
ファーブロウ………………………………歌劇場の守衛
シャンド……………………………………医者
ジャーヴァス・フェン……………………オックスフォード大学教授
ウイルクス…………………………………同
サー・リチャード・フリイマン…………オックスフォード警察本部長
マッジ警部…………………………………刑事
ラシュモウル………………………………警察嘱託医

1

世の中でもっとも能天気な連中と言えば、その筆頭に、歌手を生業《なりわい》とする者が躍り出るのは、まず間違いのないところである。美しい声を生み出すために、喉頭、声門、腔といったものを器用に調節するには、脳味噌のほうは鶏なみでなければならないとする決まり――天は二物を与えず、ということか――でもあるらしい。たぶん、生まれつきそうなのではなく、環境や訓練の為せる業なのであろう。舞台俳優にも似たところがあり、すぐにかっとなって感情にはしるが、いずれ、知恵の足りなさを虚仮《こけ》おどしで誤魔化そうとする習性にはちがいない――そうなると、舞台で芝居を演じながら歌うオペラ歌手というものほど手に負えない連中もいない、ということになる。実際、痴呆のような目をしたバレエダンサー（これにも少数の貴重な例外はあるが）の存在をひとまず慮外におくとすれば、自分というものを常に人前に晒《さら》しているがためにこうなるのかと思われるほどだ。彼らに処方すべき妙薬はない。が、由々しき問題として、周知の事実であることにはかわりない。

エリザベス・ハーディングは、もちろんそれを承知していた――頭でうっすらわかっていたことも、『薔薇の騎士』の公演リハーサルに立ち会うようになってから、その実例にはいやというほどお目にかかった。だから、テノール歌手アダム・ラングリイが、ほかのオペラ歌手とくらべると、

ほっそりとした優形《やさがた》であるだけでなく、頭がよくて教養もあると知り、ずいぶんほっとしたものである。結婚を考える以上、そのおつむの出来ぐあいは気にかかって当然のものであったのだ。

むろん、エリザベスが、つめたく、計算高い女だというのではない。が、女であれば、結婚に踏み切る前に――結婚生活のごたごたにていよく蓋をするロマンティックな読物とはうらはらに――将来の良人たる者の長所短所はしっかり見極めをつけているものだ。それに、彼女には才能を活かした仕事と独立した生活があったから、恋に溺れるあまり、それを安直に放り出すことだけはするまい、と堅く心に決めていた。だから、きわめて冷静に、透徹したまなざしで経緯《なりゆき》を見まもった。

経緯とはほかでもない。必ずしも故なしとはしないが、ともかく突然、オペラのテノール歌手に恋をしていたのである。頭が冴えている時なら、「重度の恋患い」とはっきり自己診断を下したことであろう。かずかずの徴候から、それは歴然としていた。浮かんでくるのは陳腐な台詞や言いまわしばかり。それがいかにも月並な恋愛小説風のものばかりだったのが、癪の種だった。寝ても醒めてもアダムを想い、夢にまで見て――恥ずかしかった――、はては逢いたいの一心で歌劇場へ駆けつけるなど、二十六歳の知的で上品な女には、およそあるまじき行為に思われた。たしかにこれは、屈辱以外の何ものでもなかった――が、生まれてはじめて味わう、甘く顫えるような屈辱であった。恋愛経験もそこそこにあり、ましてや、読書による研究はやりすぎのきらいがあっても、まさにこうだったのである。

ことの発端がどうであったか、エリザベスにははっきりした記憶がないが、いわば懐妊期間もなく、産気づくこともなく、いきなり産み落としたようなものだったのである。ある日のアダム・ラ

ングリイは、みんなと見分けのつかないオペラ出演者の一人にすぎなかったのに、つぎの日には、独り、燦《さん》として輝く恒星となり、その他大勢の小惑星は霞《かす》んでいき、やがては消え失せてしまった。こんな怪現象を目の当たりにしては、大天使降臨に仰天する修道士の心地がして、あわてて狂ってしまった目の焦点を日常へと引きもどさねばならなかったものである。「われらより次第に遠ざかり消えて行く……」（ウイリアム・ワーズワーズの詩『幼年時代を追想して不死を知る頌』の一節）……。普段なら、これほど理不尽に面目を踏みにじられては、さぞかし腹を立てたにちがいないのだが、意外にもおだやかな幸福感に満たされていたのだった。「いとしのアダム……」その夜、エリザベスは物言わぬ枕に向かって、熱い吐息とともに呟いたものだった。「いとしのアダム、とっても醜男のアダム」——本人が聞いたら、それこそ憤慨するような愛の表現の一形態。これに類した譫言《うわごと》はまだいくらもあったが、活字に組まれる頃には、読むに堪えないしろものになるであろうから、読者はそういうものと了解され、あとはおのおの勝手なご想像にお任せする。

こんな紹介で済まされては、当人の名誉毀損も甚だしいに相違ない。アダム・ラングリイは三十五歳、りっぱに人前に出せる男である。凡庸ではあるが、ととのった涼しげな顔立ちをして、鳶色《とび》の目に思慮ぶかさを感じさせ、生来のはにかみを礼儀正しさでみごとに包み隠している。ぼんやりしたところがあり、ややもすると、人生無目的な人間に受け取られかねないのが玉に瑕。頼もしく、でしゃばらず、慌て者で、犯罪と名のつくものは、ごく罪のないものしか犯したことがなく、女性関係もきれいなもので、実際のところ、少々お粗末なものが過去に一、二度あったが、それも順調で平穏な彼の人生に、それほどおおきな意味合いを持つものではなかった。恐らくはそういったこ

とが、かなりの期間、エリザベスの気持ちに気づかずにいた理由だった。ともかく最初は、女流作家が新作の背景にオペラ界をつかうために、取材許可を得て、リハーサル現場に来ているとしか見なしていなかった。

「ほお、美形《シャン》ですな」カール・ヴォルツォーゲンが、ピアノ・リハーサルの合間にささやきかけてきた。「あれで唄さえ歌えれば――きっと、すばらしいオクタヴィアン（『薔薇の騎士』の侯爵夫人の恋人役。通例、男装のメゾ・ソプラノが担当）になるでしょうに」アダムはこの賛辞――カールは何にでも熱烈になるところがあった――に動かされたというよりは、むしろお義理で、この時はじめてエリザベスをとくと眺めた。小柄でほっそりした身体つき、やわらかそうな鳶色の髪、青い目、ややぽっちゃりした鼻、すこしゆがんでいるがために冷笑をうかべているようにみえる眉。ジョウン・デイヴィスと話しているその声音は、しっとりとした低音で、歯切れよく、ちょっとハスキイなところがわるくない。唇の口紅の線がびっくりするほどきれいなので、大半の女性はいびつな鏡に向かってか、舞踏病の発作中に化粧をするのだと思っていたものだから、ひどく感心した。地味だが値の張りそうな装いをしているが、好みからすれば、すこし女らしさに欠ける感じがする。では、人柄はどうか。ここまで来ると、アダムには皆目見当がつかなくなる。が、彼女のさっぱりとしてはきはきしたところや、落ち着いた立居振舞には好感がもてた。そこには気取ったふうがまったくなかったから、なおさらだった。

二人の結婚は、リヒャルト・シュトラウス、フーゴー・フォン・ホーフマンスタール（オペラ『薔薇の騎士』の作曲者と台本作家）という二大天才の落とし子のようなものだ、とアダムはのちに回想したものだ。『薔薇の騎士』上演に必要なおもな歌手は、ソプラノが三名、バスが一名である。テノールのアダムには、ヴ

アルツァッキという面白みのない脇役がまわってきたばかりで、リハーサルにおいても、なかなか出番がやって来ない。必然的に、エリザベスの相手をして暇つぶしをすることにもなる――それはそれでよかった。が、困ったことに、そういった当たり障りのないお付合いのさらにその先を、彼女が望んでいようとは、アダムの脳裏をかすめもしなかった。それとなく気を惹く素振りにも、遠まわしの誘いの言葉にも、まったくの朴念仁で、いつまでも深入りしない、無垢な関係にとどまっている無邪気があった。それが巧んでそうしているのではないことがわかるだけに、エリザベスの焦《じ》れようは並大抵ではなかった。一時はほんとうに音《ね》を上げそうになった。本人に面と向かって想いの丈をぶつけたら、励ましになるどころか、かえって敬遠されてしまうだろう――それに、そんな大胆なやりかたは、自分の上品さに似合わない、いかにも取って付けたような嘘っぽさがつきまとうにちがいない。そんなことを、夢うつつに思い悩んでばかりいたので、もっと手っ取り早い方法があることに気づくには、かなりの時間を要した。そう、だれか第三者に取り持ってもらうべきなのだ。

オペラ関係者以外に共通の知合いはないので、そのなかで捜すとすれば、こんな際疾《きわど》い仕事をまかせられそうな人物は、ひとりしか思い浮かばなかった。女がいい――おとなで、世故に長け、もののよくわかった、アダムとも仲のいい女。エリザベスは、リハーサル後のある晩、メイダ・ヴェイル（ロンドン郊外）にあるジョウン・デイヴィス（侯爵夫人マルシャリン役で出演）のフラットを訪ねることにした。

雌牛みたいなメイドのばあさんに通された一室は、おどろくほど乱雑をきわめていた――その散

らかりようは、強盗にあったあとかと見紛うほどだった。が、これがミス・デイヴィスの部屋の普段の姿であるらしいことが、ほどなく了解された。エリザベスの来訪を告げたばあさんは、不機嫌そうに舌を鳴らし、サイドボードに放り出された雑多な品々を乱暴にかき集め、ぶつぶつ言いながら、足を踏みならして出ていった。

「ごめんね。あのひと、いつまでたっても、ずぼらのよさ、てものがわからないのよ」ジョウンはかぶりを振りながら、そんな話からはじめた。「まあ、おかけなさいな。一杯やりましょう」

「おじゃまではなかったかしら」

「ごらんのとおりよ」ジョウンは、針、襞《ひだ》をとったシルクの布地、マッシュルーム状の裁縫道具を示して、「繕いものがあってね。ご心配なく、話しながらでも大丈夫。ジン割りでいいわね」

ゆったりと煙草をふかしながら、二人はしばし、とりとめのない話にうち興じた。やがてエリザベスは、不安な面持で用件を口にした。

「あの、アダムをご存じですわよね」あまりのどじな切出しにどぎまぎしながら、「つまり、その――」

「あなた、アダムにぞっこんなんでしょ」

にかっ、と笑ってみせたジョウンは、すらりと上背のある三十路の女。美人というにはすこし変則的だが、それも愛嬌のうちと思わせる表情ゆたかな顔立ちをしている。そのしたり顔にも、いたずらそうな茶目っ気があった。

エリザベスは心底あわてて、「そ、そんなにわかります?」

「そりゃあ、もう——知らぬはアダムばかりなり、よね。かわいそうだから、よっぽど教えてあげようかと思ったけど、他人がお節介してもはじまらないから」

「じつは伺ったのは、それをおねがいしに」エリザベスはがらにもなく、ぽっと頬を染めた。

「まあ、うれしい。よろこんでお引き受けするわ……」ジョウンはちょっと思案をめぐらせて、「まかせておいて、簡単なことよ。アダムってね、ぜんぜん〝気の利いた男〟ではないけれど、気持ちにやさしいところがあるのよね。ともかく、おめでとう。さっそく、あしたにでも本人に当たってみるわ」

つぎの日、ジョウンは頃合いを見計らって、アダムを楽屋へさそった。案の定、寝耳に水の話であった。しどろもどろに無意味な言葉をならべるばかりのアダムを、しばらくひとりにするため、ジョウンはリハーサルにもどっていった。

アダムの最初の愕きは、ほとんど瞬時にして抑えきれない悦びへとかわっていた——けっして、自惚れがそうさせたわけではなく、近ごろどことなくへんに思い、気になっていたことが、いっぺんにすっきりする想いがしたからである。彼もまた焦点の狂った目をあわてて日常へ引きもどしたものだった——ついにパズルの謎が解けた時のように、わかってみればあまりに自明のことなので、頭を悩ませていた自分が信じられない時のように。天にものぼる心地と、とまどいの気持ちが、心中でしのぎを削った。わずか十分前、エリザベスはたんなる赤の他人でしかなかったのに、いまや、そのひととの結婚を片時も疑うことはなかった。

舞台に呼び戻されたアダムは、レルヒエナウ男爵オックスの恋の挫折を朗々と歌いあげたものだ

った。

　が、エリザベスと顔をつき合わせると、とたんに生来のはにかみが頭を擡《もた》げてくる。じつにその後の一週間、彼女を遠ざけさえしていた——エリザベスのあわてようは察してあまりあるだろう。そんなつれなさは、まるでおぼこ娘のような彼のはにかみから出たものにはちがいないが、日が経つにつれ、話をきいて気を悪くしているのだとエリザベスに思わせるようになってしまい、自分を烈しく責めもしたが、どうすることもできないでいた。が、やがて、そんな大人げない自分への焦れったさが、ある沸騰点に達する瞬間がやって来た。本稽古一回目、終了間際のことであった。いつになく気合いの入ったアダム——身にまとった衣装も、惚れられているのを百も承知の女を口説くというよりは、雲霞のごとき敵軍勢が包囲する城郭の奪還といった、一大壮挙にふさわしいものがあったが——は、客席にいるエリザベスのもとへと歩を進めていった。

　みごとな宝石を古式床しく飾ったような、壮麗典雅なロココ調オペラハウス。その客席、最前列の中央、緋のフラシ天の椅子に腰かけているエリザベスは、いやに取り澄まして、いやに落ち着いて、いやに冷めているように見えた。ロイヤルボックスを中心に、金色に階層をつらねるボックス席や桟敷席が放射状に広がり、その天井付近は闇の中にわだかまっている。お尻のぽっちゃりしたケルビム、プットといったブーシェ風の天使像が、線条模様の細い柱に抱きついている。すきま風があるのか、おおきなシャンデリアがかすかに揺れ、水晶の吊飾りが、舞台照明を映して、無数の蛍のようにまたたいていた。アダムはげんなりして歩みを止めた。こんな道具立てでは、これからしようとするひそやかな話にはそぐわない。時計と舞台の進行情況とを見くらべて、今夜のリハー

サルはあと半時間のうちに終わると思えたので、エリザベスを遅い食事に誘うことにした。

二人はディーン・ストリートのレストランに出かけ、そのむっとする地階で、赤い笠ランプのあるテーブルに席を取った。給仕は、埒《らち》もない話をくどくどとするキプロス島出身とおぼしき小男であった。アダムが貫禄を見せてばかに高価な赤ワインを注文すると、エリザベスの胸はいやがうえにも昂ぶった。サーヴィスのつもりか、うるさくつきまとう給仕に割り込まれては、幸先いいとも思えないので、アダムはつい話を先送りしていたが、いつしかコーヒーも出て、やっと給仕は顔をださなくなった。アダムはせっかちに、話の順序を考えもしないで、いきなり本題に入った。

「エリザベスさん、聞いています――つまり、話によれば――ようするに、ぼくの気持ちは――だから、ぼくが言いたいのは――」

あまりの支離滅裂と不甲斐なさに絶句したアダムは、リキュールを一息にあおった。綱渡りの途中で、なぜかいきなり自信喪失に陥った曲芸師のようだった。いつまでも待ち惚けのエリザベスのいらいらは、すでに限界に達していた。たしかに、いい予感はするが、しかし、絶対にそうだ、とは言えないのだ……。

「アダムさん、いったい、どのようなお話なのでしょうか」と、エリザベスはやんわりうながした。

「つまり、ぼくが言いたいのは――」と、アダムはまた口にしかけたが、俄然、猛烈な勢いで、「きみが好きだ。結婚して欲しい。結婚したいんだ」と、吠えるように言い放った。そして、どさりと椅子の背にもたれかかり、居直ったような眼差しで彼女を見据えた。

他人が見たら決闘の申し入れに見えるだろうな、とエリザベスは思ったものである。でも、いい

わ、いとしのアダム、とってもはにかみ屋で、とってもおばかさんの、わたしのアダム……彼の腕の中に飛び込みたい衝動を、必死に抑えたものだった。だが、例のキプロス島出身の給仕が、歯のあたりに愛想をうかべながら、またしてもこちらへにじり寄ろうとする気配がうかがわれたので、早めに話を切りあげねばならなかった。

「わたし、うれしいのです。それを、どう伝えたらいいか。でも、こういうことは、あわてて決めることではないと思います——すこし、考えさせていただけるでしょうか」と、かしこまって告げた。

「リキュールのおかわりを、お持ちしましょうか」二人の傍らに、給仕がぬっと出現していた。

「ブランディのカクテルなら、ドラムビュ、コワントルー、クレーム・ド・マンテあたりがよろしいかと」

アダムは給仕を無視した。最大の難所は越えたので、かなり落着きを取りもどしていた。

「そんなにもったいぶらないで。結婚してくれる気なんでしょう?」

「ウオッカのカクテルなら、グリーン・シャトルーズ、これがおすすめで——」

「きみ、ちょっとあっちへ行ってくれないかね。エリザベスさん——」

「おや、もうお勘定で」

「ちがう。頼むから、放っておいてくれ。つまり、ぼくは——」

「店を出ませんか。そして、おもてでキスをして」エリザベスはついにそう言った。

「ここで、どうぞ」と、給仕は身を乗り出した。

「アダムさん、あなたがほんとうに好きです。もちろん――もちろん、結婚します」

「では、とびきりのマグナム瓶シャンペンがよろしいかと。お二人様、お祝いを申しあげますよ。おめでとう」

べらぼうにチップをはずんだアダムは、エリザベスと連れだって店をあとにした。


新婚旅行はブランネンに出かけた。ホテルの部屋から湖面が見渡せた。トリープシェンにワーグナー博物館を訪ねると、規則と見るといたずらをしたくなるアダムは、展示品のワーグナー愛用エラードピアノで、『トリスタン』冒頭の数小節を弾き興じた。ふたりして、ちょっと卑猥な絵葉書を仕入れてきて、つぎからつぎへと友人へ送りつけたりした。このうえなく仕合わせであった。

バルコニイに出て湖を眺めると、残照のなか、それはアメジスト色に沈んでいた。

「ほんとうにすてきね、いけないことばかりしても、お咎め無しの暮らしって」と、エリザベスはそんな感慨を口にしたものだった。

2

もし、横合いからしゃしゃり出た人物がいなければ、ふたりの結婚はそのへんにごまんとある結婚となんら変わるところはなかったであろう。『薔薇の騎士』でオックスを歌った男に、エドウィン・ショートハウスなる人物がいた。アダムと同様、この男もまた、リハーサルを通じてエリザベスと知り合い、そしてまた同様に、エリザベスに恋したのだった。

恋とは言っても、ここでは獣欲と置き換えて一向に差し支えがない。エドウィン・ショートハウスの女性関係はけっしてこの域を出るものではない、と誰もが口を揃えて言ったものだ。むしろ彼の私生活には、遠い時代に封建領主がほしいままにしたという初夜権、その復活に身命を擲《なげう》っているのか、と思わせるほどの凄まじさがあり、この点で、シュトラウスのオペラに登場する老いてますます盛んな殿様は、まさに地でやれるわけだから、彼の演技にいつも中途半端な感じがつきまとうのは、もっぱらオペラ界の不思議とされていた。恐らく自分でもその類似に気づいていて、ホーフマンスタールの筆になる愚かな人物のごとく、嗤《わら》いものにされるのを嫌ったのであろう。だが、どう逆立ちしてみても繊細さが持味とは言い難い男であったから、この役を嫌悪するのはもっと本

能に根ざした何かによる、というのが本当のところかもしれない。

そんな男が、ことエリザベスに関しては、たんなる劣情ではないものを懐いていたらしいのである。エリザベスがアダムと結婚した際にしめした烈しい憎悪には、そうとでも考えないかぎり、説明の付かないものがあったのだ。ジョウン・デイヴィスなどは、それは天狗の鼻を折られたため、という見解を取っていた。ジョウン曰く、かたや下品で悪趣味なくせに女にもてるとうぬぼれている酒浸りの中年男、かたやアダム。どちらを選ぶか——言わずと知れたことだが、この男には、それが天地もひっくり返るほどの大事件だったのだ。

「でも、心配しなくていいのよ」と、ジョウンはつけ足して言ったものだ。「あの男にとって大事なのは、女のからだであって、とくにどの女性でなければだめだということではないの。そのうち、色っぽいのがあらわれて——そういうのは世間にざらにいるじゃない——駄々っ子もおとなしくなるでしょうよ」

エリザベスは、ショートハウスの常軌を逸した荒れようは、欲求不満が原因だと感じていた。リハーサルでもそれほど顔を合わせたわけではないが、そういう時はきまって、いやにでれでれされた憶えがあった。

「ええ、気づいていたわ。言ってみれば、あれは、あなたを一糸纏《まと》わぬ姿にしている目つきだったものね」と、ジョウンは言った。

エリザベスはうなずいた。が、たとえ男がそういった淫らな妄想に耽っているとしても、それをいつかの晩のように実際に行動にうつそうとしないかぎり、面と向かって咎めるわけにはいかなか

った。

「もちろん、わたしから誘うようなことは一切してないわ。欲求不満なのよ。きっとそうよ」と、エリザベスはつんとした顔で話を締めくくった。

しかしアダムには、また、べつの意見があった。アダムに言わせれば、ショートハウスの恋はほんものであり、あのでっぷりした、見るも穢らわしい体軀に、じつはイリウム（古代トロイアのラテン名。トロイア戦争の発端は誘拐された王妃を奪い返すためであったという）をも灰燼に帰さんとし、あのアントニイをしてナイル河畔の遊蕩の日々に身をやつせしめたところの情熱の焔が宿っている……。「愛欲《ラムール》」とでもいうのかな。精神的なものというよりも、たぶんに、レヴァント人的（地中海沿岸東部諸国民）なものではあるけれど、それでも純粋な恋にはちがいないよ」

これといった結論もでないまま、しばらくは、面白半分、あれこれ取沙汰したが、いつしかそんな話題も色褪せ、やがてはうっとうしいものになった。ただ、アダムには、本人と顔を合わせる機会がかなり頻繁にあった。そんな時の、黙殺とも嘲笑ともつかないショートハウスの態度には、ひどく応えるものがあった――そこには、実際に意趣がふくまれていたのだから、なおさらであった。出演契約をしてまもなくの頃、自分の周囲に妙に中傷的な噂が流れていて、これを易々と信じ込んだひともあったようで、長年のひいき筋から、いきなり門前払いを喰うというようなことがあった。呑気なアダムは、この件をショートハウスに結びつけて考えることがなかったが、ちょっと洩れ聞いた話からようやく察しがついた。それでもなんとか怒りを抑え、素知らぬ顔で過ごした。自分の職業にささやかな誇りを持っていたから、ショートハウスとの感情的衝突のために、公演をだめに

するようなことだけはしたくなかった。

『薔薇の騎士』の公演終了を待って出かけた新婚旅行は、水入りの期間となったし、訪問地スイスから帰国すると、タンブリッジ・ウエルズに新居を構えるべく、その準備に忙殺されたので、ほかのことを考える余裕はなかった。そのうち、ほとぼりも冷めるだろう。契約の関係で、しばらくは顔を合わせずに済んだのはさいわいした。二人がふたたび顔をそろえたのは、十一月の『ドン・パスカーレ』（ドニゼッティの喜歌劇）の公演であった。そのピアノ・リハーサルの初日に不安な面持で出かけたアダムは、ひどく疲れた顔で帰宅した。

「どうだった?」アダムの上着をかいがいしく脱がせながら、エリザベスは訊いた。

「一応、よかった、と答えておくかな。たしかに、すっかり落ち着いたようだった。ただ……ただね……」アダムはうわの空で、取ったばかりの帽子をまたかぶり直した。

「まあ、何をばかなことをしているの?　うち解けたふうじゃあなかったの?　ずいぶん頼りない返辞だけど」暖炉の火がやたらと赤々と燃える部屋に入ると、エリザベスはシェリイ酒の仕度をした。

「たしかにそういう感じなんだか、それが途轍もなく、そうでね。どうも気に入らない。以前のエドウィンなら、自分のオペラ歌手としての経験談を聞かせては、うんざりさせるってのが友情の証、というふうだったんだがね。いまはそうじゃないんだ——少なくとも、ぼくに対してはね」

「恥じているんじゃないの」

「それだけはありそうにないな」

「どうして？　あってもいいじゃない。あのひとにだって人間的感情ってものがあるでしょう。母親だっていることでしょうし」

「母親なんて、ヘリオガバルス（残虐行為の限りを尽くした狂気の幼少ローマ皇帝マルクス・アウレリウス・アントニヌスの太陽神としての別名。母親とともに処刑される）にだっていたさ。誰にだっている……。ともかく、こんどのエドウィンの変わりようはいかにもわざとらしい。きっと、また何かあるのさ」

「でも、考えようによっては、正面切って喧嘩を吹っ掛けてくるよりはましかもね」

「さあ、どうかな」アダムは煮え切らない返辞をした。「たとえて言うなら、ユダにキスされたみたいな感じなんだな」

「あまり深刻にならないでよ。それから、カーペットにお酒をこぼさないでちょうだい」

「ごめん、気がつかなかった」

「ともかく、あなたを裏切るにしたって、どういうことでなのか見当がつかないわ」

「たぶん、リーヴァイ氏だな」

「リーヴァイ氏がユダヤ人だからって、そんなことはないでしょう。あなたをお払い箱にするんだったら、エドウィンだってそうよ」

「それは、もちろんそうだが」アダムは顔をしかめた。やがて、「まあ、そのうちはっきりするさ。きみのほうは何か変わったことでも？」

「仕事の依頼があったわ。とってもお金になる話よ。午後の郵便で報せがきたの」

「へえ、そいつはお祝いしなきゃあね。新作小説かい？」

「いいえ、日曜新聞に連載するインタヴュー特集」

「インタヴューって――誰に？」

「私立探偵」

「探偵!?」アダムは飛びあがらんばかりに驚いた。

エリザベスは彼の鼻の頭にそっとキスをして、「あなたは、わたしについてのお勉強がまだまだ足りないみたいね。わたしが駆け出しの頃、有名な犯罪事件を題材にした文章を書いていたってご存じ？　一般読者には、そういった分野に造詣がふかい物書きだと思われているのよ」

「へえ、実際にそうなのかい？」

「まあ、そうね……。こまるのは、かなりの部分が足で書かなきゃならなくて、人名録をかたっぱしから調べて、あすの午前中にでも、退屈な手紙をやまほど書かなきゃならないわ。ねえ、あなたに探偵の知合いなんていないわよね」

「いるけどね、ひとり」アダムは気乗りしないようすでこたえた。「フェン、てのが」

「あっ、知ってる。戦前にあった玩具屋事件でしょ。どこに住んでいるの？」

「オックスフォード。大学の英語英文学教授なのさ」

「ぜひ紹介して」

「さあ、なんとも予断を許さない男だからね。その記事の仕事は急ぎなのかい？」

「いいえ、それほどでも」

「じゃあ、年が明ければ、『ニュルンベルクのマイスタージンガー』のオックスフォード公演があ

るから、よければ、その時にでも本人をつかまえるとするかな」

『ドン・パスカーレ』のリハーサルは無事に終了した。ショートハウスはアダムと顔を合わせないようにしているらしく、そうせざるを得ない場合は、気味悪いほど愛想よく振る舞った。そして、ついには、これまでのことを謝罪する、という瞬間がやって来た。

二日目の公演がはねて、まもなくのことであった。アダムはしばらく舞台袖に残り、その日の公演のちょっとしたミスについて、制作者と打合わせを済ませ、自分の楽屋へもどろうとしたのだが、部屋に入ろうとして、はっとした。室内にショートハウスが居て、使いかけの化粧落としクリームの瓶を手にとって眺めていた、いや、恐らくは無断で拝借しようとしていたのだった。アダムが戸口に立つと、ショートハウスは慌てて瓶をもとの場所にもどした。ゆったりとガウンをひっかけているが、オペラの主役の扮装のまま、鬘《かつら》をかぶり、髪粉をつけ、化粧をしていたので、手持ちのクリームを切らせたから、手っ取り早く、隣の楽屋で用を足そうとしたのだと思えた。だが、クリームの件は、突然の来訪のほんの口実にすぎないらしかった。

「ラングリイ君」（ショートハウスが口を開いたとたん、あたりにジンの臭気が充満した）「無理もないが、きみはぼくとの交際を避けているようだ。たしかに、きみらが結婚した時に、ぼくが取った態度は、褒められたものじゃあなかった」

面喰らったアダムは、もごもごと呻《うめ》くような声を発した。これをどう解釈したか、ショートハウスはかえって親密な口調で話しはじめた。

「今夜、おじゃましたのは謝罪のためだ。きみに詫びるためにやって来た」ショートハウスはそう言って、「失礼な態度をとってきたことに対する詫びだ」と、さらに念を押した。

「詫びだなんて、とんでもない」アダムはまごついた。「そんなこと、もういいんだ。もちろん、気持ちはうれしいけど――」

「これまでどおり、友達づきあいをしてもらえるかね」

「友達――？　ああ、それはもちろん」アダムは渇いた声で、そう返辞するしかなかった。

「いやあ、よかった、きみが寛大な男でたすかったよ」

「もういいんだ」アダムは繰り返しそう言った。

沈黙があった。ショートハウスは身体の重心を脚から脚へと移動させた。アダムは鬘をはずして、椅子の背に、意味もなくそうっとかけた。

「今夜の舞台は盛況だった」ショートハウスは話題をかえた。

「そうだね。客も愉しんでくれたろう。何度も笑いがでたからね」

「しゃれた作品だからな」

「うん、なかなかしゃれている」

「でも、きみからすると、どうかな――エルネストなんかより、もっといい役がありそうなものだが」

「そんなことないよ。第二幕で、『チェルチェロ・ロンタナ・テーラ』の独唱をもらっているから」

「まあ、そうかもしれんが……では、そろそろ失敬して、この顔にべったりしたやつを落としてし

まわんとな」

「クリームを切らせているんじゃないのかい。たしか、さっき——」

「いやいや、ご心配なく。きみの愛用品の銘柄を見せてもらっていただけだよ。じゃあ、また明日、お目にかかろう」

「そうかい。じゃあ、また」アダムはそう応ずるしかなかった。

ショートハウスの巨軀が部屋から出ていくと、アダムはひどくほっとした。着替えをしながらも、ショートハウスの突然の変貌について、考えないではいられなかった。タンブリッジ・ウエルズの新居への帰途においても考えつづけた。帰宅すると、さっそくエリザベスに今宵の出来事を報告した。

「クリームですって？　まさか、わたしが買ってあげた新しいのを、盗もうとしたんじゃないでしょうね」と、エリザベスはむっとした顔をした。

「いや、ちがうよ。古いほうのやつさ。きみのはまだ上着のポケットに入れたままだ。ともかく、これからは楽屋に鍵を掛けておくことにするよ」と、アダムはなだめた。

「じゃあ、これで例のばかばかしい騒ぎも一件落着ってことかしら」

「たぶんね。でも、まだあの男を信用する気にはなれない。損得勘定で、タルチュフ（モリエールの同名戯曲の主人公。偽善家の代名詞）みたいになれる男だからな。必要とあらば、人殺しだって平気なんじゃないかな」

アダムはなんの気無しに、そんなことを口にした。が、まもなく、エドウィン・ショートハウスだけが、そういう人間として特異なわけではない、と思い知ることになるのだった。

3

一月下旬、じめじめと底冷えのする日の昼さがり、アダムとエリザベスはオックスフォードへと旅立った。どんより曇った冬空は、鳩の羽のようなくすんだ色合いで、風は身を斬るように冷たかった。咽喉を気遣うアダムは、マフラーを重ねてぐるぐる巻きになっていたが、さいわい、列車は充分に暖房が効いていた。オックスフォードの駅からはタクシーを拾い、予約したホテル、メイス・アンド・セプタ（職杖と王笏）に到着した。部屋に入ると、エリザベスは荷ほどきをし、アダムはぼんやり煙草をふかしていた。しばらくして、ふたりで階下のバアに降りていくと、ガラステーブルの席で、ドライマティーニをちびちびやっているジョウン・デイヴィスの姿を見つけた。

アダムは今度の『ニュルンベルクのマイスタージンガー』の公演について、製作サイドの話をジョウンから聞き込んだ。

配役は、ザックスにエドウィン・ショートハウス。ヴァルターとエーファは、もちろんアダムとジョウン。ダーヴィットには若手のユダヤ系ドイツ人フリッツ・アーデルハイム、そしてコートナーにジョン・バーフィールドという顔ぶれ。

「そのピーコックとかいう指揮者、きみは知っているのかい？」と、アダムは訊いた。

「もちろん。まだ若いけれど、なかなかいい男よ。これがはじめての檜舞台だろうから、あなたもブルーノやトミイ（戦前、英国で活躍した名指揮者ブルーノ・ワルター、トマス・ビーチャムか）と組んだ時のことは忘れて、ぜひ協力してあげてね」

「それはいいが、腕のほうはどうなんだい？」

「それは見てのお愉しみね。でも、リーヴァイ氏が起用するのだから、だめなことはないでしょう。リーヴァイ氏のオペラ指揮者を見る目はたしかだわ」

「制作は？」

「ダニエル・ラザストン」

「あいかわらず、憂鬱そうな顔をしているんだろうな。じゃあ、舞台監督はカールだな」

「そうよ。ものすごく意気込んでいるわ。なにせ、ワーグナーの熱狂的信奉者だものね。そういえば、戦時中の統制が解けて、ワーグナーを復活上演できるようになったからって、わたしにはどうって感慨はないわ……だいたい、なんのための統制だったのかしら」

「お偉いさんがたには、ナチス擡頭はワーグナーに責任がある、という固定観念があるのさ。そんなこと言い出せば、『ニーベルングの指輪』がゲルマン人の民族精神を間違った方向に鼓舞した、という言い方だってできる――もっとも、あのオペラは、神々でさえちょっと約束を違えれば、全世界からうるさく糾弾される、ということを長々と見せているだけなのだから、いったい、どんな感化をヒトラーに与えたというのか、ぼくには謎だね――まあ、こんな話にはつきあわないほうがいいよ。ぼくは、この手の話になるときりがないからね。きみは国外にいたんだったね」

「アメリカ。『ラ・ボエーム』の公演で、週に五回、貧困のうちに病死したわ（プッチーニのオペラの悲劇のヒロイン、ミミを演じたということ）。実際は、食べ過ぎで死にそうになっていたけどね。アメリカはいいわよ。食べる物だけはふんだんにあるから」

彼らは宵のひと時を歓談のうちに過ごし、それぞれ早めに就寝した。つぎの日の朝、十時に、ピアノ・リハーサルが開始された。あいかわらずの灰白色の空のもと、アダムとジョウンは、ボーモント・ストリートにある歌劇場に通いはじめた。

英国人は、それが避けてとおれるものならば、歌劇場など建てたがらない——みんな、ベティ・グレイブル（脚線美でならした往年のハリウッド女優）やサッカー籤《くじ》といった、知的かつ高尚なものごとに忙しい——が、オックスフォードは最近、希有な例外となった。歌劇場はボーモント・ストリートとセント・ジョン・ストリートの交差点、ウスター・コレッジに近いほうのかどにあり、ヘディントン・ストーンの石造建築である。正面ロビーには、上品な色合いの緑の絨緞が、潤沢に敷き詰められている。オペラの大作曲家の胸像がずらりと列ぶ——ワーグナー、ヴェルディ、モーツアルト、グルック、ムソルグスキー。そして、なぜだか、ブラームスもある——理由は不明だが、さいわいにして陽の目を見なかった、ユーコン川の金採掘を題材にした未完成オペラ作品があるためだろうか。客席は比較的ちいさめだが、舞台とオーケストラピットは、グランドオペラの最大級のものにでも対応できるようになっている。舞台装置として、操作のややこしそうな精密機械が多数、装備され、機械係の連中は、小道具部屋あたりに屯《たむろ》している。楽屋の造りも豪勢なもので、それが二階、三階にあるため、小型エレヴェーターさえ完備していた。

しかし、いまのアダムとジョウンには、こういった設備を観察する余裕はなかった。ひたすら舞台入口へと進んでいき、用務員の爺さんに教えられたリハーサル室のひとつに辿り着いた。

グランドピアノのまわりには、すでにほとんどの顔がそろっていた。メッキのパイプ椅子がやたらとあるだけの、殺風景きわまりない部屋だった。芸術の香りのする装飾といえば、壁に斜めにかたむいているプッチーニの写真だけだったし、それも、エドワード朝のアイスクリーム屋台創業者かなにかを思わせるしろものだった。

さっそく紹介されたピーコックは、地味な服装をした三十歳前後の長身痩軀の男、無口で、赤毛の頭髪には早くも薄くなっている部分がある。アダムはすぐに好感をもった。集まった面々は以下の通り。カール・ヴォルツォーゲンは小兵のドイツ人老人、七十歳の高齢にもかかわらず、超人的精力の持ち主。ピアノ伴奏のケイスネスは、どっしりむっつりの典型的スコットランド人。エドウィン・ショートハウスは二日酔いの顔でジンの酒臭い息を吐き散らしている。そして、コートナー役のジョン・バーフィールド。その他の人物については、今後二週間にわたる出来事に直接関係ないので、紹介を端折らせていただく。ほとんどが顔見知りだった。英国のオペラ歌手は数がかぎられているので、つねに似たような顔ぶれが集まるのだった。

リハーサルはおおむね順調に進んでいき、さいわいにも、ピーコックはやるべき仕事を心得ていた。ただ、指揮者の指示にこれほど従順なショートハウスを目にするのは初めてだったから、アダムはしだいにうす気味わるくなってきた。そういう想いは、ピアノ・リハーサルの期間、ずっと続いた。ショートハウスが見せている聖人めいた忍耐は、歌手には稀なことであったし、ましてやシ

ョートハウスにあっては、これははっきり異常と言えた。だから、オーケストラ・リハーサルの開始とともに吹き荒れた嵐にも、アダムはすこしも驚かなかったものだった。

ともかく、この初期の段階では、ものごとは万事、平穏に運んでいき、事件発生の日までにあったことと言えば、ちょっとした出来事だけだったが、これについては、ここで触れておく必要がある。その出来事の登場人物は、ショートハウス、ジョウン・デイヴィス、そしてジュウディス・ヘインズという娘である。

月曜の夜のこと——その日の午後は、第三幕最終場のリハーサルが通しで行われたが、これが六時前後に終了し、そののち、ジョウンはピーコックとリハーサル室に残って、役の細部を詰める打合わせをしていた。このふたりは知らずにいたが、歌劇場にはさらに二人の人物が残っていた。自分の楽屋で酒を飲んでいたショートハウス（この日の午後も、素面の時は片時もなかったが、歌唱のほうは、いつものようにすばらしい出来映えであった）と、舞台衣装が身体に合わなかったので、べつの衣装を捜そうと居残っていた合唱団の娘ジュウディス・ヘインズであった。

七時になると、ピーコックは帰ってしまい、ジョウンは自分の楽屋に上着とスカーフを取りに行こうとした。ふと、合唱団用の楽屋を覗くと、目にしたのは、泥酔したショートハウスが、抵抗しようと力無くもがく娘から、衣服を剝ぎ取ろうとしている光景だった。ジョウン——かよわさ、気よわさといったものとは、およそ縁遠い女——の行動は、迅速にして、渾身の力を籠《こ》めたものであった。ひっくり返ったショートハウスは、仆《たお》れぎわ、ドアの角でしたたか頭を打ち、すっかりおとなしくなった。いや、それどころか、身じろぎひとつしなくなった。

「一丁あがり」仰向けに延びた男を見おろして、ジョウンは職人のような声をあげた。ふりかえると、娘が顔を真っ赤にして、衣服の乱れを直そうと釦《ボタン》や肩紐をしきりにいじっていた。華奢な身体つきの、人形のような金髪娘であった。「あなた、大丈夫?」

「は、はい、ありがとうございます。わ、わたし——あなたに来てもらわなければ、いま頃、どうなっていたか——あ、あのひと、まさか……?」娘はひどくどもりながら返辞した。

「いいえ、大鼾《いびき》をかいて、しっかり生きているわ」と、ジョウンは安心させ、「はやく帰宅したほうがいいんじゃない?」

「は、はい。どうお礼を言ったらいいか」娘はしばらくぐずついていたが、突然、「どうか——どうか、このことは誰にも話さないでください。ほかのひとに知れたら、わたし……」と、必死の形相になった。

ジョウンはちょっと眉をひそめた。「代役を立てるには時遅し、というのでなければ、公演からこの男が叩き出されるのを見物できるんだけど」

「そ、そんな、いけません」びっくりした娘は、思わずつよい口調になった。「でも、ひとに知られたら羞《は》ずかしくて……」

ジョウンはなにしろ実際的な女だったから、ただ呆気に取られた。「羞ずかしい……? だって、あなたがわるいわけじゃあないのよ。いったいどういうの、それ?」

「ただその——わかりませんけど。でも、おねがいですから、だれにも話さないと約束してくれませんか」

ジョウンは肩をすくめ、笑顔を見せた。「それほど言うのなら、約束するわ。どこに住んでいるの？　遠くなければ送って行くわよ」

「ほんとうにありがとうございます。でも、そこまで甘えては……」

「何を言っているの。わたしがそうしたいのよ。夕食までまだ半時間ほどあるし」

娘はようやく落着きを取りもどした。「どうしますか」――ショートハウスのほうへ顎をしゃくって――「あのひと？」

「放っておけばいいのよ」ジョウンはけろりとしてこたえた。「あのエドウィンって男はね、不幸にして、どんなことからでもすぐに立ち直っちゃう奴なのよ……上着は持っている？　じゃあ、行きましょ」

クラレンドン・ストリートの娘の下宿への道すがら、ジョウンは詳しく事情を聞いた。リハーサルがはじまって以来、ショートハウスに口説かれるようなことが何度かあり、ジュウディスはいやだったけれども、歌手としての堂々たる名声に臆して、はっきり拒むことができないでいたらしい。さらに、ある青年――やはり、合唱団の一員――が関係していて、これがオペラ作曲家志望ということで、ジュウディスは青年のためにショートハウスから助言なり、援助なりを得られるかもしれないと思っていた……。

「助言がほしいなら、わたしがいるじゃない」と、ジョウンは言った。「アダムを師匠と頼んでもいいのよ。その場で即、破門ってことも覚悟の上でならね。援助のほうは――そうね、オペラの新作を発表したければ、億万長者にでもなるしか方法がないわね」

ホテルへの道を辿りながら、ジョウンはひどく考え込んでいた。ショートハウスは、みずから、まっしぐらに破滅にむかっており、その美声と歌唱力をもってしても救いがたい状態にある。今宵の出来事を表沙汰にして、その破滅の一助となすことができないのはいかにも残念だが、約束は約束だと思った。が、やがて、その約束をいやでも破ることになる事態が出来しようとは、この時、知る由もなかった。

4

ほどなく、オーケストラ・リハーサルが開始され、トラブルもはじまった。

ふかく吐息を洩らしたアダムは、スペアミントのチューインガムを取り出して、一枚をゆっくり口にふくんだ。ぼんやりした視線を客席にむけると、最前列の椅子には、ジョン・バーフィールドがゆったり腰かけていて、ハムサンドウイッチをぱくつきながら、チョッキの胸にパン屑をぼろぼろとこぼしていた。その顎のすばやくリズミカルな運動には、ひとを魅入らせるものがあった。思わず見つめていると、いきなり顔をあげたバーフィールドと、目が合ってしまった。いささかあわてできびしい表情をつくろったアダムは、舞台のほうへ目をそらせ、その進行情況を眺めやった。

いや、正しくは、舞台の停滞情況を眺めやった、と言うべきところであった。「ただ坐ってモノローグを歌うだけの場面に、まだ難癖つけるとは、エドウィンもいったいどういう魂胆だ」と、アダムは胸中、舌打ちした。目下の中断の理由がすぐには了解しかねたが、揚げ足取りめいたやりとりに耳を傾けていると、どうやらテムポに関することらしかった。「ピーコック君、むろん、きみの仰せには敬意をもってしたがうよ」舞台から客席方向にむかって、そう話すショートハウスの口ぶりには、敬意のかけらもうかがわれなかった。「ただ、そこのところ、そんなあからさまな

漸次急速《アクセラーンドウ》には不慣れだし、それではザックスの威厳が台無しだと思うが」

指揮者ジョージ・ピーコックは、ひきつった顔で、やたらと指揮棒をいじくっていた。まあ、それも仕方があるまい。エドウィン・ショートハウスを主役に迎えた『マイスタージンガー』のリハーサルなんて、もっと年嵩の指揮者でさえ、神経をすり減らさずにはいられない。しかし、憐れなものだ。若き新鋭指揮者が、その生涯において間違いなく画期的なこの公演で、ショートハウスに四週間もしごかれたあげく、本番でもとんでもないへまをやらかすのが目に見えるようだ。それに――アダムは時計をにらんだ――時間だっておしている。今日中にやっつけてしまうはずの第三幕が、まだ手つかずのままなのだ。

「何だってエドウィンは、ものの十分間とあの口を黙らせておけないんだ？」アダムはジョウン・デイヴィスにささやいた。

ジョウンはしきりとうなずいた。「それも、ずいぶん野暮なことでね。でも、そのさきは、あなたの考えとはちがうかもね。わたし、あの青年指揮者に心から同情しているの。ただ、口惜しいことに、エドウィンの歌唱には非の打ち所がないのよ」

「そうでなきゃあ、五分間と生命はないさ。そのうち、刃物でもぶっ込むやつが出てくるんじゃないかって心配だよ」

指揮台からピーコックの声がする。「……では、異存がないようでしたら、現状のままでいきたいと思います。わたしは、ここのところは、ぜひとも速度をあげるべきだと考えますので」

「じゃあ、それで結構だ。きみに遅れをとらないようにしなければな。すまんが〝春のたえがたき《レンツェス・ゲボ》

魅力《ツト》〟（第二幕第三場）というところで、もっとはっきりと下にひと振り《ダウンストロウク》してもらえないかね」

「なに言ってんのさ」舞台の袖で、ジョウンが嚙みつくようにささやいた。「ほんと、いけ好かない男。こんなにテムポのわかりやすい指揮者もいないわよ」

「これ以上もたもたしていたら、第三幕までは到底辿り着けそうにないな。こっちはそれでもかまわないけどね。今朝、ためしに風呂場で最高ラ音を出してみたら、ヒュウ、としかいわなかったものな」と、アダムは苦笑した。

　ふたたび音楽がはじまった。もう何百回となく聴いているが、ふっくらした、ふしぎな恍惚感にとらえられる。問題の箇所にさしかかった。ショートハウスの足取りは依然として重かった。

「さあ、どうなることやら」ジョウンが呟いた。

　ぱん、ぱん、とピーコックが指揮棒を打ちつけたので、管弦楽団は演奏をやめた。「失礼ですが、ショートハウスさん、わたしどものほうがちょっと速かったでしょうか」と、ピーコックがやや尖った声をだした。

「だめだ」アダムは呻きをあげた。「あれじゃあ、嫌味になっちゃうよ」

　結果は、予想通りのものとなった。場内は一瞬、水を打ったように静まり返った。やがて、「ぼくの努力がお気に召さなかったのなら、そんな回りくどい言い方ではなく、はっきり言ってもらえないかね」と、ショートハウスの声がひびいた。

　またも、沈黙があった。ピーコックは顔を紅潮させていた。ややあって、しずかな口調で話しだした。「では、ここのところは後回しにして、さきへ進みたいと思います。第四場の――エーファ

の登場場面です。デイヴィスさん、よろしいでしょうか」

「ええ、いいわよ」と、ジョウンは返辞して、アダムに小声で、「これから芝居であっても、あいつといちゃいちゃしなきゃならないなんて、ほんと鳥肌が立つわ」

「どうってことないさ。どうせ、きみにもけちをつけてくるだろうから、そうなれば思いっきり仕返ししてやるといい」

「いいわね、それ」ジョウンはうれしそうな声をあげたが、「でも、だめね。あの男がいじめるのは、口応えのできない新入りだけだもの……さあ、ちょっと行ってくるか」

「ライムの木蔭でお逢いしましょう、お友達は抜きにして、か」アダムはそう口ずさんで、また考えに耽りはじめた。

たしかに、事態は憂慮すべきものになりつつあった。ピアノ・リハーサルの段階で決めておかねばならない、いや、実際に決めておいたはずの、テムポや音量、それに附随する諸々のことで、絶えず待ったがかかり、中断を余儀なくされ、そのたびにどうでもよい質問に答えねばならないピーコックの神経は、いまやずたずたになっているにちがいない。意図的に足を引っ張る人間がいなくとも、全篇五時間にわたる複雑なオペラを指揮するには、たいへんな労力が要る。それに、なによりもいやらしいのは、業界の話をするかぎり、ショートハウスがピーコックを潰そうと思えば、赤子の腕をひねるよりも簡単なのであって、看板スターのショートハウスにくらべると、ピーコックなど、もとからこの世に存在しないに等しいのだ。だから、名目上、ピーコックの命令は絶対であろうとも……。

アダムは吐息をもらし、チューインガムをもう一枚口にふくむと、またもバーフィールドと目が合った。トマトにかぶりつきながら、しかめっ面をして、意味ありげに舞台のほうへ顎をしゃくっている。アダムも顔をしかめて見せた。どうってことはない、空しいやりとりであった。舞台のむこう側では、ショートハウスとジョウンが甘美でとろけるような唄を歌い合い、管弦楽はときおり変イの不協和音をやさしく織りまぜながら、ひそやかに音楽を奏でている。ふと、この管弦楽団がいかに素晴らしい演奏をきかせているかに気づいたアダムは、ショートハウスへの怒りがまた新たに込みあげてきた。気を鎮めるため、三枚目のチューインガムを口に放り込む。惜しむらくは、すぐに味がなくなって、たんなるゴムと化してしまうのだった。

そこへ、制作のダニエル・ラザストンが、すこし病的な感じのする黒髪のユダヤ人青年を連れてやって来た。青年は、たしか第一幕で、ニコラウス・フォーゲルが親方衆の集会を欠席することを伝えるだけの徒弟役（それも、たったの二語で（第三場、「イスト・クランク！（病気です）」））であった。

「あの二人が歌っている時、うしろの連中を退場させられないのが厄介でね。伝統的にそうなっているから」若々しいラザストンは、憂鬱そうにそんな話をした。古びてよれよれの中折れ帽《トリルビィ》をいつもかぶっている。

「うしろでがたがたされたら、調子が狂っちゃうからね」と、アダムは愛想よく相手をした。

「ショートハウスさんも困った人ですね……。草原の場面なんか、きっとむちゃくちゃだろうな。あのまぬけな徒弟の連中が、指定の場所にじっとしていてくれるとは思えない。身体を揺り動かせば、場面に活気がでるとでも勘違いしているらしくてね。あれじゃあ、集団アル中にしか見えない

な」

突然、音楽が鳴りやんだ。「おや、今度は何だろう?」と、ラザストンは目をむけた。

「この作品は、五分間とリハーサルを続けることができないようですね」——ピーコックが声を顫わせている——「かならず、舞台袖あたりから、ぶつぶついう声が音楽にまじってくるんです。お願いですから、静かにしてください」

「あれっ、ぼくたちのことみたいだ」ラザストンはちょっとびっくりした顔をして、「どうせ、ぼくはもう行かなきゃ」と、演奏が再開されると、そうっと抜け出していった。

「やれやれ、どうにかしてくれよ」アダムは、心の底からそう呟いたものだった。いずれ大噴火を来しそうなピーコックのいらついた声を耳にするのは、もうたくさんだった。経験から知っているが、こういったリハーサルでは、ひとりの人間が感情を爆発させると、みんなに嫌気が伝染してしまい、そうなれば、さっさと荷物をまとめて帰るしかないのだ。エドウィンもしばらくは口をつぐんでいるように、と希《ねが》わずにはいられなかった。

舞台では、マグダレーナが小走りに駆けつけて、エーファと言葉を交わしている。そろそろ出番に備える必要があることに気づいたアダムは、あとでまた噛もうと、チューインガムをそのへんの書割に貼りつけておいた。エドウィンめ——リュートを爪弾きながら鼻声で歌うベックメッサーの前を通りながら、思った——ほんとうに喰えない奴だ……。

ジョウンが迎えに走ってきて、「あなたは優勝の勇士さんで、わたしのたったひとりのお友達です」と歌いながら抱きつくと、小声で、「あなた、ペパーミント臭いわよ」とささやいた。

拍子抜けしたことに、第二幕の残りは、とくに支障もなく終了した。駆落ちしようとする恋人たちを、ザックスが押しとどめる。とぼけたセレナーデを奏でるベックメッサーは、徒弟や親方衆が一団となって大騒ぎする中（「あれでは妖精がバレエを踊っているみたいじゃないか」と、ラザストンは嘆いた）、ダーヴィットに追い立てられる。眠たげな夜警が出てきて、口上を述べ、角笛を吹く。その夏の夜のモティーフと、ベックメッサーのセレナーデとをなぞりながら、音楽は終わりを告げた。が、アダムは、ショートハウスがこのまま黙って退き下がるとも思えず、たんに第三幕を待っているだけではなかろうかと訝《いぶか》った。やがて、その予感は当たることになる。

主要出演者は全員、舞台に集められ、指揮、制作、合唱団指揮のそれぞれ責任者から、講評をきかされた。そののち、十五分間の休憩に入り、みんなお茶を飲みに出ていった。アダムとジョウンは、林檎を手にしたバーフィールドと客席の椅子に腰を降ろした。

「エドウィンのことだが、そろそろ一致団結して、何か手を打ったほうがいいんじゃないかな」と、アダムは話した。

「嵐の前の静けさ、ですか」バーフィールドが、ぼそっと言った。「いや、なんでもないです。しかし言わせてもらえば、うえの人間がいい顔しないでしょう」

「あの管弦楽団相手に、ピーコックがどれだけの奇跡を為しているかを知らないからだわ」と、ジョウンが口をはさんだ。「あの一筋縄ではいかないヴァイオリン弾きやラッパ吹きの連中から、誰が聴いたってきれいな音を引き出しているじゃない」

「若さですな。若さの浸透作用ですな」バーフィールドは林檎を頬張りながら、もごもご話した。

「そういえば、ピーコックはどこに行ったんだ？　出ていったっけ？」

　アダムはピーコックを捜して、あたりを見まわした。舞台上では、いっときニュルンベルクの街を現出させるために使用されたおかしな品々が片づけられ、草原をあらわすものに取り替えられている。舞台の奥の二階照明室では、係の者がふたりの徒弟と話している。客席の通路では、合唱団の何人かが、腑《ふ》抜けのように往ったり来たりしている。が、ピーコックの姿はなかった。

「エドウィンと直談判しているんじゃないですか。ご愁傷様」バーフィールドはケーキを取り出し、アダムとジョウンにも差しだしたが、二人が断ると、いかにもほっとしたようすを見せた。

　先刻、制作のラザストンといっしょにいたユダヤ人青年が、舞台の奥を、ジュウディス・ヘインズと話しながら歩いていく。「あれ誰だっけ？」と、アダムは誰にともなく訊いた。

「あの青年？」と、ジョウンはよく見ようと身を乗り出して、「ああ、ボリス・何某君ね。徒弟役のひとりよ」

「あの娘は、エドウィンと訳ありなんじゃないのかい？」

「そのことについては、何も言えない」ジョウンはきっぱり言った。「ただ、そうだとしたら、かわいそうだと思う。なかなかいい子なのよ」

「合唱団かい？」

「そうよ。あのやまほどいる娘たちのひとり。ダーヴィットと踊るのはあの子よ」

「ああ、そうだった」とアダムは言ったが、しきりに首をひねって、「たしかに、エドウィンとい

っしょにいるのを見かけた憶えがあるんだが、こうやって眺めていると、あの青年とずいぶん親しげだな」

「淫乱なんですな」バーフィールドはケーキの屑をぽろぽろ膝に落としながら話した。「このあと、第三幕を最初からやるんでしょうかね。だとしたら、ちょっと外に出て、おやつを仕入れてくるんですが」

ジョウンは首をふって、「いいえ、第二場だけよ。それで充分よ。みんな、疲れているわ」

バーフィールドは舞台裏へ通ずるドアを眺めていたが、いきなり、そのドアが開いた。「おや、メフィストフェレスのご入来ですよ。みなさん、にこにこして」

ショートハウスがやって来て、隣に坐りこみ、おおきくため息をついた。相変わらず酒臭い息を吐いている。

ショートハウスは語りだした。「これで初日が一週間後だなんて、信じられるかね。もう我慢の限界だよ。ピーコックはたしかに間違っていない」――心にもないことを平気でならべるその口ぶりに、アダムは呆れた――「が、なにひとつ、はっきり決めることができないんだな」

「あなた、彼を神経衰弱に追い込む気でしょう」ジョウンが言った。

「おいおい、なんてことを仰る」――ショートハウスは心底ショックを受けたように――「どうしてそんなふうに思うんだい。ぼくのために進行が遅れているとすれば申し訳ないが、指揮者の意向をちゃんと理解しておかねばならん。それなのに、ぼくが質問するたびに、なにかしら嫌味な返辞が返ってくる……。個人的には、どうってことはないのだよ――あの男は経験が浅いのだし、誰が

見たって神経質だからな。しかし、公演の全体を考えると、心配せざるを得ないのさ。今度の『マイスタージンガー』は、終戦後、初めてのものであり、そうである以上、普段にもまして、すべてをきちんとやらねばならん」ちょっと言葉を切ると、ショートハウスの面上をひきつった笑いがよぎった。「うえの連中と相談して、ピーコックを降ろしてもらおうと考えている」

「ばかなこと、言うなよ」アダムの口から思わずきびしい言葉が出た。「ピーコックは契約中の身だよ」

「こっちだって、そうさ」ショートハウスは不快そうに切り返した。「今後もいまのような調子でリハーサルが続けられるのなら、そういった手段も辞さないつもりだ。個人として話しているのではない。あくまで、ワーグナーのためを思って話しているんだ」

ショートハウスが他人のためを思っている、そう考えただけでもぞっとしたアダムは、やたらと鼻を鳴らした。バーフィールドはチョコレートの紙包みをむきはじめた。舞台上を、ポーグナー役の男が、ぶつくさいいながら横切っていき、ラザストンは二階の照明係にむかって、手振りで何かを指示している。オーケストラピットでは、ホルン奏者が、労働組合の規約違反がどうとかと、ぼやいていた。

十分後、リハーサルは再開された。ギルドの一行が登場し、やまほどの娘たちも入ってきて、徒弟たちが踊り（ラザストンは、「まるで日曜学校の演し物だ」と嘆いた）、最後にマイスタージンガーたちが、ダビデ王とハープの図柄の旗の先導で登場する。合唱団はザックスを称えて歌い、喝采が一段落すると、その靴職人兼詩人からの感動的な唄の返礼を待つばかりとなった。

5

トラブルの本番は、ここからだった。

位置決めの件で小競り合いがあったあと、伴奏再開の箇所に関する楽譜上の読みちがいをきっかけに、ついに堰《せき》が切れた。ショートハウスが罵声をあびせる。ピーコックがこれに応酬し、双方睨み合いながら相手に迫っていくさまは、下院議会における国有化論争の時のようだった、とアダムはのちに語った。予期された大爆発ではあったが、やはり、りっぱな大人が子どものごとくいがみ合う光景は、気持ちのいいものではなかったので、誰もがげんなりした。が、仲裁しようとする者もまた、なかった。激怒したピーコックが、指揮棒を叩きつけざま、大股に出ていこうとすると、そのあとを追いかけたのはアダムだけであった。舞台を出ると、緊張がほぐれたどよめきが、アダムの背中に聞こえた。

ピーコックはリハーサル室にいた。両手でピアノの蓋を握りしめ、懸命に気を鎮めようとしていた。さほど男前ではない骨張った細面がゆがみ、堪え忍んでいる苦渋のほどがうかがわれた。どろんと澱《よど》んだ眼は何も見えていないようであった。アダムは一瞬、戸口で逡巡したが、言葉みじかく声をかけた。

「お察しするよ」

応答があるまで、かなりの時間があった。やがてピーコックは肩を落とし、渇いた声で言った。

「お詫びせねばなりませんね」

「表向きはそうだが、心情的にはそうじゃない」と、アダムは応じて、「みんな、きみの味方なんだよ。エドウィンの振舞いはひどすぎる」

ピーコックはぼそぼそと語りはじめた。

「わたしは、こういった事態にきちんと対処しなければならないのです。それも仕事の内ですから……」すこし間をおいて、「こういった場合のことをよくご存じだと思いますが……わたしは交替すべきでしょうか」

「何を言っているんだい。そんなことはしなくていい」アダムはおだやかに話した。

「もちろん、どうするのが望ましいかはわかっているんです」――いかにも、つらそうな表情で――「温厚でいながら、毅然として……ただ、わたしの神経がそうさせてくれないのです。ほんとうは、こういった仕事に向いていないのだと思います」そう語るピーコックは、ぎくりとするほど窶《やつ》れて見えた。「しかし、なんとしても成功のうちに終わらせねばならない。いろんな意味で、わたしの将来がかかっているんです」

沈黙があった。「リハーサルはどうしよう?」と、アダムは訊いた。

「終了と伝えてもらえますか。いまは、みなさんに会わせる顔がありません」

「きっと、きみの口からのほうが――」

「そう伝えて来てください！」

はっとなったピーコックは、みるみる羞恥の色におおわれた。「すみません。吸鳴るつもりはなかったんです」

「わかった、そうする」アダムは請け合ったが、しばし、ためらって、「早まったまねだけは、絶対にいけないよ」と言い残し、舞台へもどっていった。

舞台にもどると、アダムは一同に報告した。ショートハウスの姿はそこになかった。

一同はひそひそと小声で話しながら、帰り支度をはじめた。楽団員も楽器を分解して、ケースにしまい込みはじめた。ジョウンがやって来た。

「どうだった？」

「どうもこうもないね。じつに気に入らない。エドウィンはどうした？」

「ピーコックが出ていったあと、すぐにどこかへ出てったわ」

アダムはため息をついて、「じゃあ、ここにぶらぶらしていても仕方がないな。ホテルにもどって、一杯やろう」

「わたしたち、対策会議をひらいたほうがいいんじゃない？」

「対策会議……いまさらそんなことをして、何になるんだい？」

ジョウンは苦笑して、「たぶん、なんにも。でも、気分転換にはなるんじゃないかな」

「じゃあ、夕食後――一杯やりながらだな」

「わかった、そう手はずをととのえておく」ジョウンはうなずいて、楽屋へと去っていった。

アダムが通用門まで来ると、歌劇場を出ようとするショートハウスに出くわした。

「おい、いったいきみはどうなってしまったんだ？」アダムは衝動的にそう詰め寄った。

ショートハウスが返した目つきは、なんとも異様な、虚ろなものであった。白髪まじりのうすい頭髪が乱れ、額から頬にかけて、うっすら汗を滲ませている。俄然、この男は発狂しかけているのかという想念が、ぞっとこみ上げた。そして、意外にも、憐憫の情すら覚えたのだった。が、そんな想いは、ショートハウスが――まるで口をうごかすのでさえ億劫《おっくう》であるような、ほとんど聞き取れない声で――口をひらくと同時に消し飛んだ。

「これからリーヴァイに電話をして、あの生意気な小僧を叩き出してやるのさ」

「だめだよ、そんなこと」アダムはきつくことばを返した。「たとえリーヴァイ氏の同意が得られたにせよ、それはきみ自身の破滅につながることだ。喧嘩するにも、度を越すと、自分も痛い目に遭わないではすまないよ」

驚いたことに、ショートハウスは反撥の色をあらわさなかった。「痛い目、か」と、ぼんやりおうむ返しに呟き、「誰も知らんのだ、ぼくがすでにどれだけの痛みに堪えているかを……」と言ったまま、口をつぐんでしまった。が、やがて気を取り直し、ふらつく足取りで、迫りつつある夕闇のなかへと消えていった。

いつもの中折れ帽を阿弥陀《あみだ》にかぶったダニエル・ラザストンが、椅子にそり返り、ウイスキーグラスのあわい琥珀《こはく》にじっと目を注いでいる。

「何をそんなに騒ぐんだい。そのうち、ひとりでに収まるさ。たいがいそういうものだよ」

「わるいが、そうは思えないな」アダムは力を籠めて言った。

ランドルフ・ホテルのバアに集まった面々は、入口近くのテーブル席に座を設けていた。アダム、エリザベス、ジョウン、ラザストン、カール・ヴォルツォーゲン、ジョン・バーフィールドがいた。時刻は八時をまわった頃、夕食後に一杯飲もうとやって来る客たちは、まだ姿を見せていない。が、気のはやい呑兵衛たちはどこにでもいる。隣の席では、軍人と思しき風采のぱりっとした中年紳士と、釦《ボタン》ホールに薔薇をさし、せわしなく手をうごかす赤褐色の髪の若者を相手に、首に緑のスカーフを巻いた長身の黒髪の男が、物識り顔に、殺鼠剤についての蘊蓄《うんちく》をかたむけていた。このバアは、青とクリームが色の基調となっていて、寒い戸外から入ってくると、ほっとするようなぬくもりがある。ひとの話し声にまじって、グラスがふれあったり、カウンターうらのビール機械が怒ったようにしゅっといったり、レジのベルが鳴ったりするのが、なんとも心地よい。

論戦の構えをみせたアダムは、警告するように人差し指を振り立て、話をつづけた。「これは積もり積もった問題であって、一時的な感情で話しているのではない。エドウィンの場合、自己憐憫がからんでいるようだから、話がややこしいんだ。結論から言えば、エドウィンかピーコック、どちらかが去るしかないんだ」

「……赤海葱《あかかいそう》（ユリ科の多年草）。こいつが七転八倒の苦しみをあたえて死に至らしめるのさ」隣の席では黒髪の男が話している。

ラザストンはため息をついた。「じゃあ、どうしろと言うんだ。徒党を組んでリーヴァイ氏のと

ころへ直訴をしに行けとでも？」

「そのへんの議論は、とっくに済んでいるのよ」午後の出来事があってから、すっかり節煙の観念がうすれたジョウンは、いまも、みじかくなった煙草の火口から新たな一本を吸いつけて、「リーヴァイ氏は、エドウィンを放り出しはしないでしょう。なんといっても看板なのよ。どんな興行主だって、エドウィンを怒らせたら喰っていけなくなるわ」

「言わせてもらうがね、どんな興行主だって、ぼくらを怒らせたら喰っていけなくなるぜ」アダムが不機嫌な声をぶつけた。

「まあまあ」ジョウンは、アダムの手をやさしく、ぽんぽんとやりながら、「あなた、エドウィンをやめさせなければ、ストを構えるぞ、と脅しつけろと言うの？　わたしとしては、契約不履行で裁判沙汰になるのも、いい気はしないわね」

みんな、黙りこくってしまった。しばらくして、カール・ヴォルツォーゲンが口をひらいた。

「ほんとう《アーハ》にあの大馬鹿者めが。いったい、芸術をなんと心得ているんでしょう。ワーグナー先生がおききになったら、さぞかしお嘆きになります。巨匠にお目にかかったのは、わたしが四つのときでした。巨匠が亡くなる前年のことです。かなり耄碌《もうろく》しておられたが、とてもやさしく、こう言葉をかけてくださった――」

カールの貴重な、やや早熟すぎる体験には、みんな敬意を払っていたが、もう何度も聞かされた話だった。あわててショートハウスの件に話をひきもどした。

「ジョン、あなたはどう思うの？」ジョウンはバーフィールドに質問をふりむけた。

テーブルの紙籠からジンジャービスケットをつまんで頬張っていたバーフィールドは、かけらを気管に詰まらせ、ひどく咳き込んだ。

咳が一段落つくと、バーフィールドは話しはじめた。「解決策というのなら、これしかありませんね。つまり――」

「リン化亜鉛。すさまじい猛毒だ」と、隣から、黒髪の男の声が飛び込んだ。

そのあまりのタイミングのよさに、バーフィールドは一瞬、ぎょっとした。

やがて、用心しながら話をつづけ、「つまり、ここはピーコック降板の一手でしょう」

一斉に、抗議の声があがった。

「ええ、ええ、わかっています」バーフィールドはあわてて制して、「不当なやり方です。きたない手です。神様だって赦しはしない、きっと天罰がくだるでしょう。しかし、いいですか、ほかにどんな手段があるというのです？」

「リン化亜鉛」そう呟いたのはエリザベスであった。これが、彼女のはじめての発言であった。

「いいわね、それ。ちょっとだけ毒を盛って――そう、歌えなくさせてしまえれば」と、ジョウンも調子に乗って、そんなことを話した。

ここらを潮時に、対策会議と銘打った集まりは、しだいに座を紊《みだ》していった。たしかに、これ以上話しても何の進展もみないことは明らかだったのである。九時頃、御開きとなり、アダム、エリザベス、ジョウンは、ホテルまで歩いてもどった。

十一時過ぎのこと、アダムは札入れがないことに気づいた。エリザベスをさきに休ませ、着替え

をしている最中であった。ポケットの中身を出して調べていくうちに、いよいよ紛失ときまり、今夜の飲み代はすべて、やたらに貯まっていたばら銭で支払ったことも思い出された。「ついてないな」と、アダムはこぼした。「たぶん、歌劇場の楽屋に置き忘れてきたんだ。取りに行ったほうがよさそうだな」

「あしたじゃあ、だめなの？」ベッド脇の洋燈の明かりが髪に繻子《サテン》のような艶をあたえ、今宵のエリザベスはとりわけ美しい。

アダムはかぶりを振って、「落ちついて眠れやしないよ。かなりの大金が入っているからね」

「でも、歌劇場は閉め切っているんでしょう？」

「ああ、そうだろうな。でも、通用門には当直の爺さんがいて、まだ就寝していないはずだ。ともかく行ってみるよ」そう話しながらも、アダムは外出着に着替えた。

「わかったわ。はやく帰ってきてね」エリザベスの声は眠たげであった。

「もちろんだよ。徒歩三分くらいのことだ」アダムは彼女のそばへ行き、キスをして、そう約束した。

おもてに出ると、天空には暈《かさ》のかかった弓張月があり、蒼白のひかりを妖しいばかりに放っていた。その月光にジョージ・ストリート南面の街並が照り映え、その終点、コーンマーケットの交差点の信号機は、緑色のまま点滅していた。こんな夜更けに、自転車が一台、霜の降りた路面を、ぱりぱりと音をたてながら過ぎていく。アダムの吐息は、冷気のなか、濛々《もうもう》と立ちのぼった。風は凪《な》いでいた。

グロスター・グリーン広場を横切る。駐車場には数台の自動車があり、その金属屋根に、月光と、それよりはもっと暖色系の街灯の明かりが、ひかりの縞模様を織りなしている。あたりはひっそりと静まり返って、聞こえるのは、左手の煙草屋の前に佇む人の咳だけであった。壁に公演のポスターが貼ってあったので、しばし足を停めて眺めたが、やがてボーモント・ストリートへと入っていった。

歌劇場へは難なく入れた――というか、通用門の扉は開け放してあったにもかかわらず、緑色のベーズの掲示板がある狭いホールには、艶消し電球がひとつ灯るだけで、誰一人いなかったのだ。アダムは十一時二十五分頃までに札入れを回収し終わり、帰途につこうとした。

アダムの楽屋は二階だったので、エレヴェーターに乗って一階に降りようとしたのは、ちょっと機械の性能を試してみたくなったからにほかならない。ボタンを押すと、箱が降りてきた。乗り込んで、一階までの短い距離を移動する。が、こんな小旅行では物足りない気がして、また上にあがり、今度は三階まで乗った。三階につくと、エレヴェーターの鉄格子越しに、楽屋がならぶ薄暗い長廊下、むこう端の壁に取り付けられた電話機のにぶい輝き、当直室の開いたドアから洩れるひかりの黄色い三角形が目に入った。すると、曳きずるような跫音《あしおと》がして、当直の守衛が顔をだした。ファーブロウという名の禿頭の老人で、金属縁の眼鏡をかけている。アダムは説明の必要を感じ、エレヴェーターの鉄格子を開けて挨拶した。

「ああ、あなたでしたか」老人はほっとしたようすを見せた。

アダムは深夜の来訪目的を説明したのち、「たいへんですね、まだ起きているのですか」と言っ

た。

「はあ、いつも十二時まで起きています。通用門はそれまで開け放してあります。階下はめっぽう冷えますんで、夜も更けてくると、この当直室にあがって詰めているんでさ」

「でも、そんなふうにドアを開けていたんじゃあ、ここも冷えるんじゃないのかい？」

「電気ストーヴをつけていますから、開けとかなきゃならんのでさ。あの手のものは、妙なガスを出しますでな。かならず換気せにゃならんのです」と、老人は得々として語った。

何の根拠があってのことか、定かではなかったが、老人の私生活に差し出がましい口をきく気も起きなかった。アダムはいとまを告げて、帰途につくことにした。歌劇場の建物を離れようとすると、入れ替わりに、一台の車が乗りつけて来て、車中より降りたった人物が、あたふたと通用門へ消えていった。アダムはちょっと気になったが、立ちどまらず、ホテルにもどった頃には、このことをきれいに忘れてしまった。

まさに、その時刻である。当直室の開け放した戸口のほぼ真向いの楽屋では、冷たく吹きこむすきま風に、かすかに揺れるエドウィン・ショートハウスの姿があった。天井の鉄鉤から下がるロープが、彼の重みに堪えかねて時折軋《きし》んだが、それが、しかし、室内にひびく唯一の音であった。

6

「想像力の貧困というしかないな。原子物理学者どもが政治による科学の濫用とほざいてのさばっているご時世だというのに、殺人の対象に、一介のオペラ歌手なんかを選ぶとはな」胸くそわるげにそう吐き捨てたのは、ジャーヴァス・フェンであった。

「ショートハウスを知っていれば、一概にそうとも言えないのさ。その死を悼むものは、あまりいないよ」アダムはそう話した。

三人の男は、セント・ジャイルズの通りを横断しようとして、トラックをやりすごすため、縁石の上でしばし立ちどまっていた。わき上がったつむじ風が、粉雪を舞わせて、三人のあいだを吹き抜けていった。

道路を半分渡ると、フェンは話をつづけた。「それにしても当節、いい歌手が払底しているからな。感想めいたことを言わせてもらえば」――と、一応の謙遜をみせるが、ふんぞり返った態度で帳消し――「ショートハウスは一流の歌手だった」

「それはそうさ。でなければ、誰も二分間と我慢ができなかったさ……。この雪、積もるかな」

「殺人とするのは、いささか早計じゃないかね」と、オックスフォード警察本部長サー・リチャー

ド・フリイマンが口をはさんだ。背筋を立て、ちいさな歩幅でしっかり踏みしめていく。「マッジ警部の報告では、状況には自殺と思われるものがあると考えられる、ということだった」そう話してから、そのもの言いのヘンリイ・ジェイムズばりの回りくどさに、思わず顔をしかめた。

「マッジがね。そいつはつらいね」フェンはむすっとして、タクシー運転手のようなしぐさで、腕組みした腕をぽんぽんとやった。「自殺ならぼくの出る幕はないな」

「ショートハウスといえば、同姓の作曲家がいるが」

「チャールズ・ショートハウスですか。ええ、兄弟です」アダムがこたえた。「エドウィンは、兄チャールズのオペラ作品に多数出演しています。一般作品でレパートリイにしていたのは、ワーグナーでした。ヴォータン、ザックス、マルコ、おしゃべりのグルネマンツといったところです。今度の『マイスタージンガー』オックスフォード公演でも、ザックス役だけは、はじめから決まっていた」

三人はパブの前を通りかかった。「ぼくはバートン（地ビールの銘柄）がいいな」フェンは、亡き妻エウリュディケーを恋うあまり、冥界まで連れ戻しにいったオルペウスのごとき凄まじい目つきで、パブをふり返ったが、「さすがに早すぎるか……。首を吊っていたんだな？」

「そのようだ」本部長はうなずいたが、「しかし、窒息死ではないらしい。絞首刑に似ているとのことだ」

「というと、首の骨でも折れていたか？」

「それとも脱臼したか。現場に行けば、そのへんのくわしい報告も聞けるだろう」

「自殺にしては妙だぞ」フェンはいつもの血色のよいさっぱりした顔を曇らせ、「自殺なら、そのお膳立てに、もっと筋の通った、きれいなものがあってしかるべきだろう」と、くるまっているだぶだぶのレインコートのえりに釦をかけ、ばかに大きな帽子をかぶり直した。フェンは四十すぎのすらりと背の高い男である。眼はブルー、水でなでつけただけの鳶色の髪はくしゃくしゃだった。ランドルフ・ホテルのかどを曲がり、ボーモント・ストリートに入ると、「やっこさん、リハーサルでトラブルでも起こしたんじゃないのか」

「トラブルだなんて、そんな生やさしいものじゃなかったよ」アダムはにこりともしなかった。

「ところで」と本部長に向きなおり、「家内に午前中に劇場へ来るように言ってあるんですが、かまわないでしょうか。ちょっと彼女の仕事向きのことなので」

「ほお、奥様ですか。奥様がおありとは存じませんでしたな」本部長は重大機密事項でも洩れ聞いたように、重々しい口ぶりをした。

「アダムの細君はエリザベス・ハーディングなのさ。犯罪ものの作家だ」と、フェンが紹介した。

「そうですか。それはまた、とんでもないものをご執筆で」本部長はずけりと言った。「もちろん、かまいませんよ。お会いするのが愉しみですな」

「ジャーヴァス、彼女はむしろ、きみと話がしたいようなんだ。どこかの新聞に名探偵の特集を連載するらしくてね」

「名探偵」フェンはたちまち相好を崩した。「なんてこったい。おい、いまのを聞いたか」と、本部長の胸板をばんとやって、ことさらに注意をうながした。「名探偵だってさ」

「名物ばかの特集ですか。うおっほん」本部長はそう言葉を返した。

「まあまあ。さあ、着いたよ」アダムが二人を引き分けた。

セント・ジョン・ストリートを右に見ながら通り過ぎ、歌劇場に到着した彼らは、フェンが寒いとうるさくぼやくなか、通用門へまわった。そこは、巡査が一名、警備をかためていた。傍らに、上着のえりを立て、蒼くかじかんだ指で楽器ケースをさげる粗末な身装の男たちがいて、ハープ奏者の女と話していた。

「おはようございます、ラングリイさん。妙なことになりましたね。リハーサルはやるんですか」と、そのひとりが挨拶した。

「少なくとも午前中は無理だろう。警察しだいだがね」と、アダムはこたえた。

「公演中止になるわけではないんでしょう？」

「それはないだろう。ザックスには代役を立てればいい。初日は延期されるだろうがね」

「じゃあ、パブにでもしけこむとするか。おい、誰か、いっしょに行かないか」と、オーボエ奏者が仲間に声をかけた。

警備の巡査が本部長に会釈した。フェンにも胡散《うさん》臭げに会釈した。アダムには何の挨拶もなかった。三人は中に入っていった。

通用門を入ると石造のせまいホールがあり、そこから上へ下へと階段がはしっている。壁に洞窟のような場所があり、生活必需品の最低限のものが備えてあって、つまりは、昼間、通用門守衛が生活し、活動し、存在する場所というわけだが、いまはもぬけの殻だった。パッド張りのスイング

ドアを押しあけて、舞台袖に入ると、うす暗がりが彼らを迎えた。ロープや投光器、無造作に立てかけてある書割などを慎重によけながら進んでいくと、舞台のほうから、何か言い争うような声が聞こえはじめ、やがてはその現場も目に入ってきた。

バトン（天井から照明、垂幕をつるすための棒、または金属パイプ）の上方、ひとつだけ灯っている照明があったが、その光線のもと、エリザベスと警察の警部が対峙していた。奥の暗がりにも、天国にも地獄にも入れない亡霊のような人影がいくたりかあったが、明らかにさきの二人がもめごとの張本人らしかった。小柄な警部がしなびた顔に底意地の悪さをうかがわせている。エリザベスは両手を腰にあて、警部を睨みつけていた。

「何ていうわからず屋なの。あんたなんか、役人根性丸だしの、おたんこなすの、すっとこどっこいよ」エリザベスはリズムを切ってぶちまけた。

「いいですか」警部は必死に冷静を装いながら、「何度言えばわかるんです。あなたには、ここに入る権利はないのですよ。どうしても出ていかないというのなら――それもいま、即刻にです――公務執行妨害で逮捕しますよ」

「いいわよ。やってごらんなさいな」そう啖呵《たんか》をあびせ、聞いていたフェンの度肝を抜いたエリザベスであったが、「もしほんとうに――」と言いかけて、くるりと身を翻らせたので、アダムと目が合い、「まあ、あなた」と、みるみる顔を朗らかにした。

「だめだよ、お巡りさんのじゃまをしては。紹介しましょう。本部長のサー・リチャード・フリイ

マンに、ジャーヴァス・フェン。家内のエリザベスです」アダムは双方を引き合わせた。

「以後、お見知りおきを」本部長はぞんざいに骨太な挨拶をして、「マッジ君、いいんだ」と、憤懣やるかたない警部にはそう言った。

「ご命令とあらば」警部は一歩退いたが、「ええ、ええ、ご命令とあらばね」と、脇へ吐き捨てた。

「いやあ、どうもどうも」フェンは、ご馳走の童子にありついた人喰い鬼みたいな目つきで、エリザベスを見つめ、「お会いできて光栄です。アダムの逸話なら、いつでもお聴かせしますよ」と、上機嫌で挨拶した。

「やっとのことで助けが来たわ。ずいぶん、ゆっくりしてらしたのね」エリザベスの声には、きかん気が残っていた。

「そうだね。わるかった」アダムは詫び言を口にした。

「さてと」こんなやりとりにすこしも興味がない本部長は、「まずは事実関係からだ。現場はここなのか」

そう訊いて、あたりを見まわした。舞台照明が客席の前列あたりをぼんやり照らし出している。舞台の左右には、ペンキ塗りの仕上がっていない押出し《フラット》がある。舞台の奥には、二階照明室がみえる。どこもかしこも、ごみと埃がたまっている。床には、リハーサルの位置決めで、制作のラザストンがつけたチョークの痕が、うっすら残っている。オーケストラピットには、真鍮の譜面台がこんがらがったまま放置してある。が、自殺ないしは殺人を思わせるものは、おびただしい数のロープをのぞけば何もなかった。

「いいえ。楽屋です」警部は、恐らくは普段と違い、ずいぶん突《つ》っ慳貪《けんどん》な報告のしかたをした。

「じゃあ、はやくそこへ案内したまえ。これからくさい芝居をやるわけでもあるまいに、こんなところに突っ立っていることはないんだ」

警部はため息をついて、ひと声、「ファーブロウ」と、ルーンの呪文のような言葉を発した。すると、取り巻く亡霊のごとき人影の中から、守衛が姿をあらわした。目をぱちくりさせ、「ラングリイさん、おはようさんです」と、おちつかなげに挨拶する。

「あなたには同行ねがいますよ。本部長が話を聞きたいでしょうから」警部は有無を言わせない口調で、そう告げた。

「誰だね、これは？」本部長が、不快の色をあらわにした。

「通用門守衛です。重要な証言者なのです」

「ほお、重要かね」本部長は奇怪な生物に遭遇したような口ぶりをした。

「さあ、さあ。それじゃあ、いつまでたっても埒《らち》があかないよ」フェンがいらいらと催促した。

一同は舞台をあとにした。アダムはさっそくエレヴェーターに乗りこもうとしたが、老いぼれの守衛が難色をしめした。機械の調子が狂った日には地面に真っ逆さまですぜ、と言ってゆずらないのだ。どのみち、全員が乗れるほど広い箱ではなかったので、足腰を鍛錬せよ、と本部長に励まされながら、階段を上がることにした――警部を先頭に、本部長のすぐうしろにはフェン、これにアダムとエリザベスがつづき、しんがりはファーブロウ老人。三階にあがると、屋上に出る鉄梯子がじゃまになっている場所を、一列になって通り抜け、やがて、「エドウィン・ショートハウス」と

名札のあるドアの前に来た。警部は歩みをとめた。

「ここです」

「ふむ、ふむ」と、本部長は言ったが、もったいぶったもの言いにまた顔をしかめた。「ともかく、覗くとしよう。故人の――なには搬出済みかね」

「もちろんです」警部はドアの鍵穴に鍵を差込みながら、「そろそろ検屍も終わる頃です。ラシュモウルの報告を待っています」

「故人の兄には連絡したかね？」

マッジが鍵をあける手をとめてしまったので、みんな閉口した。ここの廊下はすきま風がひどいのだ。「本日早朝、電報を打ちまして、本部長ご到着の数分前に返信がありました。それが」と、言い淀んで、「妙な文面なのです。わたしから見ましても、ちょっとおかしいのです」

「ほお、どんなふうに」

マッジはドアから離れ、ポケットをさぐり、一通の電報を取り出した。一同はそれを回し読んだ。

『祝着千万、大願成就ス、ソレ自殺ナルヤ、当方多忙ニツキ、コレニテ御免。チャールズ・ショートハウス』

「ふむ。冗談にも限度というものがあるが」本部長は腹立たしげに言った。

「いや、冗談じゃないでしょう」アダムが口をはさんだ。「チャールズ・ショートハウスという人は、なにしろ変人で通っていましてね。兄弟仲の悪さも有名な話です。いかにもそういった文面を書きそうな人物なのです」

「住所はどこですか」

「たしか、アマシャムの近くです」

「なるほど……。マッジ君、ともかく早くそのドアを開けてくれたまえ」

ようやく、彼らは楽屋に入った。かなり広い部屋であった——楽屋と言えば、どこでもそうだが、ここも乱雑をきわめ、うす汚れていた。衣装類が、壁の鉤に無造作にかかり、椅子のうえにもうずたかく積まれている。鏡台には、ドーランや写真が散乱している。やたらに書き込みのある、ぼろぼろになった『マイスタージンガー』のヴォーカルスコアが床に落ちていた。その他、うっすらと白粉をかぶった本が数冊、ビールの空き瓶が二本、同じく飲みかけが一本、洗い桶、タイプライター、未使用の便箋などがあった。この部屋には窓がないため、鏡の両側のつや消し電球をつけて、明かりを採ることになるが、天井の一部が吹抜けになっていて、その奥には、三インチ四方のちいさな天窓が取り付けられており、屋上から開閉する仕掛けになっていた。

「この部屋でずいぶんおくつろぎだったようだな。本稽古がはじまっていたわけでもなかろうに」と、フェンが言った。

「そうなんだ。この部屋に入り浸りになっていた」アダムは話した。「たいてい、酒だった。ジンのボトルもそのへんに転がっているはずだよ。ジンは片時も手放さなかったからな」

「はい、ありました。すでに鑑識に出してあります。こちらをご覧ください」——名所案内でもあるまいに、とアダムは思った——「死体がぶら下がっていたのは、ここです。いや、ぶら下げられていたのは」と、マッジは自信なさそうに言い直した。

「ぶら下がっていた、でいいさ」と、フェンは訂正してやり、「おいおい、とても首の骨を折るほどの高さはないようだぞ」

「死刑執行では、体重に応じて、六フィートから八フィートの高さを見込んでいるわ」エリザベスが事務的に口をはさんだ。

フェンはさっと鋭い視線を向けた。「そうだね。その通り。だが、むろん、衝撃度の問題だからね。運がよければ——この場合、運がよければ、というのも妙だが——一フットくらいでも首を骨折するかもしれない」

一同は、そこからロープが垂れていたところの頑丈な鉄鉤を見上げた。天窓の吹抜けから一フットほど、天窓そのものからは七フィートほど離れた天井に、しっかりと埋め込まれている。

「どうして、あんなところに鉄鉤があるんだね。以前からあったものなのかね？」本部長はパイプを取り出しながら、疑問を口にした。

警部にうながされた守衛が、以前はなかったと思います、とこたえた。

警部があとを引き取って、「床から漆喰の破片が発見されました。明らかに最近、それも目的があって取り付けたものです……ともかく、死体はそこにぶら下がっていました。ロープ自体に異常はなく——ごくふつうの洗濯ひもでした」

「結び目はあったかい？ ちょうど、顎さきの下が当たるあたりに」椅子に腰を降ろしたフェンは、自分の顎をさすりながら訊いた。

「ええ、たしかにありました。本人がやったにせよ、何者かがやったにせよ、彼らには自分が何を

しようとしているか、はっきりわかっていたはずです」と言ってから、警部は自分の言いまわしがへんだと思ったらしく、黙ってしまった。アダムには、そう察しがついた。

本部長がマッチを擦り、その手をふって、「それで？」と、話のさきをうながした。マッチの火は消えてしまった。

「ロープの内側には、当て物にしたらしく、使い古しの綿パッドがかませてありました」――ここはあらかじめ練った文章が頭にあったらしく、一気にしゃべったマッジであったが――「それから――はい、それだけです」

「それだけ？　ばかなことを言うんじゃない」本部長は声を荒げた。「そんなはずがあるものか。死体を発見したのは誰かね？　そして、その時刻は？」

「シャンドという医者です」

「シャンド？」フェンは鏡にむかい、鼻の下に、ドーランでおおきな髭を黒々とえがいていた。ふりむいて一同に出来映えを披露したが、エリザベスがきゃっと黄色い悲鳴をあげたので、憮然とした顔で話した。「あの医者は信頼していい。だが、そんな夜更けに、何をしに来たんだ？」

「ジャーヴァス、たのむよ、ドーランを玩具にするのはやめにしてくれ」と、本部長はたしなめ、警部に訊いた。「その通り。そんな夜更けに、いったい何の用があったんだ？」

「ショートハウス氏から応診の依頼があり、それに応じて駆けつけたのだそうです」と、警部はあわてて説明した。

「ほお。『ショートハウス氏から』と言ったな。連絡してきたのは本人なのかね？」

「それなんです。わからないんだそうです。電話だったそうで」

「こいつは俄然、面白くなってきたな」上唇に化粧落としクリームを塗ったフェンは、ブラマンジュを喰らっているようなご面相になった。「ともかく、医者が到着した。それは何時のことなんだい？」

「十一時半前後です。まっすぐにここにやって来て——つまり、この部屋の外の廊下まで、という意味ですが——、向かいの部屋に守衛が詰めているのを見かけています」

「ちょ、ちょっと待ってください」と、アダムが唐突に口をはさんだ。「ぼくも昨夜、ここに来たんだ」

「そうだわ、あなたも来たんじゃない」エリザベスが感心したような声をあげた。

「おやおや、きみこそ、いったい何の用だったんだい？」と、フェンが訊いた。

「札入れを取りに来たのさ。午後のリハーサルのあいだ楽屋に置いておいたんだが、そのまま忘れてしまった。かなりの大金が入っていたし、楽屋ってのは何かと物がなくなる場所だから、気がつくと、すぐに取りに来た。でも、エドウィンが居残っていたとは知らなかったし、ましてや死んでいるなんて……。そんなこと、どうして思うはずがある？」

にわかに活気づいた警部は、本部長の顔色をうかがいながら訊いた。「失礼ですが、わたしは、あなたがどういうかたなのか、いまだに存じあげないのですが」

「アダム・ラングリイ君だ。『マイスタージンガー』にヴァルター役で出演する」フェンが、タオルを使いながら、タオル越しのこもった声で紹介した。

「ヨーロッパでただ一人、ウエストサイズが許容範囲内の一流テノール歌手よ」と、エリザベスも自慢げにつけ加えた。

「札入れを取りに来られたわけで。なるほど。それは何時のことでしたでしょう?」

「そうだな……十一時二十五分頃だったかな」

「あなたの楽屋は、たしか――」

「ここの一階下」

「そうですね」警部は先刻承知とうなずいてみせ、「で、歌劇場内で、ほかになさったことはなかったでしょうか」

「エレヴェーターに乗ったけどね」アダムはもごもごと話した。

「は? いま、なんと?」

「エレヴェーターに乗ったのさ」アダムははっきり言い直して、「ああいう乗物が好きなんだよ。乗っていると、ちょっとおかしな気分になってね」

「だからこそ、ふつうは――」

「それがぼくには快感なのさ」アダムはざっと自分の行動を説明してのち、「守衛さんに挨拶したな。電気ストーヴは有毒ガスを発生させるそうだから、夜間は当直室のドアを開け放しておくのだそうだよ」と、余計なことまでしゃべった。

「ばかばかしい」と、本部長が決めつけた。

「守衛のほかに、誰か、見かけませんでしたか」マッジは質問をかさねた。

「いや、誰も。エレヴェーターで遊んだあとは、まっすぐ帰った——あっ、そう言えば、歌劇場を出ようとすると、通用門に乗りつけてきた車があったな。たぶん、それがさっきの話の医者だったんだな」

この行き当たりばったりの回想は、さほどフェンの興味を惹かなかったらしい。「いや、もう結構。医者の到着と死体発見に話をもどそう」と、フェンはつれなくさえぎった。

警部が咳払いをひとつして、いかにも、これから名調子を聴かせるぞ、という気配をみせた。「シャンド先生がドアを開けました」——わざとらしく間をおいて——「そしてさきほど示した場所にぶら下がっているショートハウス氏を発見しました」と、再度その場所を指さし、「先生は、すぐに向かいの当直室の守衛を呼び、二人で同氏を床に降ろしました。

さて、よく注意してお聞きねがいたいのですが」と、警部は一同の不注意をなじるように、人差し指を振り立て、「じつは、厳密に言うと、この時点では、故人はまだ死亡してはいなかったのです。つまり、呼吸は止まっていましたが、心臓は依然として動いていたのです。絞首刑では、こういったことがたまにあるということを聞きます。医者が」——警部は、ひとしきり脳裡の手帳を繰って——「橈骨《とうこつ》動脈、これを切開すると、まだ血液循環がありました。もちろん、蘇生は不可能でした——床に降ろしてまもなく、心臓の鼓動も停止しました。こういった死後の心臓の活動は、せいぜい数分間しか続かないものなのです」

沈黙があった。本部長はパイプに火をつけようとしていたが、皺のある褐色の顔、針金のような白い頭髪と口髭が、マッチの炎でちらちらと映し出された。いたずらにも飽いて、鏡台のかどに腰

かけていたフェンは、うすいブルーの双眸をじっと宙の一点に注いでいる。エリザベスは椅子に腰かけ、アダムがその椅子の背にもたれかかっている。戸口付近にいた守衛は、身体の重心を脚から脚へとうつしかえた。一同の中央に立ちつくす警部は、さながら、とびきり間抜けな魔女の集会に、地獄の掟を伝えに派遣された手下の悪魔といった風情であった。

「この話は、それでいいとしまして」警部はさらに言い足した。「問題は、医者が到着した時、この部屋にはショートハウス氏以外、誰もいなかったということです。慎重な医者は、この点を厳重に確認していますが、ご覧のとおり、ここには隠れる場所がありません。しかも出入りするには、正真正銘、このドアを通るしかないのです」

7

警部はため息をついて、いかにも面倒そうに話をつづけた。「つぎは守衛の証言です。わたしの見る限り、自殺か否かは、この守衛の証言にかかっています。[*1] 守衛は十時四十五分に当直室に入りました。いつもの癖で、戸口は開け放しておきました」

「ガスがね、いけませんので」ファーブロウ老人は、本部長に抗弁するように言った。

警部は取り合わず、「十時五十五分。ある人物がやって来て、この楽屋のドアをノックし、入室しました。現在のところ、これが生前のショートハウス氏を見た最後の人物と思われます」

「誰だね、それは?」と、本部長が訊いた。

「未確認です」警部は申し訳なさそうに告げた。「ひょっとすると、ラングリイさんがご存じかもしれません。恐らく合唱団の一員の若い男なのですが」

「黒髪なんでさ。黒髪で、ユダヤ人のようでした」と、守衛がつけ足した。

「ああ、誰のことをいっているのか、わかるような気がするぞ」と、アダムは言った。「徒弟のひとりだな。ボリス・何某君だ」

「姓のほうは、いかがでしょうか」

「うーん、だめだな。でも、今度リハーサルがあれば、本人を指し示すことはできるよ――もっとも、それなら守衛さんも、そうできるはずだね」

「どうも」警部は満足そうにうなずいて、「では、この件はさほどの急務でもないでしょう……。問題の青年は、この部屋にほぼ十分間滞在し――」

「ちょっと」フェンが口をはさんだ。守衛のほうへふりむいて、「二人の話し声を聞いたかい？」

「いいえ、聞いていません。どのみち無理でさ。案外、分厚いドアなんです」と、守衛はこたえた。

警部は話をつづけた。「十一時五分頃、青年が部屋から出てきたので、守衛は声をかけました」

「すまんが、もう一度」と、フェンはさえぎって、「守衛さん、楽屋のドアが開いた時、当直室から中の様子は見えたかい？」

「いいえ。ちょっとばかし角度がありましてな。部屋の隅が、ちらっと見えただけでさ」

「了解……どうぞ、警部」

「そして、青年を通用門まで見送り、そこで別れました。まっすぐに当直室にもどり、炉棚の置時計をみると、時刻は十一時十分だったそうです。当直室を留守にしたのは、せいぜい三分間ほどだったということです」

「そのとおりでさ」守衛は感心したような目を警部にむけた。警部がひとつとして間違えずにしゃべったことが、よほどの驚きらしい。

＊I――守衛の証言は、細部にいたるまで正確である。

「最後に」警部は声の調子を高めて、「十一時十分以降、医者の到着の十一時半まで、この部屋を出入りした者は、一人もなかったと申しています」

「アダムと話しているあいだも、楽屋のドアから目を離さなかったのかい？」と、フェンはただした。

「ちゃんと目のはじっこで見てました」守衛はそうこたえた。

「どっちにしても、それは三十秒かそこらのことだよ。出入りする者があったら、ぼくが目にしているはずだ——当直室から洩れる明かりが、けっこうあったんだ」と、アダムは話した。

フェンの血色のよい顔に、かすかだが、まぎれもない狂喜の色が奔《はし》った。「警部、質問がふたつある。まず、自殺だとするなら、椅子か何か、踏み台にしたものはあったか？」

「ええ、ありました。酒場のカウンターにあるようなスツール状の椅子で、飲み物を手渡すのにひと苦労するようなやつです。守衛の話では、小道具部屋にあったものだそうです。足跡と指紋の調査のために搬び出してあります。死体のすぐわきにひっくり返っていました」

「そうか。指紋の話が出たついでに訊くが、天井の鉄鉤はどうだ？」

「はっきりしたものは出ません。若干の汚れ程度です」

「なるほど。守衛さん、どの時点でもいい、椅子がひっくり返るような物音を耳にしたかい？」

「はい、耳にいたしやした」守衛はいやにうやうやしくこたえた。「もっとも、その時は、たいして気にもとめませせなんだが」

「時刻は？」

「たぶん、お医者の到着の五分くらい前です。それが、ラングリイさんと話す前だったか、あとだったかは、もうひとつはっきりしないんですが」

「じゃあ、もうひとつ。警部、さっき、ジンのボトルを鑑識に出したという話だが――」

「グラスの件ですか。ええ、それも手配済みです。当然のことです」

「じゃあ、結局、こういうことだな」アダムがゆっくり語りだした。「ショートハウスの死は、やはり自殺とするしかない。この楽屋の戸口は十一時十分以降、ずっと監視下にあった――そして医者が到着した時、部屋の中にはショートハウスのほかは誰もいなかった。一方、医学的根拠からすると、十一時十分の時点ですでに死亡していたと仮定することはできない。なぜなら、その後の二十分間も心臓が動きつづけることは、絶対にあり得ないから」

「そうなんです」この日はじめて、警部は自信めいたものをのぞかせた。「自殺。わたしにはこれが唯一、妥当な結論に思われるのです」

「ぼくにもそう思えればいいがな」フェンが、独言のごとく呟いて、「が、漠然と――」

ドアにノックがあり、フェンの話は中断された。守衛がドアを開けた。すると、書類鞄をかかえ、やけに浮かれたようすの小男があらわれた。さっさと――何の挨拶も、断りもなしに――部屋に入り込み、満面に喜悦の表情を浮かべて一同を眺めまわした。

「やあやあ、みなさん、血みどろの情報が満載だよ」開口一番、男はそう言った。「みごとな仕事だったね。なにしろ、早い、手際がいい、正確この上ない、と三拍子揃っている」

「警察嘱託医のラシュモウル先生です」警部が、仕方なく、誰にともなく紹介した。

「ここ、坐ってかまわんね」と、嘱託医は椅子を引き寄せたが、椅子におとなしく言うことを聞け、とばかりの手荒さだった。「お待ちどうさん。ちゃんと持ってきたよ」と、書類鞄をがさがさやりながら、「検屍報告に、ジン——肝臓に悪い酒だね——の検査結果。それから、衣類関係の調査結果。署で持っていって調べるように言われたんでね。やあ、こんにちわ」と、最後はエリザベスにむかって挨拶した。

「ど、どうも。御苦労様です」エリザベスはそう返辞するしかなかった。

「それで、と」嘱託医はタイプの書類をつかみ出した。「まずは『死因』ときた。頸椎第二、第三骨脱臼——首の骨だね」と、わざわざ解説をくわえ、「これじゃあ、首がまわらないのも道理だね。いやいや、つまらんことをいっている時間はないな。ごくふつうの解剖報告がならんで——ひとつひとつ説明しましょうか」

「いや、けっこう」本部長はあわててこたえた。「たくさんだ」

「死亡以前、相当量のバルビツル酸塩系睡眠剤を服用した徴候が顕著。充血、脳のむくみ、腎臓の曲線尿管における退行性変化、及び肝臓の混濁腫脹。チッチッチッ」嘱託医は、これじゃあ救いようがないね、と言わんばかりにかぶりを振り、「われわれは、使用剤はネムブタール（短期間型睡眠薬の商標名）と考えているが、特定にはさらなる分析が必要だ。こいつに手間取るんだ。時間はかかるし、退屈な仕事でね。ソポリジンの可能性もあるしね。きみはこっちだと思うかね？」

「ええっと、その件については——」と、警部はしどろもどろにこたえかけたが、さいわいにも、嘱託医は相手にしなかった。

「まあ、判明は時間の問題だろう。そうそう、ジンの検査結果から何かわかるんじゃないかな。ジン、とわかるはずだ、なんてね。いやいや、つまらんしゃれを言っている場合じゃないぞ。こいつを見てみるか」と、取り出した封筒を乱暴に引き裂き、中身を引き出した。「ほお、やっぱりネムブタールか。ボトルから三百グレイン——また、おっそろしい量だな——、グラスから三十グレイン検出」

「ボトルに？」フェンが聞きとがめた。

「そのようだ。ボトルには酒が四分の一しか残っていなかったがね……。さあ、もういいだろう。書類は置いていくよ」そう言って、嘱託医はさっさと腰をあげかけた。

「ちょ、ちょっと」警部があわてて呼びとめた。「ネムブタールというのは、睡眠薬なのですね。完全に意識がなくなるものなのでしょうか」

「この量では、死ななかったのが驚きだね。よっぽど運がよかったんだな。よっぽどね。じゃあ、失敬。仕事、仕事っと……」と、嘱託医はつむじ風のように出ていった。いきおいよく閉められたドアは一瞬、砕け散ったかに見えた。

「警察嘱託医って、みんな、あんなふうなのかしら？」エリザベスが思わず洩らした。

だが警部は、嘱託医が残していった第三の報告書に没頭していた。「ここに、ちょっと妙なことが書いてありまして」と、おもむろに口をひらき、「靴下にロープの痕があったそうなんです——まるで両足を縛ったような。同じようなのがシャツの袖口にも……」と、言い淀んで、「何でしょう、これ？」

「検屍報告にもあるかい？」と、フェンはただした。

マッジは検屍報告の書類を取りあげ、がさがさと繰った。「はい、ありました……。『両手首、両足首に、縛った痕と見られるかすかな蚯蚓《みみず》腫れあり』。これはちょっとへんですよ」

「ジンのボトルに、薬が入っていた事実ほどではないがね」フェンはずばり言った。「グラスだけなら自分でやったことかもしれない――これから為そうとする行為の苦痛をやわらげる意味でね。が、ボトルに入れたとなると、これは本人がやったことではない」

アダムが顔をあげ、にんまりした目をフェンにむけた。「じゃあ、きみに謎解きをしてもらうしかないようだな。こんな不可能殺人、如何にして為されたか」

8

「そうだ、寒い北国の味を湛えた杯を口にしよう（ジョン・キーツの詩『夜鳴鶯に寄せる歌』の一節〝暖かい南国の味を湛えた杯〟のもじり）。不可能殺人よ、ついにお前の出番がやってきた」と、フェンはバートンを一息に飲み干した。

ここは居酒屋バード・アンド・ベイビイのこぢんまりとした一室。窓は表通りに面しており熾《さかん》な暖炉の火にさそわれる。くそ面白くもないであろう仕事のために、無念の涙を呑んで戸口で踵《きびす》を返した警部をよそに、アダム、エリザベス、サー・リチャード、フェンは景気よく乾盃した。もうひと雪来そうな空模様だったが、ちらつくものはまだそれほどなかった。

「鼻風邪をひきそうだわ」エリザベスがアダムにこぼした。「なんだかつまらないことになったわね。公演はどうなるのかしら」

「もちろん、やるさ――初日は、予定より先へ延びるだろうがね。ザックスの代役には、ジョージ・グリーンを立てればいい。リハーサルのやり直しも大したことはない――必要があるとしても、せいぜい一週間分くらいのものさ」アダムはビールを口にしたが、あまりの冷たさにぶるりと身を顫わせた。

「フェン教授」――エリザベスは営業スマイルの最たるものを浮かべながら――「この機会に、先

生にインタヴューをさせていただきたいのですが」

フェンは一瞬、渋るような素振りをみせ、「いや、ぼくなどとても……」と、謙遜してみせた。

「ぜひお願いします。連載ものなんです。登場予定の名探偵には、H・M、ブラッドリイ夫人、アルバート・キャンピオンがいます」

「それは凄いですね」と応じながらも、フェンは意識してアダムの視線を避けていた。狼狽の色を隠し切れなかったのだ。「みなさん、りっぱなかたたちばかりで……」と、しばらく黙りこくってしまったが、「どういった話をすればいいのですか」

「先生がたずさわった事件の話でも」

ファンファーレ吹奏のひとつもほしいところであったろうが、それがないので、フェンはおもむろに咳払いをし、「わが探偵人生、華やかなりし頃――」と語りだした。が、そのとたん、無惨にも、本部長にさえぎられた。

「さて、皆さんの身体も暖まったところで、ショートハウス氏の事件に話題をもどしたいですな」

本部長は断固とした口調でそう言って、「ジャーヴァス、そんなふくれっ面、子どもみたいだよ……。そこでですが、ラングリイさん、これまでのところ、少なくともわたしには、話の中心人物がまだ謎のままでしてね。ショートハウス氏とはどのような人物だったのですか」

アダムはしばらく考えてから、「まず風貌から話すと――がっちりして、上背はそれほどなく、目がちいさい。尊大で、ヒポコンデリーぎみ。咽喉に関してはとくにうるさかった。年齢は恐らく四十代」と、ビールでひと息ついて、「人柄については――ぼくが彼を嫌っていたことはあらかじ

め断っておきます。好いていた者がいたとは思えない。たえずトラブルの種だった。つけ加えると、女性関係があまりきれいなものではなかった」

「おや、C・S・ルイス（『ナルニア物語』他の作家。当時、オックスフォード大学の特別研究員）のお出ましだ」フェンが唐突に声をあげた。

「今日は火曜だな」

「そう、火曜だ」本部長は何本目かのマッチを擦って、パイプに火をつけようとした。

「きみの煙草は、すぐ消えることにかけては一流品のようだな」フェンは嫌味の返礼をして、「わが探偵人生、華やかなりし頃――」

「どのようにトラブルの種だったのですか。例を挙げてもらえませんかね」パイプに葉を詰めなおそうとした本部長は、指先をしたたか火傷した。

アダムは、昨日のリハーサルでの出来事をかなりくわしく物語った。

「いったいどうなることかと気が気でなかった。エドウィンは興行主に電話をかけ、指揮者を交替させると息巻いていましたから……」アダムはそう話を締めくくり、「それが一夜明けると……」と言いかけたが、あわてて言葉を呑みこんだ。

「そうだよ」フェンが中国の首振り人形のように何度もうなずいて、「その言い方だと、まるで――」

「指揮者ピーコックに、殺人の動機があるように聞こえますな」本部長のほうが一瞬早かった。

「ショートハウス氏は、実際に電話をかけたのでしょうか」

「さあ、わかりませんが、ぼくはかけたとは思いませんね。そんなことをしたら、ぼくらが黙っち

やいません。みんな芸術家の心意気にかけて、ピーコックのために一肌脱ぎます」

「まあ、まるで任侠の世界ね」エリザベスは、むしろ、ほれぼれとした目をむけた。

フェンは「ポーグナーの演説」（『マイスタージンガー』第一幕第三場）をまるっきり出鱈目に口ずさんでいた。

「昨日のリハーサルで顔を見たという青年――その青年が、夜半に、ショートハウスの楽屋を訪問したというんだな」

「たぶん」と、アダムはこたえた。

「たぶん、か」フェンはうかない表情で、「まあ、いずれ、いやでもはっきりすることだが」

「その青年には動機があるね」と、なかから蛇でも飛び出して来やしないかというように、おそるおそるパイプの火皿を覗き込んでいた本部長だったが、いまいましそうにパイプを振り、「つまり」――意味ありげな仕草をして――「例の娘だね。さきほどの話では、その娘は、ボリス・何某とショートハウスを結びつける接点のようだが」

「女を探れ《シェルシエ・ラ・ファム》、か」フェンが、さも退屈そうにひやかした。

「あり得ないことではないですね」と、アダムは言った。「でも、個人的なことは、ぼくは何も知りません。ジョウン・デイヴィスにでもお訊きになるといいでしょう」

「エーファ役のソプラノ歌手ですな」

アダムはビールを飲みながら、ごろごろと、そうだという意味の音を発した。「あなた」と、エリザベスが叱った。

「そうなると、ここまでに浮かんだ容疑者は二名。ピーコックと、ボリス・ゴドノフ（ムソルグスキイのオペラ作品の

主人公）。そして、密室で殺されたという情況……」と、フェンはまとめた。「離れたところから、ひとを吊し上げることはできるかな」

「天窓からだな。あれ、開くんだよね」と、アダムも言った。

「あとで天井の鉄鉤に移しかえることができればね」と、エリザベスが水をさした。「そんなこと、戸外からではとても無理だわ」

アダムはため息をついて、居酒屋の戸口に目をやった。すると、その扉が開き、にゅっとあらわれたのは、手足をぶらりとさせた人間の骸骨だった。つづいて入ってきたのはマッジ警部で、その手は骸骨の腰骨をつかんでいた。みんな、肝をつぶした。居酒屋の一隅で、女性客のちいさな悲鳴があがった。

「おいおい、そんなもの、いったいどこの戸棚から引っぱり出してきたんだい（成句「戸棚の中の骸骨（外聞をはばかる家庭内事情）」をふまえたもの）」と、フェンが腹をかかえて笑いだした。それが一段落すると、

「マッジ君」本部長が口もとにきびしさをにじませた。「仕事熱心なのは結構だが、ちょっと行き過ぎじゃないかね。まさか、そんなものを抱えて、オックスフォードの町なかを歩いてきたんじゃなかろうね」

警部は赤面し、「い、いえ、ちがいます。車です」と、蚊の鳴くような声でこたえた。が、「しかし――ちょ、ちょっとご覧になってください。首のところなんです」と、いきおいこんだ。

みんな、骸骨の首の部分に目をやった。居酒屋に居合わせた誰もが目をやった。その首の骨は、見るもおぞましいほど、いびつに捻れていた。

「まるで」警部は誇らしげに告げた。「リハーサルをしたみたいなんです」

がちゃがちゃと耳障りな音を立て、ひと騒がせな骸骨はようやく木椅子の下にしまい込まれた。『『不憫なものだな、ヨリック』（シェイクスピア『ハムレット』第五幕第一場、ハムレットの台詞）なんてしゃれを言う奴は、殺されても仕方がないぞ」と、フェンは茶化した。警部にはビールがふるまわれたが、上目遣いに上司の顔を盗み見る当人のしょげようは、叱られた仔犬のようであった。見かねたフェンが、その肩をぽんぽんとやって慰めてやらねばならなかった。

いくらか意見のやりとりもあったが、得るところはほとんどなかった。骸骨は歌劇場の小道具部屋で発見され、小道具の一つとして、そこに仕舞われていたものだった。が、首の骨の現象を説明することは、守衛にさえできなかった。「検屍報告に、こうありました」と、警部は話した。「頸椎の脱臼は相当な力がかかった結果と思われる。たとえばそれは、身体が宙吊りになっている時に、何者かが飛びついてしがみつき、ひきずり降ろそうとしたかのようである、と」

一瞬、誰もが言葉を失った。しばらくして、エリザベスが「こわいわ」と呟いた。

「骸骨の登場するオペラなんて、なかったはずだがな」と、フェンは言った。

「そうだね」アダムはうなずいて、「カイザー（ゲオルグ。ドイツ表現主義の劇作家）原作、チャールズ・ショートハウス作曲のオペラ『朝から夜中まで』で使ったんだ。そう言えば、エドウィンの遺産を相続するのは、チャールズなんだな」

「金に不自由しているのか」

「いや、そうではないが、有り金はことごとく自作のオペラにつぎ込んでしまったろう。オペラの作曲では飯は喰えないからね——少なくとも、英国では」アダムはちょっと沈んだ目をして、「エドウィンは数千ポンドは溜め込んでいただろうし、独身だったから、遺産はチャールズのもとへ行き、ひいては『オレステイア』につゆと消えることになる」

「『オレステイア』?」

「チャールズ・ショートハウスが作曲中の壮大な四部作オペラさ。台本《リブレット》はあのキャドガン（クリスピン『消えた玩具屋』参照）が担当したんだよ。この化物じみたオペラの上演には、歌劇場そのものから刷新する必要があってね——つまり、第二のバイロイト建設ってわけだ」

「では、りっぱに容疑者の仲間入りだな」フェンはうれしそうな声をだした。「やあ、また、C・S・ルイスが通ったよ」

「アマシャム在住という点を割引けばの話だね」本部長が言葉をはさんだ。

「移動の手段ならいくらだってある。昨夜の行動を洗っておいたほうがいいぞ。アリバイがあるかもしれんがね」

昼食時となって席を立つ客があり、こぢんまりした居酒屋は、ふたたび閑散としてきた。開くたびに冷気を吹き入れるおもての扉から、セント・ジョンズ・コレッジの石造の煤けた正面が、その薄墨色よりは光の粒子を多くふくんだ冬空に聳え立つのや、ところどころに白いものをまぶした落葉樹の並木、セント・ジャイルズの通りにならぶロボットめいた外灯が垣間見られた。辺りは日没のように暗くなっている。大学の食堂では、味気ないスープや、やたらに太くて、ポンチ絵の成金

紳士を連想させる不気味な形のソーセージが準備されているはずだ。フェンはにわかに空腹を覚えた。

「だめだ、食い物のことしか考えられなくなった」

「わたしは、足が氷みたいになったわ……。ねえ、あなた、わたしのすべてを凍らせてしまうつもり？」エリザベスはアダムに真顔で言った。

二人連れの客が店に入って来た。そのとたん、アダムは隣のフェンを押しのけるようにして、おおあわてで二人を差し招いた。二人連れはおずおずとやって来た。

「火の当たるところへどうぞ」と、本部長がにこやかに迎えた。

青年は、迷惑ではないでしょうか、という微笑をうかべた。黒髪のハンサムなユダヤ人青年で、引き締まった体軀をして、鋭敏でいながら、夢想家のような眼差しをしていたが、面上に吹出物の痕らしき痣《あざ》があり、お世辞にも健康そうにはみえなかった。傍らにいるのは、ジュウディス・ヘインズであった。いかにも幼い感じのする娘だったが、ひとを寄せ付けない気高さと、きちんとした教養を匂わせる上品さをそなえていた。重たげな茶色の上着の下は、身体にぴったりしたニットのセーターに、スラックスという出立ちであったが、彼女のほとんど毀れんばかりの細さを、いたずらに強調するばかりだった。金髪に降りかかった雪が溶けかけて、煌めいていた。青年の背中に隠れるようにして、いくぶん不安な面持で、青年の横顔を見つめている。その一心な眼の色が、恋する者のそれであることを察するのは、さほど困難ではなかった。

「紹介しましょう」やっとその任が自分にあることに気づいたアダムだったが、「ええっと——き

みは？」

「ステイプルトン。ボリス・ステイプルトンです。こちらはジュウディス・ヘインズ」青年はそう名乗った。

「家内です」と、アダムはエリザベスを引き合わせ、あとは、「フェン教授、サー・リチャード・フリイマン、マッジ警部」と、悪党の一味のごとく、十把一絡げにやっつけた。

ひとしきり、挨拶のやりとりがあった。フェンは太古の宗教秘儀を執り行うわけでもあるまいに、椅子をきれいな円形にならべ直して暖炉を囲み、あらためて酒を命じた。そのじつ、一同の胸中には、暗然たるものが立ち籠めていた。青年の事件関与の可能性を知らないのは、ひとり、マッジ警部だけであった。ひそかにビールを片づけるペースを早めたのも、仕事のため、早めの切上げを考えてのことらしい。そう看《み》て取ったアダムは、こう告げた。

「このお二人は」――その声は、あまりにもわざとらしいものであった――「『マイスタージンガー』に出演されます」

とたんに、警部の動きがとまった。そして何かしゃべろうとしたが、青年がそれとは知らずにさえぎった。

「今後のことは、どうなるんでしょう。初日は延期されるのでしょうか」と、アダムにたずねた。

「たぶん、そうなるね」アダムはうなずいて、「もっとも今朝は、ピーコックに会っていないからな。ジョウンから聞いた話だと、電話で報せを受けたリーヴァイ氏は、脳卒中で仆れそうになったそうだよ」

「とんでもないことになりました」そう応じた青年の口ぶりには、純粋な困惑のひびきがあった。「ぼくは昨夜、ショートハウス氏にお目にかかっているので、なおさらそういう想いです」

ショートハウスの名が出ては、警部も黙ってはいられない。名うての暴れ牛に挑戦する闘牛士のごとき用心深さで、言葉をさしはさんだ。

「ステイプルトンさん、するとあなたが、生前のショートハウス氏に会った最後の人物なのですね」

青年はほんの一瞬、言葉につまった。「そうなんですか、くわしくは聞いていないので。昨夜、お会いしたのは確かです」

「ほお、そうですか。どういったご用件でいらしたんですか」

「ぼくが作曲したオペラのことで。楽譜を読んでくださることになっていました。その感想を伺いにいったのです」

「そういった用件にしては、ずいぶん遅い時刻ですね」

「ショートハウス氏がそう指定されたものですから」青年はいくぶんぞんざいにこたえた。「ぼくの立場で異を立てるわけにもいきません」

「なるほど。それで、あなたはそんな時刻にもかかわらず約束したわけですね」

「ええ、そうです」青年の顔には、不快の色があった。「もちろん——いや、ともかく、そういうことでした」

警部は取りあえず納得してみせ、質問をつづけた。

「そんな時刻の歌劇場で、故人は何をしていたのか、思い当たることはありませんか」

「さあ。楽屋におじゃました際には、ジンを飲んでいるほかは、とくに何もしてないようでした」

青年はあっけらかんとしてこたえた。

「つまりですね、妙だなと思うことはなかったか、と訊いているんです。先方の——ええっと、故人が宿泊していたのはどこでしたっけ——ともかくその宿泊先の部屋ではなく、楽屋でそういう話をしようとしたことを」

「ええ、へんだとは思いました。けれども、劇場に居残って、何かすることがあるんだろうなと思っただけです」青年のすみやかな返答には、かえって嫌味な感じさえあった。

「そうですか」警部はしばし思案ののち、この方面にあきらめをつけたか、質問を変えた。「守衛の話では、あなたが故人と同室したのは、わずか数分間だったようですが」

「ええ」解釈のすべてを聞き手に背負わせる性質の、あまりに素っ気ない返辞であったが、本人はいたって平然としていた。

「それでは——それでは——」警部は、つぎの質問が浮かんでこないのか、ちょっと気でも狂ったようにやたらと周囲を見まわしたが、やがて、「故人の楽屋には、ほかに誰かいませんでしたか」

「誰も」

「それで、話の内容は——」

「ぼくのオペラについてです。ショートハウス氏は妙に低姿勢で、なんとなくぼやかすような口ぶりで——気のない貶《けな》しかたで褒める（アレグザンダー・ポープの詩『アーバスノット書簡』の一節〝気のない褒めかたで貶す〟をひねったもの）、といった感じでした。

要するに、ぼくの楽譜には目を通していなかったんでしょう。少なくとも、楽譜を返してはくれませんでした――いまも宿泊先の部屋に放り出してあるのだと思います」

「その後は、まっすぐ帰った？」

「ええ」

「あなたの下宿先はどこです？」

「クラレンドン・ストリート。歌劇場から近いんです。ジュウディスも同じ下宿です」

「そうなんですか。では、ヘインズさん、ステイプルトンさんが帰ったのを、見るか聞くか、しましたか」

「いいえ」ジュウディスは、まるでふしだらな行為をとがめられたかのように、真っ赤になった。「もう就寝していた時分です」

「ステイプルトン君、ショートハウスは自殺しそうな雰囲気だったかい？」フェンが間延びした声で質問を割り込ませた。みじかくなった煙草の火口から、新しい一本を吸い付けようとしている。

青年はひどく考え込んだ。「そんなふうには見えませんでした。それに、ぼくの知る限り、自殺するような人ではなかったです」と、そこで言葉を切ったが、やがて、「すこし気になったのは、ひどく眠たげだったことです。きっと飲み過ぎたんでしょう」

警部が眉宇をぴくりとさせたが、口はつぐんだままだった。実際、語ることなど何もなかろう、とアダムは思った。青年の話はまったくの真実かもしれないし、楽屋でジンのボトルに睡眠薬を盛った事実を隠すための虚偽かもしれない。いずれにせよ、いまそれに白黒つける手だてはないのだ。

が、ひとつだけ、はっきりしていることがある。頑丈な大人を吊し上げるには、まず、その身体を抵抗できない状態にしなければならない。その手段として考えられるのは、縛りあげるか、睡眠薬を盛るか、だ。では、なぜ——情況証拠にあるように——その両方なのか。いずれかが余計ではないか。

「やはり自殺にちがいないわね」エリザベスが口をはさんだ。「殺人なんて——だって、そんなこと不可能よ……。それとも？」と、眉をひそめたが、「でも、そんなこと、重力が無効にでもならなければ……」

だが、警部は取り合わなかった。いま一度、青年に嚙みついていった。

「昨夜のはやい時間帯の行動を聞かせてもらえませんかね」

青年はグラスを手にし、ひとくち飲んでから返答した。考える時間がほしかったようにも見えた。

「夕食後、ずっとクラレンドン・ストリートの下宿で読書をし、九時に出かけ、居酒屋グロスターに行きました。芝居関係の連中と看板まで飲みました。それからちょっと散歩をして、十一時には、ショートハウス氏に会うため、劇場にまわりました」

「散歩ですか」警部はげんなりしたような声で、「独りで？」

「ええ。わるい晩ではなかったので。月もちょっと出ていました」

「そうですか。あなたが下宿にもどった時刻を証言できる人はいますか」

「さあ、どうでしょう。遅くなるから、おもての鍵はもどりしだいぼくがかけるという手はずにしておきましたので、下宿の女主人はたぶん寝ていたことでしょう。でも、物音を聞いた人ならある

かもしれません。そう言えば、ショートハウス氏の楽屋を出てから、もうひと歩きしました」

「また、散歩を？」と、警部は目をむいて、話のややこしさに業を煮やした。

「ええ、また散歩を」青年はしずかな口調で繰り返した。「それほどながい散歩ではありません。十一時四十分頃には帰宅しました」

警部はふかく息を吸い込んだ。彼がしゃべり出そうとしたその瞬間、フェンが言葉をはさんだ。

「ショートハウスと何も話さなかったのかい、ヘインズさんのことは？」と、やんわり訊いたものである。

9

娘がさっと顔をふりむけた。瞬間、金髪が電灯に煌めいた。

「どうしてふたりの話に、わたしが」そう口走った娘は、自分の声のかすかな戦慄を呪っていた。

フェンは娘を見つめ返した。「たしかに立入った話だが、いまの情況では、遅かれ早かれ、表沙汰にしないでは済まされない……。聞いたところでは、ショートハウスは――さあ、何て言うか――きみの虜となった、らしいね」

ジュウディスは蒼ざめた。「ひ、ひとは――で、でも、わたしは――」と、ひどくどもった。

極度に取り乱した彼女には、それが限界だった。ばつのわるい間が訪れたが、それをすみやかにして、みごとに埋めてみせたのは、意外にもマッジ警部であった。

「当然のことながら」――本部長がパイプをいじる手をとめ、思わず視線をむけたほどの甘い声で――「捜査では、そういう調査が必要となる時もあるのです。この手の話は、第三者の証言では聴くに堪えないものになりがちで」と、手を振って、大袈裟に嘆いて見せ、「ですから、できれば、あなたの口からお聞きしたいのです」

青年が即座に、「義務じゃないよ、どうしてもきみが――」と言いかけたが、娘はさえぎった。

「警部さんの仰るとおりだわ。どうせ、わかってしまうことだもの。隠さなきゃならないことは何もないのだし……。

ご存じかもしれませんが、ボリスとわたしは恋人同士です」——娘は、この世でもっとも当然のことのように話したつもりだろうが、生憎《あいにく》、そうは聞こえなかった——「それなのに、ショートハウスさんが——その、つまり、横恋慕されたわけです。それだけです。もちろん、わたしは期待させるようなことは、何もしていません」

「ヨコレンボ?」さっぱり意味が通じなかった警部は、頓狂な声をあげた。

娘は赤らめた顔で、必要以上に大声を出して話した。「まじめな気持ちではないんです。まるでその反対です。慰みものにしようとされたんです」

警部が憎々しげに舌打ちして、かぶりを振った。それなりに義憤に駆られてのことらしい。

「では、ステイプルトンさん、あなたはむろん、腹を立てたんですね」

「いいえ、ぜんぜん」青年の口を押さえるようにして、娘が返答した。「わたしたち、そんなに幼稚じゃありません。笑い飛ばして終わりです」

が、青年はぼそっと言った。「いや、それほど単純な話ではなかったよ」

警部にむかって、「ええ、腹が立ちました——それはたしかに。でも、ショートハウスさんは——まあ、ああいったかたですから、気に病むというほどではなかったです。我家の安全さえしっかりしていれば、泥棒がよそで何をしようと気にすることもないでしょう」

この反社会的発言を、警部はどうにか聞き流した。

「お嬢さん、あなたの昨夜の行動を聞かせてもらえませんか」と、ジュウディスにたずねた。

「夜はずっと独りで過ごし、十時半に就寝しました」

「それはまた、ずいぶん簡単なお答えで結構ですね。あなた自身は、ショートハウス氏の――つまり、そういった誘いかけには、まったく腹を立てなかったわけですか」

ジュウディスは肩をすくめた。「だって、どうしようもないことですもの」

「それはまあ、そうですね」警部はいやにわかったような口ぶりで応じた。「では、いまのところ、これ以上お訊きすることはありません。フェン教授、そちらからは何か」

フェン教授は半分眠りかけていた。その眠気を振り払うには、かなりの努力を要した。

「いや、ないな」と、しばらく考えたのち、そうこたえ、「ありがとう《シェン・ダンク》、若者よ《マイン・ユンゲン》」（『マイスタージンガー』第三幕第一場、ザックスの台詞）と、歌ってみせた。

「では、そろそろ失礼します。ランチに間に合わなくなりますので」青年はビールを終え、暖炉に煙草の吸殻を投げ込んだ。

娘も立ちあがり、上着を羽織った。その腕を青年がやさしく取った。

「あのう、ラングリイさん」戸口に向かいかけた時、娘ははにかみながら言った。「デイヴィスさんから、ボリスのオペラのことをうかがっておられませんか」

「ああ、聞いているよ。ぜひ拝見したいね」と、アダムは笑顔でこたえた。

「ご期待に添えるようなものかどうか」青年は若者らしい生真面目な表情をした。「ともかく、おねがいします」

「いつ拝見できるかな」

「まだショートハウスさんの所持品のなかだと思いますので。たぶん警部さんが――」と、青年は警部の顔をおそるおそるうかがった。

「調べが済みしだい、お返しします」と、警部は請け合ったが、「もちろん」と、意地悪そうな表情をみせて、「事件と無関係であると判明したらの話です」

「たとえ、ぼくが気に入ったとしても、直ちに出版にこぎ着けるとは思わないでくれよ」と、アダムは言い足した。「知ってのとおり、そういったことはなかなか難しいんだ……。ところで、それはヴォーカルスコアだろうね？　リストなら、オーケストラスコアからでも、初見で『トリスタン』のピアノ伴奏をしてみせたんだろうが、ぼくはそんな才子じゃない」

「たんなる伝説でしょうけどね」青年はうれしそうに話した。「いくらリストでも、それは無理だったでしょう。ええ、ヴォーカルスコアです。ああ、そう言えば、お借りした化粧落としのクリームを返さねばなりませんでした」

「いいよ、とっておいて」アダムがこたえると、ジュウディスとステイプルトンはかるくお辞儀して、戸外の寒さの中へと出ていった。

「クリームって、まさか、『ドン・パスカーレ』に出演した時、わたしが買ってあげた高価なやつじゃないでしょうね」と、エリザベスが詰め寄った。

アダムは、ちがうと断言した。「彼にあげたのは、エドウィンにちょろまかされそうになったほうだよ。自分では使わなくなっていたからね」

「似合いのカップルだったな。仲睦まじいようでもある」ぽつり、そう呟いたフェンは、むしろ沈んだ色をうかべていた。「が、娘は神経が病的だし、青年は即刻、医者を必要とする健康状態のようだ……。あの娘は、そう取り繕ったほど、ショートハウスの破廉恥行為に平然としていたろうか」

「あの娘に殺人の動機あり、と仰るのですね」警部がすかさず訊いた。

「いわゆる、性的潔癖性」――フェンはほとんど独言のように語った――「それがあの手の娘を殺人へと駆り立てる。言葉にしろ、直接行動にしろ、ちょっとした仄《ほの》めかしにさえ過剰な嫌悪を催す。ともかく、その可能性を無視するわけにはいかないだろう。あの青年にしたって、ショートハウスへの怒りが人殺しにまで高ずる可能性を無視するわけにはいかない。むろん、ショートハウスの振舞いの程度にもよるが」と、すこし言葉をきって、「ここまでに、殺人の動機らしきものが四つ。ピーコック（出世）、チャールズ・ショートハウス（金銭）、ステイプルトン（復讐）、ジュウディス（身の危険）。そして、疑問点としては、一、なぜショートハウスはネムブタールを盛られると同時に、縛られてもいたのか。二、シャンド医師に電話をしたのは誰か、またその理由はなにか。三、ショートハウスは夜更けの歌劇場で何をしていたのか」

「現実的な問題を忘れているようだよ」と、アダムが口をはさんだ。「そもそも、いかにすれば、ショートハウス殺害が可能であるか」

「それについては、いくらか考えもある。もっとも、わからんのは――いや、いい。それより、チャールズ・ショートハウスに会っておきたいな。アダム、きみは知合いなんだろ？」

「知合いといったって、ほんの……」

「じゃあ、決まりだ。一緒に来てくれ。昼食後はアマシャムまでドライヴだ」

10

サー・リチャードはボアズ・ヒルへと帰宅し、警部もいつのまにか、仕事へと消えていった。フェン、アダム、エリザベスは、昼食をフェンの大学研究室で摂ることにした。セント・クリストファーズ・コレッジの方庭を囲む二番目の建物の一郭、庭園にぬける小径から絨緞敷きの階段をすこし上ったところにある広い部屋だった。まさに汗牛充棟の書物がならんでいる。壁には中国の細密画がかかり、炉棚には英文学史に名高い文人たちの古びた肖像画や胸像がある。りっぱなシェラトン様式のテーブルに席を取って、フェン付用務員《スカウト》に給仕されながら、三人は旺盛な食欲をみせた。

話題はもっぱらオペラ、とりわけワーグナーに終始し、ショートハウスの死については、新情報がない以上、議論も小休止といったところ。コーヒーが出ると、午後の予定を話し合った。

「わたしはアマシャム行きを遠慮しておくわ。冷え込みがきついんですもの」と、エリザベスが言った。「お出かけは何時?」

「すぐにでも出発したほうがいいだろう」フェンは懐中時計を取り出した。「二時だ。いかにリリイ・クリスティンと言えども、一時間はかかる行程だからな」

「ひとつ、安全運転でたのむよ」と、アダムが言った。ひどく不安げな表情をしている。「エリザ

ベス、きみはどうする？」

「さあ、映画でも観て来ようかな。それとも、暖炉のそばでお昼寝かな。お戻りはいつ頃？」

「運がよければ、お茶の時間か、夕食時までには。じゃあ、そのときにまた」

出発するとまもなく、「運がよければ」といったフェンの言葉を、アダムはいやというほど嚙みしめねばならなかった。助手席で凍りついたようになりながら、たしかによほどの幸運に恵まれなければ、無事に生還することはむずかしいと思った。運転手がうまいか下手か――それが判明するには、同乗してしばらくの時間を要するし、ましてや、これからの小旅行に想いを馳せていたりすると、そういった厳然たる事実にはなかなか目が向かないものだ。ハイ・ストリートに入った車が、亡霊に追いつかれまいとする行き暮れた旅人のような猛スピードを出しはじめると、アダムは早くも、生きた心地がしなくなっていた。

「おい、たのむよ。もっとスピードをおとさないと、いまにぶつけるぞ」

「心配無用。大船に乗った気でいたまえ」フェンはそううそぶいて、ハンドルに喰らいつき、二台のバスのわずかな間隙を、一瞬のうちにすり抜けるという離れ業をみせ、アダムの心胆をとことん寒からしめた。さらに、荷車とトラックのあいだを、両脇半インチのすれすれで駆け抜けておいて、

「危険な運転はしないことにしている。無意味だからね」と言ってのけた。

アダムは無言で――事実、言うべき言葉を失った――妖女ゴルゴンの眼に射竦められ、石と化したように、ひたすら身をこわばらせていた。ヘディントン方面へ突っ走るこの車は、エンジン音の馬鹿でかい、へこみ痕だらけの赤の小型スポーツカー。ラジエーターキャップに付けられたメッキ

の女性裸身像が、時節柄、いかにも寒そうだ。ボンネットにでかでかと白文字で刻してあるとおり、その名も「リリイ・クリスティン三世」……。

「この車は、退学処分になった学生から譲り受けたんだ」フェンはハンドルから両手をはなして、ポケットの煙草をまさぐっていた。「戦時中は車庫にしまっておいたんだが、どうもそれがよくなかったらしい。エンジン部分からやたらと部品が落っこちるのさ」と、憮然たる表情でかぶりを振った。

ハイ・ウイコム通過までの四十五分ほどのあいだ、アダムはおのが過去を、走馬燈のごとく目にし、もろもろの先非をひたすら悔いたものだった。車が幹線道路を離れ、アマシャムに通ずる山越えの道に入る頃には、ようやく観念の臍《ほぞ》も固まって、ふたたび口を利くだけの余裕もできていた。

「チャールズ・ショートハウスってのは、所帯持ちか」と、フェンがたずねた。

「いや。いわゆる罪深き生活を送っている」——急カーヴを曲がろうとするフェンの運転に、またも地獄落ちの恐怖を味わったアダムは、そうこたえた——「ビアトリクス・ソーンという女と同棲しているんだ。これがとんでもない女でね」と、いつになく露骨な口調で、「女としての魅力が、まったくのゼロに等しいんだ。どうも作曲家ってのは、その手のかわった女をつかまえる才能でもあるらしい。プリンセス・ヴィトゲンシュタイン(リストの愛人)しかり、レチオ(ベルリオーズの二番目の妻)しかり、コジマ(人妻にしてワーグナーの愛人、のちにその妻)しかり、さらには——」

「わかった。一般論としては、そういうこともあるだろうな」フェンがギアを入れ換えると、ドラゴンの断末魔のような音がした。「一家を為すのは、その二人だけか」

「いや、書生がいる。名前は忘れた。オペラをピアノ版にする仕事をしている。ほかにもわけのわからないのが、何人かごろごろしている。寄生した批評家というか、崇拝者というか、居候というか」アダムはそれをなんと呼ぶべきか考えあぐねて、顔をしかめた。

「作曲家としての評判はどうなんだ？」

「かなりのものだな」アダムはいやいやながらも認めた。「ウオルトン、ヴォーン・ウイリアムズといった大御所にも引けを取らない評価を受けている。実際にそれだけの評判に値するかは疑問だし、ぼくなんかはちょっと首をかしげるね。どちらかというと、モーツアルトに対するサリエリ、ワーグナーに対するマイヤーベーアといった、エピゴーネン的存在だ」

「エドウィンを嫌っていたわけだな？」

「蛇蝎《だかつ》のごとく、と言っていい。ぼくの聞いた範囲では、とくに理由はないから、ともかく反りが合わなかったということだろう。たがいに顔をあわすことも、ほとんどなかった」

道がひらけてきた。砂利採取場が右手に過ぎ、どんよりした空のもと、黄土の大地を走り抜ける。やがて、山毛欅《ぶな》の森のじめじめした窪地に入ると、あたりは一面、腐葉土の堆積となった。茨や、枯れた羊歯《しだ》の茂みのむこうに、深い谷が見え隠れした。窓に硝子もなく、生垣も荒れた、いまにも倒壊しそうな廃屋が一軒あったが、そこから道を左に取った。

「もう、まもなくだろう」と、フェンがつぶやいた。

森を抜け、数百ヤード進むと、古ぼけた番小屋に守られたりっぱな構えの門があった。

「ここだ」と、アダムは言ったが、あわてててつけ足して、「そのスピードで曲がるのは無理だよ。

道もひどく濡れているし……」

車回しに乗り入れた刹那、ドスンと異様な衝撃が奔《はし》った。一瞬、アダムの脳裡に、火焔渦巻く地獄絵がひろがった。が、フェンは停車しようともせず、地獄も消え失せた。

「ウイングがやられただけだ」と、フェンはこともなげに告げた。「ばかに、カンカラ、うるさいな。どこか、はずれたようだ」

クライドサイド造船所（スコットランドの軍艦造船所）でリベット工たちがさかんにたち働くような、にぎやかな音を立てながら、車はなおも砂利道を突進していく。ほどなく、屋敷が見えてきた。

赤煉瓦の二階建、モダンでひっそりとした佇まいの大きな屋敷であった。車回しは右にカーヴをえがき、その終点には、ラヴェンダーが針山のように取り囲む日時計があった。フェンはそのぎりぎり手前に停車させ、イグニッション・スイッチを切った。すると、車はバックファイアを起こし、そして、まだ物足りないと言わんばかりに、もう一度、いっそうの爆発音を発した。

「おかしいな、いつもこうなんだ」フェンはさも愉快そうに語った。「いまもって、理由がよくわからん。ともかく、さっきぶつけた箇所を調べてみよう」

が、その暇はなかった。いきなり玄関があき、やけに鼻梁の高い、ちんまりした女があらわれ、陰険な表情で近づいてきたのである。

「なんですか、その音は」女は、しゃがれ声を甲高くして、息巻いた。「騒音公害もいいとこです。先生の身にもなってみてください」そこまで言って、一息いれたが、怒りでひき剝かれた目玉は、いまにもぽろりと落ちそうだった。「少なくとも、ラングリイさん、あなたはご承知のはずです。

門内への自動車の乗入れは厳禁です。そんな騒音をまき散らして、どれほど先生のお仕事に障ることか」

「騒音？」フェンは、聞き捨てならぬ、といった色をみせた。「リリイ・クリスティンほど静かな車はありませんよ。ウイングがちょっと音を立てましたが」と、認めたが、「あなただって門柱にぶつかったら、悲鳴のひとつもあげるでしょう」

「そんなことは関係ありません」女は指を鳴らした。「騒音の原因が問題なのではなく、その結果が問題なのです。先生の頭脳は、とても繊細にできていらっしゃいます。ちょっとしたショックでも狂いが生じてしまわれるのです――いえ、狂い、というのはもちろん……」

「いや、どういう意味でもかまいませんがね」フェンはこんなやりとりにあきあきしていた。「われわれはショートハウス氏にお目にかかりたいのです」

「絶対にだめです」女は頭ごなしにきめつけた。「なんと言われてもだめです。先生はお仕事中です、邪魔になることは一切いけません」

「ソーンさん、そこをどうか。ちょっと急ぎの用なんです」と、アダムが甘えるような声をだした。

「だめなものはだめです。先生は約束のあるかたとしかお会いになりません」

「遠路はるばるやって来たのですよ」

「ラングリイさん、たとえ、あなたが火星からお出でになったとしても、返辞はかわりません」

「よろしいか、わたしは、ニューヨークのメトロポリタン歌劇場の代表者なのです」ひとたび、はったりもやむなしとなると、また思い切ったことを口にするフェンであった。「『オレステイア』の

件で、折り入ってショートハウス氏とお話が」

「ひゃあ」と、ソーン嬢は奇声を発した。吸血鬼にでも出くわしたような声だった。「ラングリイさん、ほんとうですか」

妖しく光ったフェンのブルーの眼の気魄に呑まれ、アダムは、そうだとこたえた。

「そうでしたか」ソーン嬢はいくぶん態度をやわらげたが、まだ半信半疑のようすであった。「では、どうぞお入りになって。絨毯のうえをまっすぐ進んでください、けっしてお靴で床板を鳴らさないように。どんなにかすかな音もいけません……それから、話し声も、ささやく程度にしていただきとうございます」

「はあ」フェンが、いやにかしこまった返辞をして、ようやく敷居をまたぐことができた。

異様な静寂が支配するこの屋敷には、女主人による粛正の痕跡とおぼしきものが散見された。あらゆるものが、動作の途中で静止させられ、むなしく怒りの表情をみせているという印象なのだ。銅像のマーキュリイは、天空に跳躍せんとしたまま凝固し、必死の形相で台座のうえにあやういバランスをたもっているし、ユーメニデス（復讐の女神たちのギリシャ語名）の大判の絵は、戦闘中の歩兵隊を背景にして、さっと駆け抜けようとする一齣が描かれている。壁の張出し棚では、ベートーヴェンが憤怒の形相をみせ、牙をむいた剝製の豹は、いままさにジャングルの迂闊《うかつ》者めがけて躍りかからんとしている。大理石のラオコーンは、二匹の海蛇に締められたまま永劫の苦しみを嘗《な》めねばならないし、セント・ジョージ（イングランドの守護聖人）は、聖剣を振りかざし満身に力を漲《みなぎ》らせているが、ドラゴンを退治する日は、ついに訪れはしまい。おまけに、ホールの片隅では、猫が一匹、鸚鵡《おうむ》をねらって身構え

ている。とてもじゃないが落ち着けない。それどころか、いまにも卒倒しそうだ。訪問は今度が初めてではないので、馴れているはずなのに、アダムは鳥肌が立つような想いを禁じ得なかった。

そんな魍魎《もうりょう》どもの、阿鼻叫喚《あびきょうかん》の巷《ちまた》のごとき空間を、そっと足を忍ばせていくソーン嬢は、二人を奥の小部屋に案内すると、あらためてフェンと向き合った。

「それで?」ソーン嬢は、背筋が寒くなるようなささやき声をだして訊いた。

「それで?」フェンは呆気にとられて訊き返した。「ショートハウス氏はどこなんです?」フェンは、側面に「サビニ人陵辱」のステンシル画が描かれている大甕《おおがめ》を見つけ、このなかに作曲家を隠しているのではなかろうな、とばかりに胡散くさげに目をやった。

「先生のお仕事の話は、わたくしが承ることになっています」ソーン嬢は甲高い声でささやいた。

「わたくしに仰ってくださってかまいません」

「ほお、かまわんのですか」フェンはもとより忍耐づよい男ではない。「しかし、規則で、ご本人以外に話をするわけにはいかないのです」

「それでも、だめです」

「では、アメリカに帰らせていただきます」フェンは断固として言い放った。

「一時間ほど待っていただけるのでしたら……」

フェンのアメリカ英語というのもいかにもいかがわしいが、その発音で、「絶対にだめです」と言い返した。「すぐに、リヒャルト・シュトラウス氏に連絡を取らねばなりません」そう言って、きりきりと眉間を険しくさせると、ソーン嬢は目に見えて顫えあがった。案外、騙されやすい女な

のかな、とアダムは思った。

「先生はお困りになるかもしれません……」

「ええ、それはもう、お困りになるでしょう。あなたが邪魔立てしたと知ったら、先生の逆鱗に触れることは間違いなしですから」

まさに一本、きれいにきまった（シェイクスピア『ハムレット』第五幕第二場、オズリックの台詞）。先生の不興を買うことが、なにより も怖いソーン嬢なのだ。ソーン嬢は、これから冷水に飛び込もうとするひとのように、おおきく息を吸い込んだ。

「少々お待ちください。すぐにもどりますので」

待っていると、なるほどすぐに、ソーン嬢はもどってきた。「こちらへどうぞ」と、その声に、いくらか鄭重なひびきがあったのは、突破口が開けた証左にほかならなかった。「先生が、お会いになられます」


彼らはふたたびホールを戻った。もうすべてのことに片がついていればいいのに、とアダムは思わざるを得なかった——すなわち、マーキュリイは飛翔し去り、ユーメニデスは消えうせ、豹は肚《はら》をくちくしておとなしく眠り、ラオコーンもやっと往生して苦しみから解放され、ドラゴンもめでたく退治される。が、やはりもとのごとく、すべてのものは静止したまま、憤激の表情をうかべている。アダムはまたもや、ぶるりと身顫いした。階段に案内していくソーンの物腰が、いよいよ御本尊間近と思わせた。つま先だち、音をたてぬよう、異常に神経をとがらせていた。

ほどなく、奥の院とでも称すべき一室の前に出た。ソーン嬢がうやうやしい手つきでドアをあけ、そっと中を覗きみた。すると、苛立った声がした。

「さあ、はいった、はいった」

つぎの瞬間、彼らはついに拝顔の栄に浴した。作曲家先生は、ソーン嬢の同席を好まれないようであった。

「もういい、ビアトリクス。あとは自分でやれる」と、先生はつれなく言い渡した。

「ほんとうによろしいので？」

「もちろん。このかたたちと差し向かいにしてくれ」

「わかりました。あまりお疲れになりませんように」

「わしはいたって元気じゃ」

「お元気ではない、と言うのではありません。ただ、不必要に消耗されることは避けていただきたく」

「出ていってくれないかね」

「承知しました。わたくしが必要なときは、いつでもお呼びください」

「きみが必要になることはないね」

「でも、万が一」

「その場合にはそうするよ。さあ、もう放っておいてもらおう」

ソーン嬢はため息をついて、ようやく退室した。先生は進み出て、握手を求めた。頭の鉢のおお

きな、ずんぐりした体つきの初老の男で、鼈甲《べっこう》の眼鏡をかけ、いじけたような顔つきをしていた。

「やあ、会えてうれしいですな」と口をひらいた。その声には、かすかにロンドン訛があった。

「わしの四部作オペラ『オレスティア』のさわりをお聴きになりたいのだと思うが、あんたがたのどちらか、歌はできるかね」

「ぼくのこと、お忘れですか」アダムはあわてた。

「おお、ラングリイ君、きみか。覚えているとも。ばかなことを言ったものじゃな。きみもメトロポリタンに引き抜かれたのかね。近ごろはみんな海外に行ってしまうな……。では、『アガメムノン』第二幕の伴奏をわしがするから、きみが歌ってくれたまえ。作品全体の構想がわかってもらえるはずじゃ」

「オックスフォード大学のフェン教授を紹介します」

「やあ、こんにちは。メトロポリタンもわざわざ学者を寄越すようになったとは、たいへんな進歩じゃな」

「いえ、あの、そうではなく……フェン教授はメトロポリタン歌劇場とは無関係でして」

「たしかさっき、ビアトリクスは……」

「なかなか通してもらえなかったので、ひと芝居うったんです」と、アダムは事情を説明した。

「なんじゃ、またか」先生は口走ったが、乱暴なもの言いだったかなと思ったらしく、しばらくして言い足した。「いやね、あいつはほとんどの客を門前払いしてしまうものじゃからね」窓に近寄っていた先生は、リリイ・クリスティンにじっと観察の目を凝らしていた。「いい車だね。ああい

う、ちいさくてしゃれたのに乗りたいものじゃ」と悲しそうな声をだした。

「おのぞみなら、いつでもお求めになれますでしょうに」

「いや、それがそうはいかんのじゃよ。ビアトリクスが許さんのじゃ。わしを騒音に近づけまいと異常に神経質じゃからね。死者の館でもあるまいに、ここではみんなこそこそ忍び歩いている。もう、うんざりじゃよ……。ときに、どこか場所があったら、腰かけてくれたまえ」

たしかに、坐る場所を確保せよ、というのは難問だった。乱雑というより、混沌と呼んだほうがふさわしい部屋なのだ。中央にスタインウエイのグランドピアノがでんと据えられ、すこしでも床のあいている部分には楽譜原稿が散乱している。むこうの窓ぎわには原稿執筆の際にむかう高い木机がある。花瓶に挿した温室栽培の花がそこかしこにおかれ、それがみな穢らしくしおれている。壁には、先生とソーン嬢が気まずい表情で見つめ合っている写真が斜めにかたむいている。フェンとアダムが、椅子のうえを片づけているあいだ、先生は往ったり来たりを繰り返していた。

「もうがまんの限界じゃ」先生は話しつづけていた。「わしは家庭内のことに一切口をはさませてもらえんから、いま階下でなにが起きているのかも知らない。たとえば」——先生はよわよわしくかぶりを振った——「屋敷内にはメイドがやまほど雇われているようだが、みんな顔を合わせれば必ず、顔に涙のあとがあるか、げんに泣いているかしているんじゃよ。ながらくビアトリクスのせいだと思っていたんじゃが、最近になって、うちの書生のゲイブリエル、これがとんでもない女誑《たら》しだとわかってね。具体的にどんなことをするかはしらんが……」と、つつまずに愚痴をこぼしたが、「ところで、きみたちは何か用かね？」

「ええ、ご兄弟のことで」と、アダムがこたえた。

「なんじゃ、エドウィンのことか」先生はがっかりしたような声をだした。「どうじゃね、やつは元気にやっているかね」

「亡くなったのはご存じのはずですが」

「ああ、そうか」先生の顔がとたんに晴れ晴れしいものになった。「今朝、電報を打ったんじゃった。そうか、そうか。葬式はいつじゃね。参列はできないと思うが」

「殺された可能性があるのです」

先生の眉がぴくりとした。「殺された？　ほお、それはまた、なんという偶然の一致じゃろう」

「どういう意味です？」

「きみたちには打ち明けておこうかね」と、いかにも内緒の話だとばかりに身を乗り出して、「ふかく穿鑿《せんさく》しないというのなら」

「と言うと？」フェンは作曲家の冷淡さに唖然としていた。

「わしは本気で、エドウィンを殺してやろうと計画していた」

ぎょっとしたアダムが、「ご冗談でしょ」と、目をむいた。

「むろん、その是非については、ずいぶん考えあぐんださ」と、先生は神妙な顔をした。フェンは何ごとかを呟き捨て、せわしなく煙草を喫いはじめた。「『オレステイア』上演のためには、やつの声をとるか、やつの金をとるか、こいつはむずかしい選択じゃ。なまなかなことでは結論はでない。エドウィンはいい歌手じゃ——じつにいい。これを犠牲にするのは、あまりにも惜しい。じゃが」

――先生は、たんにあきらめをつけたということを、手を振ってしめした――「やはり、先立つものが先に立つべきなんじゃ。結局は、やつが自分で結論をだしよった。最初からいさぎよく、『オレステイア』上演に金をだしていたら、こんな矛盾にあたまを悩ますこともなかったんじゃ」

「心に痛みのようなものは」――アダムは慎重にことばを選んだ――「お感じになりませんか」

「もちろん、感じる」先生はおおらかに語った。「こんな突発事が起これば、だれでも多少の動揺はするものじゃからね。白状すれば、考えつづけることが苦痛だった時期もあった。じゃから、つい、問題を先送りにしてしまった――常識に負けて、臆病風に吹かれたんじゃな。いまとなっては情けない。それでも、結果的には、万事まるく収まった。わしの持論じゃが、守護神はかならずいるもんじゃ」先生は天井をふり仰いで、そこに慈悲ぶかいかんばせを目の当たりにするような目つきをした。

「それで、どういうことを計画されたのですか」フェンの声は緊迫していた。

「それについては、吟味を重ねたね」先生は顎をしゃくって、棚にずらりとならんだ探偵小説と犯罪学関係の本をしめした。「素人じみた犯罪なら、やらないほうがいい――すぐに警察にあばかれてしまうからな。たとえば、なにかの生地や、ものの表面には、人間の指ははっきりした痕跡を残してしまうんだそうじゃね――おもしろいのは……。いや、やめておこう。わしがどういう研究をしたかは、きみたちには退屈な話じゃろう。それでとりあえず、昨日の夜に歌劇場で会おう、とみじかい手紙をエドウィンに書き送った。やつの宿泊先で会うよりも、〝人目につきにくい現場〟を構成するには好都合という考えがあってのことじゃ」

「しかし、そんな約束では、本人に不審がられるのではないですか」

先生はのけぞった。「おお、そうか。そいつは考えつかんかった。たぶんそう思ったろうな。そうなると、やつは歌劇場に来なかったのかもしれん。どっちにしろ、返信はなかったが」

「すると、お会いにはならなかった？」

「うん。さっき話したように、どうも決心が鈍《にぶ》ってな。わしはビアトリクスと一緒に、九時にヴォックスホールに乗って出発した——ほら、あのばかでかい、音の静かな車じゃよ。きみの愛車とは月とすっぽんじゃ」先生はさも悲しげにして、「オックスフォードには十時半に到着したと思う。その頃には、わしの決意はすっかり萎えてしまってな。友人を誘ってホテル、メイス・アンド・セプタでコーヒーを飲んだ。そして零時頃、ラウンジを出て、車で帰った」

「ソーンさんとは、片時も離れなかったのですね」

「そうじゃったかな」先生はたよりない返辞をして、「はっきりとは憶えておらんが……そう言えば、一度、はぐれたことがあったな」と、声をひそめ、戸口のほうを気にしながら、「本音を言えば、しめしめ、てなもんじゃったよ。まあ、余談じゃが」

フェンは嘆息し、じれったげに膝をこすった。「友人とは、どなたです？」

「ウイルクスじゃよ」と、先生はこたえた。「じつにおもしろい男でね。きみ、オックスフォードの人間なら知っているじゃろう」

「ウイルクス」フェンは仏頂面で、蛇の威嚇音のような息づかいをして、「ええ、知っていますよ」とこたえた。

「そいつはよかった」

「それで、どういうふうに」フェンは逸る気持ちを抑えながら、「つまり、実際のところ、弟さんをどうなさろうと？」

「ナイフじゃよ」先生は待ってましたとばかりにこたえた。「ナイフを用意しておいた。それでもって、刺す時に、ちょっと捻りを入れておく。そうすれば、刃渡りがばれんからな」

フェンはそそくさと席を立った。「そうですか。では、そろそろ失礼いたします」

先生はきょとんとして、「『オレステイア』のさわりを聴いていくんじゃなかったのかね」

「残念ながら時間がないので」

「じゃあ、メトロポリタンからの連絡はいつ頃になるのか、それだけは聞いておきたいんじゃが」

「いえ、違うんです」と、アダムが口をはさんだ。「フェン教授はメトロポリタンとは無関係で」

先生は寂しそうにかぶりをふった。「わしもぼけたもんじゃ。どうも、ぼやっとしていることが多いような気がする」

先生は、帰っていくふたりのためにドアをあけた。すると、廊下を跫音を殺して駆け去っていくメイドがあった。必死に涙をかくしているようであった。

「まただ」と、先生は言った。「見たかね。一度、ゲイブリエルと話をつけねばならんようじゃな。もっとも、としを取ると物忘れがひどくてね、話の輪郭しかあたまに残らない……。ともかく、これでお別れじゃ。たまにはアメリカの契約話を持ってきてくれたまえ。わしは、目の玉が飛び出るほどの契約金を取ろうとはいわんからな……」

そう言い残して、先生は意気揚々と自室に引き上げていった。

11

セント・クリストファーズ・コレッジの正門で、フェンとアダムを見送ったエリザベスは、リリイ・クリスティン三世の爆音がブロード・ストリート方面に遠ざかっていくにしたがって、やっぱり一緒に行けばよかったと、かるい後悔にとらわれた。休暇中の大学町はひたすらひっそりして、どことなく、うらぶれた風情すらただよわせていた。時折、方庭にでてくる教授、用務員、学生があるが、いたずらに虚ろな谺《こだま》をひびかせるばかりだった。民間人による構内への立入も禁止され、その旨、黒々としたタイプの太字で警告してある。暖房がききすぎる門衛所でうつらうつらしがちの門番は、暇を持て余しているだけに、その安寧をわずかでも乱さんとする者には、情け容赦もない。あちこちのチャペルから聞こえてくる聖歌は、おどろくほど急速に声の張りをなくしてしまい、欠伸を噛み殺しているであろう少数の奇特な礼拝者を相手に、牧師ものらくらやっているにちがいない。いつもは賑やかな掲示板には、四隅のまるまった貼紙が数枚、忘れ去られたまま、侘びしげに風にあおられているだけだし、線路わきに見える縄張りされた臨時水路にも土埃がたまり、その周囲には、赤い消火バケツや砂嚢が散乱していた。

こういったものが畳み掛けてくる孤独の切なさに、胸をしめつけられたエリザベスは、夫が去っ

ていったセント・ジャイルズの通りを見つめ、いつまでも佇んでいた。とりあえずホテルにもどり、午後は読書をして過ごそうか、と考えた。それとも映画にしようか……。が、こんな気分では、どちらも名案とは言えなかった。結局、母校サマヴィル・コレッジを訪問することにして、道をウッドストック・ロードに取って歩きはじめた。

が、この遠出は実りがなかった。在学当時はいなかった女の門番が、男子校のそれとくらべると、しゃれてはいるが、いっそういかめしい門衛所に詰めていて、エリザベスと旧知の教授はみなオックスフォードを留守にしている、と教えてくれた——スイスあたりのホテルのテラスで、毛皮のコートと膝掛けにくるまって日光浴、そしてフランス国立図書館のしずかな一室で、中世写本の筆写ミスをひとつひとつ丹念に調べあげ、注釈をつける作業に、倦まずたゆまず努力する……そんな光景が連想された。エリザベスは肩を落とし、踵を返した。渇くような人恋しさ——それが、たとえ女教授とのひと時であってもかまわない——におそわれているのだ。電話ボックスがあったので、知人に無意味な長電話をかけてみたが、やがて小銭もつきてしまった。近くの商店で両替しようとしたが、ばかばかしくなってやめた。無性にむしゃくしゃしてきたので、最新の指紋検出に関するドイツの書物でもみてやろうかと、テイロリアンの書店の方向に足を向けたが、それもやめにして、仕方なく——最初からそうなるような予感はあったが——映画館に入った。

つづけて観た二本の映画は、彼女の寂寥を晴らしてはくれなかった。一本目は記録映画で、日曜新聞の批評家がやたらと持ち上げそうな、「大地とともに素朴な生活を送る人々」といった内容のものだった。いかにも説教じみた声の解説（生命は麦である。赤い麦であり、白い麦である。そし

て麦もまた生命である、等々）がついて、ぞっとさせられること再三であった。原始的出産方法の映像を延々と見せられて、果ては、予防接種によってあらゆる病原菌に免疫をもった人間の出現という、いかがわしい未来像――いまや進歩を遂げた人類は、感涙にむせびながら「あかるい未来」を見つめている――に終始する。その免疫世代では、恐怖すべき諸問題は、マニュアル本でも手に取れば、都合よく解決されるということでもあるらしい。エリザベスにはそうとしか（映画中、そう語られるわけではないが）理解しようがなかった。

二本目はスパイ映画で、大戦後の平和で腑抜けた世界への、被害妄想狂ヒトラーの置土産とでもいうべきものだった。冒頭から誰がどっちの味方かわからず、この点について納得のいく説明もないまま終わってしまうという、よくあるやつだった。とりわけいただけないのは、見せ場に登場する毒ガスで、その唯一にして絶対の作用とは、深夜、目が冴え、最寄りの断崖まで行き、尾を引くような悲鳴を残しつつ、そこから身投げしたくなる、というのだ……。席を蹴ったエリザベスには、もはや何の気力も残されてはいなかった。入場券を買い求めようとする老人がいたので、気晴らしをするつもりなら、この映画はやめたほうがいい、と忠告をするのが精一杯であった。老人は帽子を取って何か言ったようだが、その後どうしたか、すでに歩きだしていたエリザベスには定かではない。

今度は、ヴァージニア煙草を捜して、ずいぶん歩かされた。やっと見つけた掘出し物――怪しげな銘柄の二十本入り――を握りしめ、寒さに顫え、いらいらを募らせ、疲れた足を曳きずるようにして、ホテルへの道を辿った。ようやく、ホテルの入口に帰り着いたのは、四時半をすこしまわっ

た頃合いだった。ロビーを入って左手の一般客用ラウンジでは、白のクロスを広げたテーブルで、値段ばかり高くて味気ない紅茶をすすっている客が混み合っていた。立ち止まって中のようすをのぞいたエリザベスを、カール・ヴォルツォーゲン相手に、ショートハウス事件の断片的報告をしていたジョウン・デイヴィスが目聡《めざと》く見つけ、おいでよ、と手招きした。エリザベスはラウンジに入った。

「ごめんなさい。はやくお茶にしたいから、いまは遠慮しておくわ」エリザベスは挨拶だけですまそうとした。

カールが孔の開くほど見つめていた。ひとたび惚れ込むとなると、子どものように夢中になり、それも、周囲を巻き込まずにはいられないカールであった。「ラングリイさん、お茶なら、わたしたちといっしょに召し上がってください。ぜひ、そうなさってくださいね」とカールは誘い、ジョウンにむかって、「先日も話したでしょう。あなたのマルシャリンに、この人のオクタヴィアン。この人の容姿、じつに完璧じゃありませんか」と、邪心のない目で、エリザベスを頭のてっぺんからつま先まで惚れ惚れと眺めまわした。

エリザベスはわるい気はしなかったが、お茶の件は固辞した。

「申し訳ないけど、自室でゆっくりしたいのです。着替えもしたいし、それに、ここでは給仕がなかなか注文に応じてくれませんから」

カールはがっかりして、「まったく《ガンツ》、仰るとおり《パール》」と認めたが、「では、わたしが催促してさしあげます。見ていてごらんなさい。こう言ってやるんです。『きみ、バイロイトでワーグナーに会っ

たほどの人間の友人をお待たせする気かね』そうしたら、あわくって、こう答えること、間違いなしでしょう。『とんでもない。すぐにお持ちいたします』」

ジョウンがやんわり口をはさんだ。「あの給仕君、ワーグナーって何者か知らないかもよ」

「ワーグナーを知らない!?」カールは口をあんぐりさせ、「そんな、ばかなことが……」と呟いたまま、この驚倒すべき新事実を前にして、じっと考え込んでしまった。やがて、あきらめたような唸りを発して、「ああ、英国人よ。いみじくもマシュー・アーノルドが言ったとおりなのですね。汝ら、俗物どもよ」と、どさりと椅子に腰を落としたが、エリザベスが立っているのをみて、すっくと起立しなおした。「わたしが滞在している下宿なんかどうです」と、例をあげるつもりか、さらに話を続けた。

「カールの宿はひどいんですって」と、ジョウンが間《あい》の手を入れた。

「ほんとうなんです《アッハ・ヤー》」カールは憂鬱そうにうなずいて、「どこもかしこもレース編だらけで、なにか妙な匂いがたちこめていて、それから——あれは何でしたっけ——やたらにつやつやした、鉢植えの植物」

「葉蘭のことかしら？」

「たぶん、それです《ヤーゲヴィス》。でも、仕方ありません。オックスフォードには宿泊施設が足りないし、わたしのほうではお金が足りない」

「例の事件のことで、なにか進展はありました？」と、エリザベスは訊いた。

「ショートハウスは死にました。すべての人間にとって悦ばしいことです。みんな、犯人が捕まら

ないことを希望しています」カールはきっぱり言った。

「そういう態度を、警察に期待するのは無理よね。でも、エリザベス、あなたこそ、その後の情報をつかんでいるんじゃないの。その様子だと、ずいぶん嗅ぎまわって来たみたいじゃない。わたしたちのほうは何もないわ。自殺説を唱える人もいる、ということくらいね……」

「自殺じゃないわ」エリザベスはすぐさま応じて、しばらくしてつけ足した。「殺人と見えるように偽装した自殺、でなければね。そういうこともたまにあるのよ……。まあ、今度の場合、その公算はきわめて低いと思うけれど」

「なにか推理があるの。あなたはその道の専門家でしょう」

「推理？　そうね……ないわけでもないけど」エリザベスは眉をひそめて、「じつを言えば、心当たりがあるわ」

ジョウンはおどろきの目をまるくした。「まあ、犯人がわかったの……？　それ、警察に話した？」

「そんなこと、まだよ。誰にも話していない。証拠が不充分だもの」

「わたしたちにも教えてくれないわけ？」

エリザベスは、にっこり、かぶりを振った。「申し訳ないけど……。いずれ、そのうち。勘違いかもしれないし」

「まあ、ずいぶんね。『堪え忍ぶことによってのみ、おのれの魂をかち得るであろう』（新約聖書「ルカによる福音書」第二十一章）、てわけね」ジョウンはそうあきらめをつけたが、ふと思い出したように、「でも、犯人を

探り当てたというのなら、どうにかして、あなたの口を塞がなきゃね。正義の味方を絞首台送りにするわけにはいかないでしょう」

エリザベスは笑った。「殺人が正義だとは思わないけど……。ところで、公演のほうは、どうなっているの？」忙しく立ちまわる給仕が通れるように、身体をわきによけながら訊いた。

「ザックスの代役はジョージ・グリーンに決まったわ。エドウィンにくらべれば歌はもうひとつだけど、演技力はあるのよ。初日を遅らせまいとする、うえの意向があるんでしょう。ジョージならあの役はお手のものだし、ちょうど身体が空いていたようだから……。そう言えば、アダムはどうしちゃったの」

「チャールズ・ショートハウスに会いに、アマシャムまで行っているわ」

「あの作曲家も、ビアトリクスの監視の目を遁れることができれば、どんなにうれしいでしょうね。『ラップランドの魔女たちと一緒に踊ろうと、夜空を翔けくる夜の魔女《ナイト・ハッグ》……』（ミルトン『失楽園』第二巻）それは、ともかく」――ミルトン風の悪夢を振りはらって――「夕方にはリハーサルがあるから、アダムも、あまり長居しなければいいんだけど」

「今日中にリハーサルが再開されるとは、ゆめにも思っていないんじゃないかしら」

「だって、ジョージ・グリーンは到着しているのよ。警察から歌劇場の使用許可も下りたようだし」

立話が長くなり、気がつけば、律儀に起立したままのカールも、さすがにもぞもぞしはじめていた。

「さあ、もう行かなければ。お誘い、ありがとうございます。どうか気を悪くしないでください」

「ええ、もちろんです。誰でも、独りになりたい時があるものです」

エリザベスは笑顔を残し、彼らのもとを去った。


ここで、少々都合のわるいことを、断っておかねばならない——と言うのも、エドウィン・ショートハウス事件の犯人について、エリザベスのあたまにあったのは、漠とした予感のようなものでしかなかった。それどころか、自殺にあらず、とする確証すら持ち合わせてはいなかった。ジョウン、カールと話すうちに、なんとなく見栄を張ってしまい、いまとなっては、自分の愚かしさが疎ましく、ひたすら唇を嚙み、赤面し、自嘲の言葉をぶつけるしかなかったのだ。「なんて、ばかなことを言ったんだろう。われながら、お仕置きものだわ。能天気なくせに自惚れて……」またも気分が落ち込んできた。ステイプルトン青年に疑惑の目を向けているのは事実だけれども、ちゃんとした根拠があってのことではない。それなのに、うわついたことをぺらぺら喋って、とてもじゃないが許し難い。「ほんとうに、体罰でも受けなければ気が済まないわ」繰り返し、そう自分を叱ったものだった。

ホテルの給仕長を呼びつけて、食事時に赤の他人と同席するのは御免だ、ときつく申し入れた。いつかの昼食で、くだらない話ばかりする男と一緒になり、閉口したことがあるのだ。給仕長は、職業柄身につけている、鼻先でせせら嗤《わら》うような無関心な態度で、要望を受けた。エリザベスはさらなる自信喪失に陥った。情けないやら、口惜しいやら、エレヴェーターに乗り込んだ時の気分は、

まさに最低だった。

アダムと泊まっているダブルの部屋は、ホテルの三階にあり、専用の風呂場が付いている。部屋にもどる際、見かけた室内係のメイドに、お茶の支度を命じておいた。自室に入り、後ろ手にぴしゃりとドアを閉めると、上着を脱ぎ、鏡台にバッグを放り投げ、ベッドのひとつに身を投じた。嫌味なほどこぎれいで、ぬくぬくとした室内を見やるうちに、ともかく風呂につかるのが一番だ、と思えてきた。しばらくして、衣服を脱ぎ、純白のシルクに身を包んで、風呂場へむかった。この時、閉めたはずの部屋のドアは、反動で閉まっておらず、自動錠もかからなかったことには気づかなかった。湯の栓をひねろうとかがんだ瞬間、三つのことが同時に起こった。

電話が鳴った。

かすかな物音がして、背後に気配を感じたエリザベスは、次の瞬間、のど首をしなやかにして非情な十本の指に鷲掴みにされていた。

部屋のドアにノックがあった。

エリザベスは気を失った。あとで辛うじて思い出したのは、叫ぶことも、もがくことも出来ないもどかしさのなかで、ほとんど何も身に纏《まと》っていない立場上の不利に、遣《や》る方無い憤りを滾《たぎ》らせたことだった。やがて、脳裡に暗黒が忍び寄ると、ほどなく床に頽《くずお》れていた。

意識を取りもどすと、最初に時間を確かめた。仆れていたのは、五分か、十分程度……。と、ドアにまたノックがあった。

首筋にかすかに赤味を残す指痕をさすりながら、よろけるで足でゆっくり立ちあがった。ほとんど

ずり落ちていたシルクで、身体を包み直す。風呂場から出て、誰もいない部屋に、そろそろともどった。

「だれ――だれなの？」と呼んでみた。声の顫えがどうにも止まらない。

「奥さま、お茶をお持ちしました」

「あ――わかった、いま行く」

エリザベスはドアをあけた。トレイを片手に入ってきたメイドは、テーブルにトレイを置くと、ためらい勝ちに、「失礼ですが、奥さま――具合でもお悪いのですか」と、たずねた。

エリザベスは無理にも笑顔をつくりながら、「だ、大丈夫。心配ないわ」とこたえたが、ふたたび目眩《めまい》におそわれ、椅子にへたり込んだ。と、思いついたことがあった。

「あなた――ここ数分間のことだけど、誰か、この部屋から出ていくのを見かけなかった？」

年輩のメイドは、お役に立とうと懸命だった。

「はい、見かけましたよ――わたしが、ちょうど、この部屋の前の廊下に入って来たところでした。金髪の、背の高い女のかたで、ネイヴィブルーの上着とスカート、フェアアイル編のセーターを着ておられました。なんだか、とてもあわてておられるようでした」

「わ、わかったわ。どうもありがとう」

「ほかに御用はございませんか」親身な気づかいをみせて、メイドはなおも訊いた。「ひどく顫えていらっしゃるようですよ」

「いいえ、もういいの」エリザベスはもう一度笑顔をつくろうとして、今度はそれらしくなった。

「ちょっとふらついただけ。すぐによくなるわ」

メイドが出ていくと、ドア（外側から開ける時のみ、鍵を必要とする種類のもの）がきちんと閉まったことを、今度こそ確認した。この時、まさか暴漢が室内にあって――恐らくは、高さ、奥行のある衣装納戸に身を潜めて――さらに巧妙な、つぎの手を繰り出そうとしていようとは思いもよらなかった。

「金髪の、背の高い女……」明らかに、ジョウン・デイヴィスだが、ジョウンの訪問がまったく罪のないものである証拠があった。鏡台に走書きのメモが残されていたのが、それである。『ドアが開いていたから、無断で入ります。さっき言い忘れましたが、リハーサルの開始時刻は五時です。全員が揃うのはたぶん無理でしょう。アダムが戻ったら、そう伝えてください』不審な点はない。風呂場で仆れて意識を失っているあいだ、留守だと思ったジョウンが、メモを残したにちがいない――しかし……。

朦朧《もうろう》としたまま、左手でメモを握りつぶすと、エリザベスは風呂場にもどり、湯を使った。ジョージ・ストリートから車の騒音が聞こえるなか、室内のひそやかな動きにも、廊下に出るドアが開閉したかすかな音にも、まったく気づかないでいた。部屋にもどると、骨の髄まで泌みこんだ恐怖を忘れ去りたい一心で、ふだんにもまして慎重な手つきで、丹念に着衣し、髪を直し、化粧をした。お茶の用意が、そのままととのっていた。エリザベスはわななこうとする手を抑えながら、紅茶を茶碗に注ぎ、口に運んでいった。

12

帰途にあったフェンとアダムは、ウイング修理のため、やむなくハイ・ウイコムに立ち寄っていた。何処もおなじ、当地の自動車整備工たちも首をふりふり、難癖をつけ、不平のかずかずをならべ、挙句の果て、予想もしない箇所に修理の必要を申し立てた。が、フェンは委細構わず、うまくなだめすかし、半時間のうちには、お茶も済ませて、ふたたびオックスフォードを目指していた。

「それにしても、チャールズを、あの通りのお人好しと考えるのはどうかな」この寄り道のあいだに中断されていた話題を、アダムが蒸し返した。「決して呆《ぼ》けているわけではないだろう」

「もちろん、それは気づいていた。頭脳のすべてが極端に専門分野に偏している、ということを指摘したまでだ。概して作曲家というものは、音楽以外ではぼんくらな場合が多い。どうかすると、音楽に関してもそうだ。チャイコフスキーなんかは、同時代の作曲家では、ビゼーをのぞいて、ブラームスもワーグナーもまったく理解できなかったらしい。チャールズが弟殺しを決意した時、おまじめに殺人方法の研究にいそしんだというのもうなずける」――フェンがチョークをいじると、リリイ・クリスティンは俄然、火を噴き、馬力をあげた――「むろん、昨夜の行動について、あの臆面もない馬鹿正直な話を真に受けるつもりはないがね」

「作り話だというのかい？」

「いや、そうは言わん。あれはあれで、じゅうぶん本当なのだろう。が、オックスフォードに来ていたことはいずればれるから、先手をうって、われわれにそのことを知らしめたとも考えられる。黙っていれば、あとでよけいな嫌疑がかかるからな」

「だけど、疑いを逸らせたいのなら、なぜ殺人の意図があったなんてことを、ぬけぬけと口にしたんだろう」

「ひょっとすると、二重のまやかし、ということかもしれん。だが、計画としては、あの通りにことをはこぼうとした、と信じて間違いなかろう。ああいう男なら、いかにもやりかねない。自分の芸術のためには、人だろうが、物だろうが犠牲にして恬然《てんぜん》たるものだ。偏執狂、と言っていい——が、天才なんて得てしてそうしたものさ。ワーグナーを考えてみなよ……。だから問題は、殺人の意図があったかどうかではなく、実際にやったかどうかだ」

「メイス・アンド・セプタで一緒だった男を捜して、チャールズの行動をチェックする必要があるな」

「そう、ウイルクスだ。帰ったら、まずそいつを片づけてしまおう。きみはそのホテルに宿泊しているんだったな」

アダムはうなずきながらハンドブレーキに手を差しのべた。危険な交差点に接近しつつあったのだ。

「おもしろいのは」フェンは、珍しくも一瞬、他の車に注意を払って、「チャールズが、どこかの

時点で、ソーンという女とはぐれたという点だな。あの女が先生を思うあまり殺人に及ぶ、ということは考えられないかな」

アダムはしばしの熟考ののち、「エドウィンのような脂肪の塊を、吊し上げるだけの腕力があるだろうか」

「さあね」フェンは不服そうにして、「だが、その可能性をまったく無視するわけにもいくまい。なにしろ、犯行の手口がはっきりしないんだ……いくらか推測もあったんだが、考えれば考えるほど、わからなくなった」と、ふてくされ、「ともかく、エドウィンがあんな夜更けに楽屋に居た理由がはっきりした」

「そうかな」アダムは首をひねった。「ぼくはもっと単純な理由を考えていたんだが」

「ほお？」

「以前にも似たようなことがあってね——二年ほど前、ケムブリッジで、ヴェルディの『ファルスタッフ』の公演があった時のことなんだが、エドウィンは宿泊先の女主人に室内での飲酒を断わられ、酒は劇場に置いておくしかなかった。歴史は繰り返す、てやつかな」

「調べてみるか。さきに寄って、そいつを済ませてしまおう。宿にしていたのはどこだ？」

「ホリウエル。番地までは憶えていないが、近くまで行けばわかると思う」

「身分からして、ホテルに泊まるくらいの金はあったんじゃないのか」

「もちろん、それくらいの金はあったろうが、なにしろ、しみったれていた」

「どうも話を聞けば聞くほど、殺しても飽き足らないような奴だな……。あとで、ピーコックに会

おう。それから、例の青年と娘のことで、ジョウン・デイヴィスに確かめておきたいこともある。女の勘でないと、わからんこともあるからな」

五時十五分、モードリン・ブリッジを渡ってオックスフォードに入り、そのままホリウエルに直行した。エドウィンが逗留していた下宿の女主人は、アダムの予想通りの人物であった。大柄で陰気な、さえない女で、うんざりするほど神信心に凝っていて、聖書を間違って引用することたびたび、死後の魂はどこへ行くか、といったことについては、ありきたりの話であったが、しゃべりだしたら止まらない。問題の下宿人にはあまり好意をもっておらず、その現在の居場所は問うまでもない、ということらしかった。執拗な質問にあった女主人は、アルコールは神の掟に背き、教義に反するものだから、うちでは絶対禁酒だと、最後に断言した。よせばいいのに、フェンがカナにおける婚礼（新約聖書「ヨハネによる福音書」第二章）を典拠として反論を試みたので、下宿をあとにするまで、さらに数分間が無駄に費やされた。

「ともかく、きみの言ったとおりだったな」フェンはブロード・ストリートに車を乗り入れながら話した。「おかげで、問題がひとつ消えた」

「ウイルクスは、どこを捜せばいいのかな」

「酒場」フェンは間髪を容れず、そうこたえた。

「きみの知合いなんだろう」

「ああ、腐れ縁だ。わが同僚の大学教授で、耳の遠い爺さんだ。これが、どうにもならないほら吹きでね」フェンはにがい顔をした。「ぼくのウイスキーを虎視眈々と狙っている」

ホテル、メイス・アンド・セプタに帰ってきた。リリイ・クリスティンのエンジンの爆発音を背中に聞きながら（まただ、とフェンはむしろ満足そうに言った）、廻転ドアを通り抜け、一般客用ラウンジに入っていくと、果たして、そこには開店を待っているウイルクスの姿があった。フェンは彼らを引き合わせた。

「いいかい、ウイルクス」それ以上の挨拶は抜きにして、フェンは切り出した。「チャールズ・ショートハウスについて訊きたい。作曲家だ。昨夜、一緒に過ごしたらしいな」

「わしが誰と過ごそうと、お前さんになんの関係があるんだ。ふん、このお節介めが――」ウイルクスは噛みつくような言葉を返した。

「ひとが殺されて――」

「殺されたのがお前さんじゃないのが、つくづく残念じゃて」

「――犯人を捜している。としで、ちょっと頭がな……」フェンはアダムに言い訳めいたことをささやいて、「チャールズ・ショートハウスと一緒だったんだな？」

「何を言っとるのか、さっぱり聞こえんのう」

「昨夜、チャールズ・ショートハウスと一緒だったんだな」

「そうじゃよ」ウイルクスはあっさり認めたが、爬虫類のような眼に、なおも獰悪な光をぎらつかせていた。「サキュバスも一緒じゃった」

「サキュバス（睡眠中の男を犯す女の魔物）？」フェンはぽかんとした。

「ソーン」ウイルクスは知能程度の低い者に接するような口ぶりで、「ソーンとかいう女じゃ。ち

びで、ハイエナみたいな」

「なるほど」

「三人でコーヒーを飲んだ」ウイルクスはうっとりとした表情で述懐した。「ふたりがやって来たのは、たしか十時半頃だった。それが、十一時になると、ふいに失せよった」

「失せた？」

「ああ、いま言ったとおりじゃよ、ふん。ふいに失せよったんじゃ。わしは、生理現象に迫られた、と思ったもんじゃな」と、妙なもの言いをして、わざとらしく間をおいたが、「しかし、思い起こせば、そういうことでもなかったらしい。ひとつには、十一時半まで、もどって来なかったからな」と、面倒そうにつけ加えた。

「席をはずす時も、もどって来た時も、ふたりは一緒だったのかい？」

ウイルクスは王侯然としてうなずいた。

「席をはずした理由を話さなかったかい？」

「さて、どうだったか」ウイルクスが首をまわして、暖炉や革の肘掛椅子といった、チューダー朝様式のまがい物をひとつひとつ点検したのは、記憶の糸を手繰っている、ということらしかった。

「そうじゃ、思い出したぞ。ショートハウスは、わしにこっそり耳打ちしたんじゃ。弟を殺すつもりだとな」

がばと身を起こしたフェンだったが、その拍子に灰皿をひっくり返し、おのれの膝をひどく汚した。

「ちくしょう、またかよ。もう我慢の限界だ……」フェンは悪態をつき、むちゃくちゃに灰をはたき落としながら、「で、本気にしなかったんだな」

「まあ、そういうことだ。やっこさん、やったのかね?」ウイルクスは興味津々たるようすを見せはじめた。

「誰かがやったんだ」

「わしじゃないぞ」

「すると、チャールズもあの女も、アリバイ無し、ということか」と、アダムが呟いた。

「そういうことになる。ステイプルトンもアリバイ無し。ジュウディス・ヘインズもまた、しかり」フェンは鼻を鳴らして、「ともかく、これ以上の長居は無用だ」と腰をうかせた。

「これから、どちらへ?」と、ウイルクスが訊いた。

「内緒だ」フェンはにべもなくこたえた。「教えれば、またうるさくつきまとわれるからな。玩具屋事件の時のような迷惑は、金輪際、御免だ。あの時、あんたは自転車を盗んだろう」とにらみつけた。

「ふん」ウイルクスはほくそ笑んで、「そういうこともあったな。またそのうち盗んでやるわい」

「いいから、ここでおとなしく飲んでいるんだぞ」

「ときに、お前さん、蔵書のうらにウイスキーを隠したろう」

フェンはかっと眼を見開いて、「まさか勝手にあけたんじゃないだろうな。知らんだろうが、あれはめったに飲めない酒なんだぞ」

「そりゃ、お前さんの部屋に侵入者がいるかぎり、めったに飲めんじゃろうて」と、ウイルクスはしゃあしゃあと言ってのけた。

「即刻、もとに返しておけよ」

「聞こえんのう、耳が遠くて」

「この盗っ人め、と言ったんだ」

「そう、風がね、滅法つめたい。こりゃあ、大雪になってもふしぎはないのう」と、ウイルクスは小首をかしげて、ならべたものだった。フェンとアダムはウイルクスを見限った。ロビーで、ボーイがアダムに伝言をもってきた。

「しまった」メモに目を通したアダムは、困惑の声をあげた。「リハーサルが始まっているらしい。ぼくに催促が来ている」と時計に目をやって、「ひどく遅刻してしまったが、まだ出番も残っているはずだ……まいったなあ」

「そう言えば、細君はどこだ？」

「どこか、そのへんだろう。歌劇場に出かける前にちょっと報せておこう。七十二号室の鍵を」と、アダムは受付に声をかけた。

「たしか一時間ほど前、奥さまがお持ちになりました」

「じゃあ、部屋に居るんだろう」と、アダムはフェンを誘った。

エレヴェーターで三階にあがり、メイドたちが屯《たむろ》してひそひそ談笑する廊下を進み、七十二号室までやって来た。アダムはノックをした。返辞がない。

「へんだな。鍵をもったまま、出かけたのかな」アダムはもう一度ノックした。

ドアの向こう側にかすかな気配がすると、ひそめた声がささやいた。エリザベスであった。

「どなた？」

「ぼくだよ。アダムだ」

「だれか、一緒なの？」

「フェン教授がいるだけだ。着替え中かい？」

あいたドアの隙間に、エリザベスが姿をみせた。蒼白い顔で、あらい息づかいをして、なにか、いたいけな少女にも見えた。

「ああ……あなた……」

アダムは彼女を両腕に受けとめた。「おい、どうしたんだ？」

エリザベスは微笑もうとした。「ちょっとね――だらしないんだけど、こわくなっちゃって」と言ったが、そのじつ、必死に涙をこらえていた。「あのね、わたし――毒殺されそうになったの」

13

その部屋はこれといって特徴のない、どこにでもあるホテルの寝室で、上品めかして押しつけがましい注意書があったり、ブラインドにカーテンと、いやに念の入った設備になっていたり、あちこちに照明があったりした。長期滞在のアダムとエリザベスは、あまりに無趣味な部屋にせっせと香り付けを施してみたが、その機能本位の性質はあくまでかわらなかった。ドアの鉤をめがけて帽子を放り投げたフェンは、狙いがはずれたこともかまわず、肘掛椅子にどっかと腰を降ろし、ふたりに煙草を差しだした。

「それで?」フェンはうながした。

「アコニット(鳥兜の猛毒)が、紅茶に」エリザベスは手短に告げた。

トレイに目をむける。ほとんど冷め切った紅茶が、茶碗になみなみと注がれている。

「どうして、それとわかった?」と、フェンはつづけた。

「その手のことは猛勉強したことがあるから。すこし口をつけただけで唇に痺《しび》れがあったわ」

「不審の念を懐いたには、理由があるはずだな」

「不審の念……」エリザベスは渇いた声でそう繰り返した。大粒の眸、ふぞろいでゆがんだ眉が曇

った。「もちろん、理由があるわ。それは――」

エリザベスは午後の一連の出来事を詳述した。

「そういうわけで、紅茶を怪しんだわ」エリザベスは話の終わりに、すこし言い訳めいた口調で語りついだ。「こんな勉強をすると、何でも疑わしくなって――研究中の難病に感染していると思いこむ医学生に似ているわね。それで、ちょっと味をみて」と、肩をすくめ、「それだけのこと。あとは、アダムが帰るまで、部屋から一歩も出るまいと決心した」

アダムは彼女の手を取り、そっと握りしめた。ふたりに言葉は無用であった。

「ジャーヴァス、どう考える?」アダムは訊いた。

「そうだな」フェンは持て余すような表情をみせた。「犯人は、ずいぶん慌てているということかもしれん……。時刻は?」

「四時半から、五時にかけて」

「なるほど」フェンは立ち上がり、部屋を横切って、トレイから茶碗を手に取った。「間違いないか、試してやろう」

「おい、よせよ」アダムが飛んできて、制止しようとした。

「口に含んでいるあいだ、絶対にぼくに触れるなよ」と、フェンは念を押した。「人任せの証言はしたくないんでね」

フェンはおそるおそる紅茶を口にした――と思いきや、一目散に風呂場に駆け込み、やがて、消毒液の臭気をやたらと発散させながらもどって来た。

「間違いない。ベラトリンかもしれんが、使われるのは稀だからな。やはり、アコニットだろう。ともかく分析に出そう。検査は数日を要すると記憶するが」

「スタス・オット法(裁判化学における毒物の抽出、分離方法)ね」エリザベスが事務的に口をはさんだ。

「そのアコニットとかいう毒物も、滅多に手に入らないものなのかい？」毒薬の話など、ほとんどお伽噺めいて聞こえるアダムは質問した。

フェンが説明の労を執った。「低木の林野に出かけ、鳥兜《とりかぶと》を見つけ、その根を掘り出す。つぎに、それを干して、粉末にする……で、めでたく出来上がり」フェンは室内を物色しはじめた。「襲撃の理由は、犯人を突きとめた、とする不用意な発言にあるとも思われるが」そこで、はたと歩みを止め、「何の根拠にも依拠しない思いつきが、犯人をそこまで追い込む道理もない」と、断然かぶりを振って、「だから、真の動機はそこにはない。ひょっとすると、それと知らずに犯人の尻尾を摑んでいる、ということかもしれないが……。いや、動機の線からさぐるのは無理のようだな」またも歩きはじめたフェンは、抽斗や戸棚をがさごそと点検してまわった。「いま一度、はっきりさせておきたい。襲撃の直前、ドアにノックがあったんだな？」

エリザベスは相槌を打った。フェンは室内に弧を描いて進んでいく。

「ノックをしたのは何者か。恐らくは、ジョウン・デイヴィスであろう。暴漢はノックにおどろき、あわててどこかに身を隠し、ジョウンがメモを残して去っていくまで、ひたすら息をひそめていたに相違ない。そして……どうなるんだっけ？」

アダムがあとを引き取った。「隠れ場所から出ようとすると、今度はメイドがお茶を運んで来た。

メイドが退室すると、エリザベスはドアを閉め、風呂場にもどっていった。謎の人物はようやく這い出し、紅茶にアコニットを仕込んでのち、部屋から忍び出て、行方を晦《くら》ました」

「そうよ」と、エリザベスは言った。「つまり、毒を盛ったのはジョウンではない、ということだわ。でも、その逆に――」

「きみの首を絞めたのはジョウンかもしれない」フェンがずばり言った。「その場合、ノックをしたのは毒殺しようとした人物、ということになるが……」

「まさか、本気で仰っているんじゃないでしょうね」エリザベスはいまにもべそをかきそうな顔をした。「それだと、わたしを亡き者にしようとする人間が、ふたりいることになるわ」

「たしかに、エムバラ・ド・リシェス（有り余って困る富）のごとき論であることは認める」フェンは、いかにも不満そうに、「だが、問題の時刻、この部屋の混雑ぶりは地下鉄のピカデリイ駅みたいなものだったんだから、可能性としては――」

　アダムがさえぎった。「いや、最初の説でいいんじゃないかな。どうこう言ったところで、ジョウンがエドウィンを殺したとは考えにくいよ。ご多分に漏れず、エドウィンを嫌ってはいた（そうでない者などいただろうか）が、迷惑の特別な被害者だったわけではない。だから、誰もがそう思うように、エドウィンの死と、この午後の事件が関係あるのなら――」

「それだって、あくまで仮の話だ」今度は、フェンがさえぎった。「むろん、無関係と言うのではない。ただ、可能性として、まったく別個に、ジョウンがエリザベスに私怨を抱いていた、と考えることもできるのさ」

アダムは吹き出した。「そんなばかなことが」

「例えば、ジョウンはきみに密かな想いを寄せていた、とか」

「よせよ」

「自分で気づかないだけかもしれんぞ」

「それはないわ」エリザベスがさえぎった。「それなら、わたしが気づくはずだもの。フェン教授、その可能性は没にして結構よ」

フェンはさえない表情で立ちどまり、窓から、ニュー・シアター劇場の煉瓦造りの厳めしい正面に目をやった。「暴漢は手袋をはめていたかい？」

「ええ。はっきり憶えている」エリザベスはすみやかにこたえた。

フェンは衣装納戸をあけ、用心深く覗き込んだ。そして、するりと中にもぐり込むと、戸を閉めてしまった。しばらくすると、小声で毒づきながら、エリザベスのドレスがからまった、なんとも珍妙な恰好であらわれた。匍《は》いつくばって、納戸の床を調べるつもりだったようだが、いまやその気も失せたらしい。申し訳のように、ベッドの下あたりにさぐるような目をやった。

「ぼくの友人に、寝室用の便器に、持ち上げると鳴りだす仕掛けのオルゴールを取り付けたやつがいる。客は大いに困ったね……」――フェンは憮然たるようすで髪を掻きあげたが、強靭な癖毛が収まるはずもない――「ともかく、この部屋に出入りした者を見かけた人間がいないか捜すとしよう。それから、ジョウン・デイヴィスには是非とも事情をきく必要がある。ノックをしたのが彼女なら、この部屋の先客を目撃しているかもしれない」

「今時分、リハーサルで歌劇場にいるはずだ。ぼくもすぐに顔を出さなければ」

フェンは立て続けに煙草を喫った。憂慮の色を、面上にうかばせていた。

「いいかい、エリザベス、この事件が片づくまで、けっして独りになってはいけない——どんな時でもだ。みんないっしょに、歌劇場へ行ったほうがいいだろう」

各々、防寒の服装をととのえた。

「そう言えば、アマシャム行きの成果を伺っていないわ」と、エリザベスがたずねた。

「話すほどのことは、何もない」フェンは、チャールズ・ショートハウス、さらにはウイルクスとの会見内容を、かいつまんで話してきかせた。そして、「問題は、チャールズが根っから奇矯な人物なのか、はたまた、そう装っているだけなのか、ということに尽きる」と、結んだ。

「普段から、おかしいよ」と、アダムが口をはさんだ。

「それはそうだろう。が、世間にそう思われているという事実を、逆手に取るということもあり得る。言い抜けのための作り話なら、あんな不自然な話は、よっぽどいかれた者にしか考えつかない、と、一見、誰でもそう思うからな。さあ、支度はできたかい」

廊下に出て部屋に鍵をかけると、たまたま通りかかったメイドがあったが、いきなりフェンに捕まった。

「おまえさん、今日の午後、どこにいた？」地獄の邏卒のごとく、フェンは決めつけた。

「だ、だ、だ」メイドは肝をつぶした。真っ直ぐな麦藁色の髪の、目玉のおおきな娘だった。「だ、旦那様、あ、あたし、何もしていません」

「何かしたか、と訊いているんじゃない」と、フェンは苛立って、「今日の午後、四時半から五時にかけて、この部屋の周辺にいたか、とたずねている」

「な、なくなっていないですよね？」娘は口をぽけっとさせた。

「なくなって？」フェンは娘の言わんとするところを理解しようと努めたが、面倒になってやめた。

「その時刻に、この七十二号室を出るか、入るかした者を、見かけなかったのか？」

「もし、そうなら、どうぞ支配人さんに」

「もし、って、何の話をしているんだ。この娘、あたまがどうかしている」フェンは弱り果てた。

続いた退屈なやりとりから、かろうじて掬《すく》い上げた事実は、役に立たないものであった。四時半、というのは、メイドたちが控室でお茶にする時刻らしく、廊下に出ていた者、ないしは、廊下を見張っていた者は皆無だった。

「そう言えば、エフィが、お客のどなたかにお茶を運んでいきました」と、しばらくしてメイドの娘は思い出した。「さっきも申しましたが、何かなくなった物があるのでしたら……」

繰り返しそう言われ、ようやく話の呑み込めたフェンは、すっかり残忍になっていた。

「ダイヤのティアラだ」と、ぎょろりとむいた目で睨みつけ、「それと、原子爆弾の設計図もなくなった。もし回避しようとするわれわれの努力が間に合わず、世界が分子の塵となり果てる日が来たら、それはきみのせいだぞ」

「旦那様、ご冗談を」

「冗談ではない」フェンは娘の目のまえに人差し指を振り立て、「冗談かどうか、いまにわかるさ」

そう言い捨てて、アダム、エリザベスとともに、エフィを捜しに向かった。

が、そこにも耳寄りな情報はなかった。エフィが七十二号室のエリザベスにお茶を運んだ際、その行き帰りに見かけた人物は、ジョウンだけであった。紅茶は寝室に運び込まれ、そこに置かれるまで、毒物混入の機会はまったくなかったことが確認されたにすぎなかった。

「やれやれ、どうにかしてくれよ」ホテルの入口まで来ると、フェンは苦虫を潰したような顔で、ぼやいた。「陸軍省にいる学友の口癖を真似て——煮るなり、焼くなり、好きにしろ、というところだな。どうやら、ほかの線から当たっていくしかないようだ」と、しばし思案して、「このホテルに宿泊しているオペラ関係者は、それぞれ、どの部屋を取っているんだ？」

「ピーコックは、ぼくらと同じ三階の何部屋かさきだ。ジョウンは一階上で、ジョン・バーフィールドは、たしか一階下。名簿をみればいい」アダムはそうこたえた。

ポーターの詰所に寄って、傍らにぶら下がる宿泊人名簿で、名前と部屋番号を確かめた。

「やはりそうだ。二階だよ」

「いや、それだけじゃない」と、フェンが言った。「このちんけな名簿のおかげで、ひとに案内を乞わずとも、きみらの部屋に直行できる——これは手がかりになるかもしれんな……。紅茶を片づけてしまわないよう、支配人に徹底しておこう」

「警察はどうする？」

「歌劇場に行けば警部が居るだろう。いなければ、そこから電話で報せるとするか。さて、容疑者候補の皆様がたの五時前の居場所を洗わねばなるまい」

「チャールズ・ショートハウスとソーンは、候補から外していいわけだね」

「いや、そうとは限らない。リリイ・クリスティンの修理に、ウイコムで三十分ほど時間をくったし、アマシャムからは、ミセンデン、エイルズベリと経由してオックスフォードに抜ける道もある。われわれより先に到着することだって可能だ……。リドリイ」フェンはポーターを呼んで、「チャールズ・ショートハウスの顔はわかるか」

組紐模様の紺の制服を着たポーターは、身振りで、存じ上げません、とこたえた。「どうも申し訳ないことで。エドウィン様なら存じておりますが」

フェンは吐息を洩らした。「じゃあ、昨夜の給仕なら、チャールズがきょうの午後、もう一度あらわれたとしてもわかるはずだな……。昨夜、十時半以降、ラウンジを担当した給仕はいるかい？」

ポーターは当番表のようなものを調べて、「マクニールです。生憎、午後の休憩に入っております。映画館じゃないかと思いますが」

「なんてこったい」と、フェンは呟いた。「いまは、これで手詰まりだ。支配人のところへ寄って、歌劇場へ出かけるとするか」

14

歌劇場に来てみると、リハーサルは混乱の様相を呈していて、実質、立往生状態にあった。五時集合というのは、やはり無理があった。関係者の多くは、きょうのリハーサルはないものと踏んで、オックスフォードの町が平日の午後に提供するかぎりの歓楽をもとめて出かけてしまい、まともに仕事をするには欠員がありすぎた。それでも、あたらしいザックス——アダムとも気心の知れた優秀な歌手——は一躍馳せ参じており、管弦楽団の三分の一が揃わない現状で、舞台上の所作について、ラザストンから説明を受けていた。楽団の残り三分の二と、合唱団の面々、主演の数名は、漫然と暇つぶしをするしかなく、一様に覇気のない顔で、あくまで人員をととのえて、一時間でも練習しようとするピーコックに対し、ひそかに罵声を浴びせているにちがいなかった。初日が一週間以内に迫っているのだから、ピーコックがそう考えるのもやむを得まい、とアダムは同情したものだった。

客席照明のほとんどが点灯されていないが、それでも天井の格間《ごうま》や、電飾時計を中心に据える白塗りの二階桟敷はうっすら目に映った。桟敷の両側には、紺のビロードカーテンに間接照明と、どれも同じ、杓子定規なデザインのボックス席が一列にならんでいる。プロシニアムアーチ（舞台を額縁のよう

に囲む枠）の上方に、盾を象った彫刻があり、その図柄は、細い天使のラッパを口にしたふたりの娘が、肌もあらわな肢体を悩ましげに投げ出している姿（「学生を鼓舞する、という点においては、学監もあの娘たちには敵わない」とは、フェンの弁）であった。舞台上ではラザストンが、ジョージ・グリーンに、第二幕最終場、乱闘騒ぎの段について、「あの徒弟のやつらのふざけかたといったら、まるで北京原人に追われる鹿の群でね」と、こぼしている。オーケストラピットでは、トロンボーン奏者が、急降下を試みるスピットファイア（第二次大戦の英空軍戦闘機）の迫真の擬音模写をきかせていたし、クラリネット奏者は、こっそりジャズの演奏にうち興じていた。客席最前列には、例のごとくジョン・バーフィールドが陣取って、大きな蜜柑にかじりついていた。

ピーコックは舞台袖でリーヴァイ氏と話しこんでいたが、アダムはそこへ、遅刻の詫びを言いに行った。興行主リーヴァイ氏は、万事太っ腹な巨漢のユダヤ人で、数カ国語に通じ、英語も話すが、こまかな文法は一切無視した豪快な話しぶりの人物であった。

「やあ、ラングリィ君。これ、ほんと、お手上げね。ひどい《シュレクリッヒ》、まったくとんでもない《ガール・ファーベルハフト》。わたし、だれかにぶっ殺されたあの男、まったく好かなかった。でも、あの声、シャリアピン（ロシアの名バス歌手）の再来、じつにすばらしい《ファモース》、ちがいますか《ニヒト・ヴァール》。そのせっかくの咽喉も、棺桶の蛆や蝿、抜け目ない虫たちのご馳走ね」と、にこやかに語った。

フェンが紹介された。

「だが、ショーは断然やるべし、ね。ここに未来の巨匠、おわすね」リーヴァイ氏は、ピーコックの背中をどやしつけ、「ここぞという時、オーケストラの手綱、ぐっと締める、みごとな手腕。あ

の管楽器の連中」と、フェンに向かって手振りをまじえながら、感嘆の念に堪えないというように、「なんと、あの連中、おとなしく聞き入れて、楽器に詰まった唾、振り払うの、やめたね」

　おかしな褒めかたをされたピーコックは、困惑の面持でうなずくしかなかった。

「それだけにとどまらない《ニヒト・ヌァ・ダス》。管の連中だけじゃない、コントラバス。コントラバス、知ってるね。みんな、ウインクしたり、くすくす笑ったりする。あれ、ご婦人のせいね」と、今度はエリザベスに向かって、「コントラバス、演奏会で、そんなことする、わたしの年老いたお母さん、真っ青。でも、近頃、ちがう。『ヴィーナスの女神は、全力で獲物に襲いかかり、恋の虜にしておしまいになった』（ラシーヌ『フェードル』第一幕第三場）半分は、ご婦人の罪ね」

　そんな話をして、一同に公演の成功を祈りつつ、引き続き全面的支援を約束したリーヴァイ氏は、ロンドンに引揚げていった。遅刻の数名が入ってきて、ピーコックに一応の詫びを入れた。チューバ奏者もやって来て、楽器を取り出し、霧笛のような音を出しはじめたので、楽団の連中は、「ピーター・グライムズ！　ピーター・グライムズ！」（ベンジャミン・ブリテン作曲、漁村を舞台にした現代オペラ『ピーター・グライムズ』の一節）と、裏声で、遠く、消え入るように歌った。

　その様子を見まわしたピーコックが、「そろそろ、はじめたいと思いますが」と声をかけた。

　一瞥したところ、エドウィン・ショートハウスの急死は、ピーコックにも、関係者にも、痛手とは受けとられていないようだ。アダムはフェンにその旨を語った。

「そのようだな。犯人捜しなんて野暮の骨頂らしいな」フェンもそう応じた。ジョウン・デイヴィスが怪訝な面持でフェンの顔を覗きこんでいた。「じゃあ、いよいよ殺人事

件と決まったんですか」

「ぼくはそう考えています。警察は知りませんが……。アダム、ちょっと頼むよ」

アダムが慌ててふたりを紹介すると、フェンは、

「あなたのマルシャリンは、じつに素晴らしい。ロッテ・レーマン（マルシャリン役の名唱で有名なドイツのソプラノ歌手）を髣髴《ほうふつ》とさせます」と、挨拶した。

ジョウンは、「あやかりたいものですわ。そんな風に仰られたら、一世一代の名唱をお聴かせしなければなりませんね」と笑顔を見せたが、ふいに声の調子を変え、「フェン教授、わたし、ちょっと困ったことになっているんです。相談に乗っていただけませんか」とささやいた。

「ぼくでよろしければ。じつは、こちらもあなたにお訊きしたいことがあるのです。どこか」フェンはうんざりといった表情で辺りに目をやった。「もうすこし静かな場所はありませんかね」

「ジョージ」ジョウンはピーコックにたずねた。「リハーサルはどのへんをやるつもり？」

「組合会議の段と、『試験の唄』ですね」と、ピーコックはこたえた。

「それなら、わたしは必要ないわね」

「しばらくは、そうです」

「じゃあ、わたしの楽屋に行きましょう」

フェンはアダムに、「お前さん、『試験の唄』を歌いながら、エリザベスのお守りができるかい？」と、訊いた。

「わたしなら、大丈夫よ」エリザベスが横合いから口をはさんだ。

「シーザーも、三月十五日（ジュリアス・シーザー暗殺の日と予言された日）に妻カルパーニアにそう語った。勝手にほっつき歩いては絶対にだめだ」フェンはそう言い残して腰をあげた。

階段を上りながら、「大丈夫って、何の話？　エリザベスがどうかしたんですか」と、ジョウンがたずねた。

「ちょっと、訳ありでしてね」――フェンは空とぼけた――「あとで、話しますよ……。あなたのようなかたの楽屋を三階にするなんてね。リーヴァイ氏ならフランス語でこう嘆くでしょう。『わが美しき春は、窓から挨拶せり』。ここですか」

「ええ、ここ」ジョウンは自分の楽屋の鍵をあけた。

ジョウンの楽屋は、エドウィン・ショートハウスが最期を遂げた部屋と、構造上変わりはなかったが、雰囲気がまるでちがっていた。住環境に対する男女の感性の差といったものに、フェンはかるい衝撃をおぼえ、しばし茫然と周囲に穿鑿の目をそそいだ。その差異は、女の部屋の物品の多さと色遣いにあるらしい。エドウィンの楽屋とくらべ、ジョウンの楽屋が片づいているというのではない――むしろ、その逆だ。が、取り散らかされた衣服、化粧品、本、写真、電報といったものがごっちゃになって、そこから醸し出されるのは、なんとも柔らかな潤いのあるもので、男のそれの無骨な厳つさとはまさに対蹠的なのだ。ジョウンが電気ストーヴ（二月の厳寒の候には、それ無くしては過ごせない）のスイッチをひねり、そのそばに二人の席をつくると、それぞれに煙草をくゆらせた。フェンは用件をききはじめた。

「さて、どういったご相談でしょう」

ジョウンはにんまりして、「お察しのはずだと思いますが」

「警察のことですな。マッジ警部とは、午《ひる》以来、会っていませんがね。どうしました？」

「その警部さんに、カールとわたしは事情聴取されました。なにか、胸に一物あるようでした」

フェンは唸りを発した。「それで？」

「カールが質問にこたえて話したのですが、昨日の夕食後、わたしたちは有志数名で、対策会議と銘打って一席設けたんです。リハーサルで起きた問題を話し合い、善後策を検討するつもりでした。何の結論も出ないまま――まあ、大概そんなものですけれど――エドウィンの両親が出逢わなければよかったんだ、なんて話になりました。そこで、わたしもつい調子にのって、口を滑らせてしまったんです」

「ほお」

「『ちょっとだけ毒を盛って――そう、歌えなくさせてしまえれば』と」

フェンは煙草のけむりで輪を吹き出そうとしたが、もののみごとに失敗した。「なるほどね」

「警部さんに、そういう発言をしたか、とたずねられたから、否定するわけにはいかなかった。たしかに、前後の文脈を抜きにすれば危険発言にきこえるだろうけれど、ほんの座興の、他愛ない戯れ言ですよ」

「そのとおり」フェンは猫背になって、電気ストーヴに手をかざしていた。「でも、それだけで――」

「さらに困ったことに」ジョウンの微笑がすこしひきつった。「エドウィンのジンには、睡眠薬ネ

ムブタールが混入していたらしいですね――関係者で、ネムブタールを所持しているのは、わたしだけなんです」

フェンの背筋が、しゃきっ、と伸びた。遠方から第一幕の音楽がただよってくる。バーフィールドが、「昇格試験のため、組合の親方衆が参集されておられます」と、艶やかな声で、たっぷりと威厳をもって歌っている。まもなく、「試験の唄」だ。このネムブタールの一件が、警部の頭にどんな突拍子もない考えを孕ませたことか……。

「もちろん、医者に処方箋をもらっているんですよ」ジョウンは話をつづけていた。「不眠症なので。それで、かなりの量を持っている――いえ、持っていたんです」

「過去形ですか？」

「そのほとんどを紛失してしまったから。四百グレインほど」

「どこで？」

「この楽屋で」

「楽屋を保管場所にしていた？」

「ええ。偶然、そうなっただけですけど。今度の公演の旅支度をした際、あわてて化粧鞄に放り込み、そのまま、先日、化粧道具を出した時まで忘れていた。最近はよく眠れて、必要としなかったんです。だから、ホテルに持ち帰ろうと思うこともなかった」

「楽屋には、鍵をかけていた？」

「いつも、というわけではなかった。貴重品を置かなかったから、あまり気にしなかった」

「ということは、やろうと思えば、誰でもちょろまかすことができたわけだ」

「そんなものがここにあると知っていれば」

「知っていた者は？」

ジョウンは渇いた笑いをうかべた。「まあ、関係者の大半ね。マグダレーネ役のアデラ・ブレントをご存じ？」フェンがかぶりを振ると、「彼女に話したから筒抜けでしょう。『ジョウンは楽屋にネムブタールを持っているんですって。やっぱり、何かくすりでもやっているんじゃないかと思ったわ』」と、口まねしてみせた。

「そうだね。その手の話は独り歩きしていく。手綱をつけることはできない」フェンは憂鬱そうにして、しばし言い淀んだが、「が、警部は、あなたをショートハウス殺しの犯人として疑っているわけではあるまい」

「ええ、わたしも、そこまで堕落したとは思わない」ジョウンはふかく紫煙を吸い込んだ。「警部さんは——はっきり、そう口にしたわけではないけれど——自殺と考えているようですね。その自殺説にとって、睡眠薬混入の事実は都合がわるいものだから、わたしがエドウィンに一服盛った、ということにしたいらしいのね」

「その場合、動機は——」

「ひたすら、みんなのため、公演の成功を願って、というところね。いや、それとも」——ジョウンはぽっと頬を染めた——「ジョージのためかしら」

「ジョージ？」

「指揮者のジョージ・ピーコック……。フェン教授、わたし、どうすれば？」

「べつに」フェンはさらりと言ってのけた。

「でも、どうにかしなきゃ。誤解されたままでいるなんて……」

「何とでも好きに思わせておくさ。ブレンキンソップ氏（ジョン。十九世紀前半、鉄道の実用化に貢献した鉄道技師）でも思い起こして、気持ちを慰めるんだね」

「それ、どなた？」

「歴史に悲喜劇を描いた、わが敬愛の人物でね。鉄道時代の黎明期、まだ現物は登場していない頃の話」（フェンのブルーの眼に、嬉々とした、夢見るような色がうかんでいた）「この男は、一般に考えられた、そして今日はびこっている方式では、車輪がレール上を滑ってしまい、車輌が動かないんじゃないか、と考えた。そのため、金と時間を蕩尽して、苦心の末、スパイク付車輪を考案した。結果はどうなったか。ブレンキンソップの名は、取越し苦労の代名詞となった。きみも、警部の考えをどうにかしようなんて考えていると、きっと馬鹿をみるよ」フェンは煙草をもみ消し、「あなたが犯人扱いされることは決してない」と、一段と力をこめて語ったが、「もっとも――」と、言葉を濁した。

「もっとも――なんですか？」

「もし、裁きの場で、陪審から、殺人未遂、傷害などの罪でつつかれなければ。そうなれば、起訴も同然だがね――そんな法外な話はさておき、どうせこのままでは立件できまい」

「要するに、わたしの独り相撲というわけですか……。まあ、なにごとも経験ですからね。そちら

がお訊きになりたいことって、何です？」

「よろしければ、一般的な質問を」

「どうぞ」

「ステイプルトン青年とジュウディス・ヘインズについて」

ジョウンの勝ち気な、いたずらっぽい顔に、さっと不快の色がよぎった。「いったい、何をお聞きになりたいんです？　とっても仲のいいふたりですよ。彼氏のほうは、オペラを書いている。わたしは、きょう、お茶のあと、ヴォーカルスコアを読ませてもらったわ」

「警部が返却したんですな」

「ええ。エドウィンの下宿先の部屋にあったそうよ」

「どうです、力作ですか？」

「正直言えば、まだまだね」ジョウンは顔をしかめてみせ、「でも、まだ若いし、大器晩成の作曲家もいるし。ともかく、『マイスタージンガー』で頭がいっぱいの時に、比較されてはかわいそうね。プッチーニだって、ワーグナーにくらべればわれわれはしがないマンドリン弾きにすぎない、と言ったそうじゃない。W・J・ターナー（オーストラリア出身の辛口音楽評論家）のご意見には充分敬意を表しますが」

フェンはさもうれしそうに、「W・J・ターナーは、『さまよえるオランダ人』を、ワーグナーの最高傑作とした」と、トランペットの口まねをしたのは、その序曲のつもりらしい。「だが、『マイスタージンガー』となると――『ヘンリー四世』をべつにすれば、ぼくの知る限り、人間の尊厳を確信させる唯一の作品と言っていい。ほとんど神のような存在の『マクベス』や、第九交響曲にも、

比肩しうる……」フェンは、遠方からきこえる「ポーグナーの演説」の調べに、しばし耳をかたむけていたが、やがて、いささか唐突に、「ジュウディス・ヘインズとエドウィン・ショートハウスの関係だが――」と、話をさきへ進めた。

「エドウィン？」ジョウンは一瞬、とまどいの色をみせたが、「ああ、ジュウディスが自分になびいている、とでも勘違いしたらしいわね。下心がみえみえだけど」と、いかにもさりげなくこたえた。

「そう話すには、何かあったのかい？」フェンの眼が、とりわけ欺きやすい手ごろな兎を見つけた蛇のように、異様な光を放った。

「それが――まあ、エドウィンのいつものことよ」

「なにか特別な出来事が――」

ジョウンはフェンを制した。「じつを言うと、口外しない約束なの」

「じゃあ、その約束を破りたまえ」フェンは椅子に深々と坐りなおした。「それとも、あなたが庇護したいらしい若者たちが、困ることにでもなるのかい？」

「そ、そんなことはないわ……。でも――」

「こう話せばわかってもらえるかね。このままだと、あらたな人命が危険にさらされていると」

「まさか……。本気ですか？」

「おおまじめさ」

「でも、そんなこと、あのふたりには関係ないはずだわ」

「恐らく。が、どんな事実のかけらも粗末にはできないのさ」

ジョウンはためらった。が、やがて、「わかった。話すわ。エドウィンは酔っぱらった勢いで、ジュウディスを強引にものにしようとしたことがあった。それをボリスが知った……」

ジョウンは話していき、「かわいそうに。日曜新聞の見出しなら、『あられもなく衣服を乱して』といったところ。あんなにも惨めな、憎悪にゆがんだ人間の顔は見たことがなかったわ。あの子は純粋すぎるから……。そんな腕ずくでいったって、どうせうまくいきやしないんだけど、わたしは止めに入った」

「どんなふうに？」フェンは膝を乗り出した。

「あの男の上着のえりとズボンのしりを、ひっつかんだわ」ジョウンはうっとりとして物語った。「無意識のうちにそうしていたんだから、よほどむかつくような、ひどい情況だったんでしょう……。それで、ひょい、とやったら、だらしなくひっくり返って、あたまをぶつけたわ」

このアマゾン女族のごとき武勇譚は、フェンをいたく悦ばせた。「お見事。ところで、ステイプルトンはどうして知ったんだろう？」

「ジュウディスから聞いたんでしょう。あとで礼をいいに来たわ。ちょっと複雑な表情をしていたけど……まあ、気に病んで当然のことですものね」とこたえたが、フェンが無言でいるのを見て、「あなたの動機のリストに、名前がひとつ増えたようね」

「いや、それほどでもないね。ほんの確認にすぎないのでね」フェンは思いっきり伸びをして、ストーヴのほうへ脚をのばし、しばらく放り出されていた金のシガレットケースを、右手に取った。

「さて、あなたの昨夜の行動について……」

「……一応の手順として、お訊きしたい」

「ご名答」フェンは上機嫌で相槌を打ち、ジョウンに煙草を差しだすと、ケースのほうはまた放り出してしまった。「アリバイは？」

「ないわ。ランドルフ・ホテルでの会合のあと、宿泊先のホテルまで歩いて帰り、さっさと寝てしまった。たぶん、まだ九時過ぎだったと思う」

「その後、ベッドから這いだし、原子物理学者に変装してこっそり抜け出した」

「そうよね。ホテルには裏口がたくさんあるから……。お生憎様、そうはしなかったわ」

「そうか」フェンはいくぶんうわの空で返辞した。ライターを取り出し、ジョウンの煙草に火をつけた。「きょう、午《ひる》からの行動をくわしく話してくれないかね」

「ええ、いいわ——でも、どうして？」

「ちょっと、訳ありでね」フェンはにこやかにそうこたえた。脳裡では、エリザベス襲撃の件を探り出すにあたって、罠を仕掛けるのは無理だろう、と見切りをつけていた。「それ相応の理由がね」

「なんだか怖いわね。どうせ、わたし、ばかなことを喋って、時間の前後関係もこんがらがっちゃって、なにかの容疑で牢屋に入れられるんだわ」

電気ストーヴのぬくもりが眠気を誘った。が、フェンはそれを振り払い、にやりとして、「じゃあ、よく考えてからしゃべりたまえ」と、つれなく突き放した。

「わかったわ……。おそい昼食を摂ったあと、宿泊客用ラウンジに行き、そこで手紙をしたためた。

目撃者はたくさんいるはずよ。四時になると、カールがやって来た――わたしがお茶に誘っておいたの。カールは、リハーサル再開を関係者に連絡するため、大わらわだったようよ。わたしたちは席を一般客用ラウンジにうつした。そこへ警部さんがあらわれた。お茶をご馳走してあげると、質問をしはじめたのよ」

「お茶のあいだ、オペラ関係者に出会ったり、話をしたりはしなかったい？　つまり、カール・ヴォルツォーゲンのほかに」

「なかったと思うけど――あっ、そうそう、あったわ。エリザベスよ。でも、それはほんの数分間。警部さんが帰ってしまったあとのことね」

「どんな話をしたんだい？」

ジョウンは眉宇をひそめて、「さあ、とくには。雑然とおしゃべりしただけね」とこたえたが、はたと思い出したように、「エリザベスから聞いているんじゃあないの。彼女、エドウィンの事件で、誰が何をしたということを、かなり摑んでいるようすだったわよ」

「たしかに、なにか考えがあったらしい」フェンはきっぱり言った。それがエリザベス襲撃の動機となったという推測には、いまも与しないが、できるなら早い時期に、その懸念を完全につぶしておくに越したことはない。「が、あとで、まったくの見当ちがいとわかった」

「へえ、そうなの……。話をつづけましょうか」

「そう願いましょう」

「カールも、エリザベスが出ていくと席を立った。たぶん、ジョージの部屋に話をしに行ったんで

しょう。わたしのほうは、お茶をすませると、エリザベスにリハーサル開始の予定時刻を話していなかったことに気がついた。だから、ちょっと部屋によって伝えておくべきだと思った……エリザベスが自室にいると思ったものだから。けれども、行ってみると、ドアの自動錠がかかっていないし、部屋ももぬけの殻だったのよ」

自動錠がかかっていなかった……。エリザベスを襲った暴漢は、やってはならないへまをやった、ということだ。もっとも、ジョウンがその暴漢で、ぬけぬけとまことしやかな作り話を語っているのでなければの話だが……。フェンはそっとジョウンを盗み見た。俄然、この女は、いざとなれば白を切る、少なくともそれができる女にちがいない、という想念にうたれた。その人なつっこい笑顔には、たしかに強《したた》かなものが秘されているのだ――しかし、だからこそ、エリザベスを襲った犯人ではない、とも言えるわけで、なぜなら、あの襲撃には、粗忽者《そこつ》がいかにもその場の思いつきでやったと思われるふしがあるからだ。

ジョウンは話をつづけていた。「ノックした際、部屋の中に気配がしたようだったから、ちょっとびっくりしたわね。まあ、隣室の物音だったんでしょう」

「風呂場はのぞかなかったのかい？」

「そう――そうね。風呂場のドアがすこし開いていたけれど、なかは静かだったから、わざわざ覗いてみることはしなかった……いったい、これ、何なんです？　エリザベスに関係したことなの？」

「そうだ、関係ある」フェンはもはや隠し立てをしなかった。「きょうの午後、エリザベスは二度

にわたって殺されかけた。いずれも、あなたが彼女の部屋に入室したあたりの時間帯に起きた事件だ。ちなみに、何者による犯行か判明していない。だから、あなたの証言がとても重要なのさ」

「殺されかけた……？　どうして？　どうしてなの？」ジョウンは柄にもなく取り乱した。

フェンは肩をすくめ、「さあ、わからんね。ともかく話をきいてしまおう。メモを残したあとのことなんだが――」

「メモ？」ジョウンは気が動転していた。「ああ、そう、メモね。上着をきて、帽子をかぶり、この楽屋に戻ってきた。それだけ」

「じゃあ、よく思い出してもらいたい」フェンは膝を乗り出し、「エリザベスの部屋へ行く途中、前方に、おなじ方向へ向かう人間を見なかったかい？」と、問うた。

ジョウンはじっと考え込んだ。やがて、「いいえ、見なかった。そう断言して、まず間違いない」

フェンはひそかに落胆の吐息を圧し殺し、脳裏にホテルの見取図を描いた。七十二号室の直前で廊下が直角に折れているため、階段やエレヴェーターのある方向からやって来たのなら、よほど部屋に近づいていなければ、入室する者を目にすることはあるまい。角を曲がると、その先はさらに数室（そのなかには、ピーコックの部屋もある）が連なり、これにトイレと浴室がつづき、廊下はやがて行止りとなって、壁、霜硝子の窓、暖房装置に突き当たるのみとなる。ジョウンが真実を語っているならば、暴漢は階段やエレヴェーターとは反対の方角から侵入した、と断定せざるを得ない。あらかじめトイレか浴室にひそんでいたのだろうか――が、何のためにひそむのか、理由が思い当たらない。あるいは、暴漢はピーコックの部屋から出現したのか……。

フェンはかぶりを振った。この事件のぬらりとした捕らえどころのなさがいまいましい——エリザベスを襲った人物は、とっくに化けの皮が剥がれてもおかしくない、軽率な人物であるだけに、なおさらだ。思えば、ジョウンからの聞込みもたいして得るところはなかった。唯一、確認できたのは、警部が独自の推理を着々と展開させているという、気が滅入るような一事だけだ……。

　フェンは勢いよく立ち上がった。遠くから流れてくる音楽がふたたび耳に聞こえてきた。そして、気がつけば眼前には、きょとんとした顔で覗き込んでいるジョウンがいた。

「これで、授業はおしまい？」ジョウンはたずねた。

「そう、百点満点だからね。そろそろ質問責めの相手をかえるとしますかね。あなたはまだここにいますか？」

「わたしも階下に降りて、リハーサルがどうなったか、見に行くわ」フェンがドアをあけた。「あら、しまった。ストーヴを消し忘れちゃった」

　フェンが引き返し、電気ストーヴを消した。

「この手のものは、なんだか、いやな臭いがするね」フェンは真顔でそう言ったものだった。「さあ、でかけるとしますか」

15

階段を降りながら、ジョウンは話した。「わたしの一生の記念は、シュトラウスのオペラでサロメを演じたことなの。相手役の洗礼者ヨハネは、あきれたことに、あのエドウィンだったわ。わたしがまだ輝いていた、ひと昔前の話ね」（「いまも輝いていらっしゃいますよ」フェンは、お世辞ではなく、その言葉をはさんだ）「よく憶えている理由のひとつは、当時、自分でも気づいていたんだけど、『七枚のヴェイルの踊り』で、男性客に金を払った甲斐があったと満足させた、史上初のサロメだったからなの。パリのオペラ座でのことで、最終公演なんか、風車のお姐ちゃん（キャバレー、ムーラン・ルージュ（赤い風車）のフレンチ・カンカンの踊り子）も赤面するほどサーヴィスをしちゃった……。でも、話したいのは、そんなことじゃない。エドウィンのこと。野のイナゴと花の蜜で精進してきた聖者にはとても見えない、ぶくぶくの肥満体を半裸にさらしながら、わたしの色香に負けまいと、必死に歯を喰いしばっていたわ。それが」――客席に通ずるドアの手前で、ジョウンはふいに足をとめた――「『汝の白きからだを、わらわにふれさしめよ』という条りで、わたし、ほんとうに胸がわるくなった。もし指いっぽんでも、あの男に触れなきゃならなかったら、ぜったいに悲鳴をあげていたでしょうね……」

「ジュウディス・ヘインズ強姦未遂事件の参考意見、ということですね」フェンはさぐりを入れた。

「そうよ。わたしみたいな擦れっ枯らしが、芝居の中でさえそうだったの。ジュウディスがどんな想いをしたか、察してあまりあるわ——」

そのジュウディスが、客席でエリザベスとならんで腰かけていたので、そこへ行った。リハーサルは、順調に進行しているようであった。アダムがヴァルターの「試験の唄」を——その間、瞬きもせずに愛妻のいる方向を睨みつけたままなので、ラザストンはびっくりするやら嘆くやら——歌っている。第一オーボエ奏者がいまだに到着しないので、指揮台のピーコックがみずから歌って、オーボエのパートを補っているが、その蚊の鳴くような調子っぱずれの声に、みんな、おおいに迷惑していた。それにもかかわらず、物事がちゃんと捗っているという、和気藹々《あいあい》とした充実感に満ちあふれていた——ようやく、リハーサルらしいリハーサルになっている、と言えた。歌い、演じ、舞台上の移動も円滑に、背景の書割の絵も、未完成の奇怪なしろものながら、あるべき姿をぼんやり現しはじめていた。エドウィンの死によって、公演に重くのしかかっていた暗雲が消え去ったのだ——ジョウンの胸にはそんな感慨がわいた。プロ意識から、人一倍、公演の成功を気にかけていたので、そういった観察を悦ばしく思った。

ジョウンはジュウディスの隣席に滑り込んだ。

「ジュウディス、ごめんなさいね。わたし、あなたとの約束を破っちゃった。先日のことをフェン教授に話してしまったの」と、おだやかな口調で話しかけた。

ジュウディスが顔を振り向けた。照明のためか、それとも、余人には量り知れない私的理由によるものか、瞬間、その若くみずみずしい相貌が、老婆のごとく、ジョウンの目に映じた。

「もう、いいんです。ラングリイの奥さんにも打ち明けたところです。ボリスがこの件を知っていることも、いまとなっては問題にならないですから」

ジュウディスはそうこたえたが、フェンに気づいたとたん、唇を噛んだ。気まずい沈黙があった。ジュウディスの動揺を察したエリザベスが、いそいでそれを破った。

「エドウィンって、ほんとうにどうしようもない男だったわよね」

その口ぶりをフェンは聞きとがめた。なかば細めた好奇の目をエリザベスにむけ、

「エドウィン・ショートハウスとはいつから知合いだったんだい？」と、訊いた。

「アダムと知り合って以来、ずっとね……三角関係だったのよ」と、エリザベスは突っ慳貪《けんどん》にこたえたが、それでは言葉が足りないと思ったか、「わたしを情婦にでもする気だったのかしらね……。わたしがアダムを夫に選んだことがよほど気にくわなかったのか、ひと頃は、ずいぶんひどい態度をとられたわ」と、つけ足した。

「じゃあアダムは、エドウィンのことをよく思っていなかったわけだな？」

「それほどのことはないわ。むこうが勝手に逆恨みしたのよ」

「逆恨み、とはまたきつい言い方だね」

「この場合、唯一当てはまる言葉よ」

「当人が死ぬまで、ふたりはいがみ合っていたのかい？」

「いいえ。去年の暮れ、『ドン・パスカーレ』で共演中にむこうから詫びてきたわ」と、ひと通り事情を説明してのち、「アダムは、本心からの謝罪とは思えない、と言っていたけど、それ以降、

いやな想いをすることはたしかになくなった」

この情報は、フェンにとって期待はずれであったようだ。フェンは舞台に目をやった。アダムが「試験の唄」を歌い終え、ベックメッサーが猛烈な勢いでその歌をくさしている。ザックスをのぞく親方衆は、伝統をないがしろにするヴァルターを、断固受け入れようとしない。その光景を、舞台袖から、モップとバケツを手にした掃除のおばさんがおもしろそうに眺めていたが、姿の見えないうしろの誰かに注意されたのであろう、顔を引っ込めた。そんななか、ジュウディスはジョウンに話していた。

「わたし、ボリスが心配でしようがないんです」

「心配って、なにが？」

「病気なのに、医者に診せようとしないんです」

「顔に吹出物みたいなものがあるわね」

「そうなんです。以前からのものなんですけど、こんなに悪化したことはなかった」

「なぜ、医者に行くのを拒むの？」

「オペラのためです。はじめてもらった役――たったの二語ですけど、台詞付きですから。医者に休養を命じられるのをこわがっているんです。なんとか、この世界で認めてもらおうと思って――舞台化粧だって、毎日一時間もかけて工夫しているんです……」

「わたしから説得してみようか――」

「いいえ……そこまでしていただいては。でも、どうしても、わたしの言うことを聞かない場合は

……」

「そうね。よくわかったわ」ジョウンはにわかに決心がついた。「ちょっといらっしゃい。ふたりきりで話をしましょう」

　リハーサル室に赴いた。ジャコモ・プッチーニが、壁でちいさな眼をひからせている。

「あなたたち、同棲しているの？」ジョウンは単刀直入に訊いた。

「い、いいえ、わたしたち——ち、ちがいます。そ、その、つまり——」ジュウディスはひどくどもった。

「じゃあ、こう訊き直しましょう。一緒に寝たことはあるの？」ジョウンはさらりと口にした。

　ジュウディスはひどく赤面して、「そ、そんなこと——ありません。そう望まれたことはあるけれど——わ、わたしは、こわくて——」

「そうね、赤ちゃんができたらたいへんだものね。りっぱな心がけだわ。どうなの、結婚したら？」

　あたかも月世界旅行を勧められたかのように、ジュウディスはきょとんとジョウンの顔を見まもった。「け、結婚ですか。そ、そんなお金は——」

「それぞれ独立した生計を営めるのなら、一緒にやれないはずはないわ。もちろん、当面、子供が欲しいなんて考えはさっぱり捨てて」

「で、でも——そ、そんなこと、両親が——」

「既成事実があれば、あきらめるでしょう」ジョウンは冷ややかに言った。「ふたりとも、二十一

歳以上？」

「そうです。が、そ、それでも――」

「わたしが結婚特別許可証を取って来てあげれば、すぐにでも結婚する気はある？」

ジュウディスはもはや、どもらなかった。「はい」とだけ、返辞した。

「いい子ね」ジョウンはにこっとした。「じゃあ、ボリスとよく相談して、結果を報せてちょうだい。やめたほうがいいと思ったら、遠慮なくやめにしなさい。でも、後込《しりご》みしているだけなら、思い切って仕合わせになったほうがいい」

ジュウディスは衝動的にジョウンに抱きついて、キスをした。無言のうちに、ふたりはみんなのもとへ戻って行った。

舞台では、第一幕が大詰めを迎えていた。アダムが怒りの動作とともに舞台を去る。親方衆も一団となってあとを追う。ザックスがひとり残り、管弦楽は「試験の唄」を三小節、回想する。やがてザックスも退き、音楽は最後のへ長調の和音にたどりついた。すると、一斉にほっと吐息がもれた。楽団員はさっそく楽器を片づけはじめ、主要出演者の全員も舞台上にもどってきた。

「みなさん、ごくろうさまでした」ピーコックの声がひびいた。「今夜はこれで切りあげましょう。みなさんには緊急のリハーサルで迷惑をおかけしましたが、公演が危機的状況にあり、初日も迫っていることを考慮され、なにぶんにもご容赦いただきたいと存じます。明日、午前中のリハーサルは、死因審問があるため中止しますが、午後は、舞台入口に張り出してあるように、従来通りのスケジュールでリハーサルを行いたいと思います。どうも、ありがとうございました」

ピーコックはそう挨拶して、オーケストラピットの中に降りていったが、やがて、エリザベス、ジョウン、ジュウディス、フェンの待つ客席に姿をあらわした。髪を乱し、大汗掻いて、疲労の色が濃かったが、それでも目にかがやきがあった。

「やっと呼吸が合ってきました。そう思いませんか」ピーコックはジョウンに声をかけ、ジョウンがその興奮を微笑ましいものに感じながらうなずくと、「ジョージ・グリーンという歌手は、指揮者にとって、まさに天からの授かりものです。ぼくの望むところをたちどころに了解する勘のよさ。そして、『試験の歌』でラングリイさんが聴かせる味わいのある歌唱……歌う時、どうしてだか、幽霊でも見るような目つきをされるんですが、あれさえしないでいただければ、あとはもう完璧です」と、話した。

「よかったわね」ジョウンはいたわりの言葉をかけた。そして、ほとんど無意識にピーコックの手をにぎっていた。一瞬、ピーコックは鋭く見つめ返したが、やがて笑顔になった。

「どうも、ぼくはうぶでいけません。みなさん、よく辛抱してくださるものだと思います」

そこへ、アダム、ジョージ・グリーンもやって来て、会話の輪がいっぺんにひろがった。フェンは話題はオペラのことばかりだと見て取り、この機会にジュウディス・ヘインズと話をしようと思った。これから際疾《きわど》い聞込みをするにあたって、彼女の感情を損ねぬよう慎重に事を運ぶためには、もてる限りの媚態をつくし、策を弄する覚悟があった。

「失礼を許していただければ、ひとつだけ質問を……」と、フェンは話しかけたが、ふいに言葉を切った。ジュウディスの顔が、ほかほかと、いかにも仕合わせそう――媚態も策も無用に思えるほ

ど——だったからだ。フェンはもっと大胆に切り出した。

「きみは、このリハーサルにステイプルトン君と一緒に来たのかい？」

「はい……？　なんでしょう？」ジュウディスは何も聞いていなかった。眠りから醒めたように、

「あら……わたし、どうしちゃったのかしら。すみません、もう一度、仰っていただけますか」と、訊いた。

フェンは質問を繰り返した。

「いいえ。ボリスは午後散歩に出かけ、その足で歌劇場に来ました。どこかで楽団のひとに出会い、リハーサルのことを聞いたようです」

「歌劇場へは、きみより先に来ていたかい？」

「いいえ。わたしより数分遅れてやって来ました……。それだけですか」

「それだけ」そうこたえるフェンの顔色は冴えなかった。散歩……肝心なところに来ると必ず、ステイプルトンの散歩癖が顔を出すのが気に喰わなかった。

フェンはホテルに帰るアダム、エリザベス、ジョウンに同行し、別れ際にジョウンにたずねた。

「あなた、ジュウディスに何を話したんです？」

「あの青年と、さっさと結婚するよう奨めたわ」

フェンは沈黙を返した。ジョウンは、「賛成してくれないんですか」と、ちょっとからむように言葉をついだ。

やがてフェンは、「これだけは言っておきましょう」と、ゆっくり口をひらいた。「われわれはい

ま、殺人事件の渦中にいる。その決着をみるまでは、そういった人の一生を左右する早まったまねは、慎むだけの嗜みがあってしかるべきですね」

だしぬけに癇癪玉を破裂させたのはエリザベスであった。「フェン教授、あなたのお役目は事件を解決することであって、他人事に口出しをする権限はないはずだわ」と、指を鳴らして言い放った。

フェンは気に障ったそぶりを微塵もみせず、こう語った。「ぼくに許された権限なんて、たとえあったにせよ、微々たるものさ……。さあ、また明日、死因審問でお目にかかろう。じゃあ、失敬」

アダムが悲しそうな顔をしていた。「ねえ、エリザベス、あんな言い方ってないんじゃない?」口論になった。結婚後、初めての夫婦喧嘩であった。ものの一時間、ふたりは互いに不快な時を過ごし、やがて仲直りした。その祝杯と称してアダムが痛飲し、べろべろになったので、またしても喧嘩となった。

16

月曜深夜、エドウィン・ショートハウスが死亡し、火曜の午後、エリザベスが襲撃された。そして、水曜の午前、死因審問が行われることになった。その開廷の一時間前、フェンはピーコックに面会するため、ホテル、メイス・アンド・セプタまでやって来た。

これが必要な聞込みの最後のものになることを、彼は希《ねが》っていた。あとは、カール・ヴォルツォーゲンへの質問が、二、三残っているだけだ。いつものホテルの入口に入った。事件解決のため、ここまで自分が為したことはほとんど皆無に等しいと、認めざるを得なかった。公式見解は、いよいよ自殺説で決着をみようとしているらしく、当局はジンのボトルへの睡眠薬混入の事実は首吊りと無関係と判断していると、マッジが今朝の電話で話していた。手首、足首に残された痕や、首のねじ曲がった骸骨の存在は、どう説明する気かと問いただせば、警部は、いかにも口惜しげに、説明できないと認め、同様に、ファーブロウの証言を覆すこともできないでいるが、そうである以上、自殺と考えるしかないのだと言った。これを聞き、フェンの心に迷いが生じた。警部の考えが正しく、自分はブレンキンソップの轍を踏んでいるにすぎない、ということがないとは限らないのだ。だから、こうしてなおも調査に赴こうとするのは、物事を中途半端に投げ出すのが、どうにも我慢

ならない性分だったからにほかならない。

ピーコックは難なくつかまり、ふたりで宿泊客用ラウンジに落ち着いて、コーヒーをたのんだ。このラウンジは、バアー──ゴシック風の薄暗い雰囲気に満ち、土牢、斧槍、貞操帯といった、中世のおぞましき発明品を連想させる──とはうってかわって、大きさの割りにゆったりと、いささか成金趣味的に、ちょっと贅沢な家庭的雰囲気を味わえる部屋だった。雑誌が散らかったテーブルを中心に、ふかふかの絨緞と膝掛け、花柄のインド更紗の肘掛椅子と足載せ台があり、そこへ、時折、場違いなディナージャケットを着込んだ給仕が、指を火傷させる魂胆でデザインされたとしか思えない、コーヒーや紅茶の鉄製ポットを運んでくる。その全体の構図は、何かのパロディのつもりで、わざと滑稽を狙ったかとさえ訝られる。悠久の閑寂というべきものがあり、それは、恐らく、こういう場所でしばしば見かける老人たちが、新聞を広げたまうたた寝することに余生を送り、ときどきカップとスプーンがふれあう音や、窓の外を通行するバスの振動に、ぴくりと反応する光景から醸し出されるものにちがいない。室内で話をする者も、そのつもりがなくとも、いつしかひそひそと声を落としてしまう。

ピーコックは調査に積極的な姿勢を見せた。「当然のことながら、できることは何なりと協力いたします。ただ、あらかじめ断っておきますが、ショートハウス氏が亡くなってほっとしているというのが、わたしの実感です」その声はひどくうつろに、耳障りなものにひびいた。「わたしが故人に好意を持つはずはありません……。一昨日のリハーサルで、わたしが癇癪を起こしたことはご存じでしょう。さいわい、死亡の時刻にはアリバイがありますが」

「それは結構でした」フェンはにこりともしなかった。「オックスフォードの人間でアリバイを証明できるのは、あなたひとりです」

「そうなんですか。それは運がよかった」給仕に勘定を払うあいだ、ピーコックは話を中断し、

「たまたま、きっかり午前零時まで、ホテルの支配人の部屋で、一杯やりながら雑談していました。その間ずっと、支配人か奥さんといっしょでした」

ヘシオドスの叙事詩から深遠な神話表現をことごとく剝ぎ取って、得意満面たる古代ギリシャ史学者のように、ピーコックは無邪気な興奮もあらわにそう語った。フェンはなんの感銘も受けなかった。罠を仕掛けた者が、獲物がかかる瞬間、その場に居合わす必要はない……。そう考えると、いまのところ追求の手だてはないにせよ、あらたな一連の可能性がうかんでくるような気がした。

「よかったですね。じつを申せば、ぼくはショートハウス氏死亡の時刻より、昨日の午後に興味を持っていましてね」

「昨日の午後ですか。また、どうして?」

誰もがそう訊く――フェンは憂鬱になった。そのたびに、逃げ口上めいたいい加減な返答をしいられ、とたんに相手のガードを堅くさせる……。「ちょっと訳ありでしてね。あとで説明しますが」と、苦々しく口にした。

ピーコックはとくに関心をしめさず、諒承した。「なにを話せばいいのですか」

「あなたの行動をお聞きしたいだけです」

回答はきわめて明快になされた。昼食後、警部から事情聴取され、その後、自室にひきこもり、

『マイスタージンガー』の楽譜を検討していた。そうしていると、三時頃、警部から電話があり、通常の用途にかぎり歌劇場の使用許可が下りた、と報せてきたので、直ちにカール・ヴォルツォーゲンに電話して、五時に緊急リハーサルをひらくから全員に手配をたのむ、と連絡した。

「いやあ、カールの活躍は超人的でしたね。ひょっとすると早いうちにリハーサルを再開するかもしれないと、何人かの人間に話しておいたのもさいわいしました……。四時四十五分頃、カールがわたしの部屋に報告に来ました。それで、すぐに歌劇場に出かけました」

「もちろん、いっしょに出かけたのですね？」

「そう言えば、そうではなかったですね。カールはちょっとあとに残り——」

「生理現象に迫られた、というわけで」フェンはウイルクスの口調を借りた。

「まあ、そういうことです」こんな他愛ない言いにも抵抗があるらしく、ピーコックはいくぶん顔をしかめた。「ともかく、それほどぼくに遅れることなく、歌劇場にやって来ました」

トイレにひそんで……。この考えは、すでに脳裡をよぎったものだ。ピーコックにせよ、カール・ヴォルツォーゲンにせよ、その気があれば、階段方向からやって来るジョウンに姿を見られず、エリザベスの部屋に侵入可能であったことは、いまや明白だった。残念ながら、この問題の半時間、関係者の行動の時間的順序立てが正確になされていない——そして、さらに言えば、エリザベス襲撃の犯人をピーコック、ヴォルツォーゲンのいずれかに断定するのは、いまなお説得力に欠ける。たとえば、廊下で待ち伏せていた第三の人物が、ピーコックの部屋のドアが開くのに驚き、近くの浴室に逃げ込んで身をひそめ、危険が去ってから目的の行動に出た、と考えることもできるのだ。

廊下はむろん絨緞敷きだから、曲がり角のむこうから近づいてくるジョウンに、気配を察知されることはなかった……。が、そうこじつけてみたところで、得るところは何もなかった。畢竟《ひっきょう》、エリザベス襲撃の犯人は、まったく意想外の人物ということかもしれない。またしても、今度の事件のふしぎな捕らえどころのなさに逢着し、いたずらに焦躁を深めたばかりだった。水平線のむこうに見紛うことなき目的地を見いだしたと思いきや、近づくにつれ、それは蜃気楼と消え、茫洋とした砂漠のただ中に捨ておかれる……。

「死因審問に行かれるんでしょう?」ピーコックが時計を気にしながら訊いた。

「ええ。でも、まだ充分間に合いますよ」

「新聞のせいで人出がすごいんじゃないか、と思いましてね」

たしかに、それは言えた。エドウィン・ショートハウスの死は、行き当たりばったりの政策を打ち出す国連の記事にいくぶん水をさされはしたが、それでも一面に掲載されていた。フェンはコーヒーを終えた。

「あなたは、証人として召喚を受けているわけではないのでしょう?」

「ええ、おかげさんで。ステイプルトン君は召喚されたようですがね……。法廷内に入りたければ、そろそろ出かけたほうがいいでしょう。上着を取ってきますので、ロビーで待っていてもらえますか」

フェンは待ちながら思案していた――何かが起きる。この事件を暴こうとすれば、きっと何かが起きるにちがいない……。が、それがすぐ眼前に迫り、夢想だにしない悽愴な形をとってあらわれ

ようとは、この時、知る由もなかった。

　ひさしぶりに顔をみせた太陽が、おずおずとひかりを射しかけていた。フェンとピーコックはコーンマーケット・ストリートを歩いて、その一室で死因審問が開かれるセント・オールデイツの市庁舎へといそいだ。ピーコックの予想通りたいへんな人出で、庁舎に入れたのは、警備担当の巡査部長がフェンの顔見知りだったからにすぎない。主な関係者はすべてそろっていた。アダム、エリザベス、ジョウン、カール、ボリス、ジュウディス、マッジ警部、守衛ファーブロウ、嘱託医ラシュモウルの顔があり、そして、おどろいたことに作曲家先生までもがいて、しゃれた黒のホムブルク帽の下にご満悦といった表情をみせており、傍らにはビアトリクスが控えていた。法廷となるこの殺風景な部屋は、床がでこぼこで、埃っぽく、おおきな窓も汚れており、がたの来た坐り心地のわるい椅子がやたらと並べられ、ところどころ混じっているのは学校机のおさがりで、その摩耗した表面には、インクのしみ痕や彫りつけた歴代所有者の名前があった。奥の壇に、検屍官席が設けられ、机上にはインク壺があった。その右手、つまはじきのように隔離されている記者席では、各紙の代表記者たちが、あくびをしたり、ごそごそしたり、きょろきょろ見まわしたりしていた。その真向かいが陪審席になる。室内はひどく冷え込んでいた。ひそひそと話し声が絶え間ない。

　フェンは、アダム、エリザベス、ジョウンのうしろの席に滑り込むと、ピーコックにたずねた。

「もうひとつ、質問をし忘れていました。昨日、歌劇場に出かける際、あなたの部屋の階の廊下で、誰か知った人に出会いませんでしたか」

が、この質問に寄せたかすかな期待も言下に砕かれると、フェンは不機嫌に席を立ち、警部のもとへ行った。

「われわれは自殺の線で評決に持ち込もうと思っています。ご存じのように、ネムブタールの件は別件と考えていますので」と、フェンの質問に警部はこたえた。

「じゃあ、誰かを告発しようというわけではないんだな？」

「あらたな証拠でも出ない限り、それは無理です」

「楽屋でひっくり返っていたスツールだが、調査は済んだか？」

「ええ。故人の靴痕と指紋、それと、明らかに本件とは関係ないかなり昔の指紋が出ました。自殺と考えるのが順当のようです」

「それこそ、あたまのいい犯人の思うつぼ、だろうな」フェンはつむじを曲げた。この際、エリザベス襲撃事件を警部に話すべきか迷ったが、伝えないことにし、そのまま席にもどった。すると、エリザベスがふりむいて話しかけてきた。

「フェン教授、わたし、お詫びしなければなりません」

「さて、何のお話ですかな」

「昨夜は、ずいぶん失礼なもの言いを」エリザベスはこだわった。

「それを言うなら、取るに足りないもの言いを、ですよ」フェンはにやりとしてみせ、「やあ、アダム、どうだい」

「二日酔いなんですよ」エリザベスが口をとがらせてこたえた。アダムは浮かぬ顔で、そうだとう

なずいた。ジョウンが呟いた。

「なんだか針の筵《むしろ》に坐らされた気分だわ」

「昨日も話したように、どんと構えていなさい」

やがて、陪審員たちがならんで着席した。男五人に、女二人、そわそわしている者から澄まし込んでいる者まで、様々であった。記者たちはインクの出《で》をよくするため、いっせいに万年筆を振りはじめた。陪審長は女形みたいな小男であったが、甲高い声でえらそうに、椅子の坐り心地にけちをつけていた。フェンは胸中に一抹のざわめきを覚えながら、そういった光景を眺めやっていた。

まもなく検屍官が入って来ると、方々から煙草をもみ消す音がして、審問が開始された。

17

検屍官というと、なにかと評判がわるく、また、それも当然と思われる事例も多々あった。が、本件の担当官は頭脳明晰にして有能な人物のようで、ごたごたや寄り道をできるだけ避け、迅速に評決に到ろうとする姿勢をみせていた。陪審が、宣誓のうえ、死体の実地検分は無用と表明する。身許確認など、おさだまりの手続きがそれにつづいた。やがて、嘱託医ラシュモウルが喚ばれ、死因に関する証言をはじめた。

「頸椎第二、第三骨脱臼による呼吸不全です」

「疑問の余地はありませんね」

「まったくないですね。死後の兆候から明らかだね」

「ほかに、調査から得られた結果はありますか」

「ありますよ。故人の状態は、死亡以前、バルビツル酸塩系睡眠薬をかなりの量、摂取したと考えられた。わたしはただちに消化器官内残留物分析の手配をしましたよ」

「その薬物はどういった症状が出るものなのですか」

「眠気を催し、しだいに昏睡状態に陥る。往々にして精神錯乱を来し、記憶喪失を引き起こす」

「では、その薬が死因となることはない、というご意見なのですね」

「いや、死因になり得たはずだ。が、本件ではそうではなかった」ラシュモウルは苛立った声をだした。

ラシュモウルは証言台を、分析官にゆずった。

「あなたは、故人の胃腸内残留物を検査されたのですね」

「そうです」

「その結果は？」

「バルビツル酸塩系催眠剤、七十グレインを検出しました」

「薬の特定は、それ以上できないのですか」

「残念ながら、困難です。バルビツル酸塩系のものは、非常に多岐に分かれていて――即座に、少なくとも二十五種類の名前を挙げられます――、成分のほんの僅かな違いで分類されており、事実上、特定が不可能なのです。バルビタウンかヴェロナルの一種であるということは、たしかですが」

ジョウンがうしろを振り向き、フェンにささやいた。

「すこし希望がもてそうだわ」

フェンはうなずき返し、「あなたがネムブタールを所持している事実が、へたに取沙汰されないかぎり、ぜったい大丈夫……。それより、あの検屍官はどうです。やるべきことをちゃんと弁えている。案外、早く片づいて、午まえに一杯やれるかもしれませんよ」と、小声で話した。

ミス・ウイリスなる人物が名を呼ばれた。おどおどした小娘で、ぎょっとするほど着飾っていた。

「あなたは、シャンド医師宅のメイドですね」

ミス・ウイリスはくすくすと独り笑いして、なにかこたえたが、聞き取れない。

「陪審員に聞こえるよう、はっきり話してください……。月曜の深夜、シャンド医師宅にかかってきた電話に応対したのは、あなたですね」

ウイリスはまたも笑いがこみ上げ、それを抑えるのに手間取ったが、そうだ、と返答したようであった。

「それは何時のことでしたか」

「十一時十分頃でした」今度は、こみ上げる笑いより一瞬早く、ウイリスはこたえ終わった。検屍官はそれを好意的に受け取り、てきぱきと質問を進めた。

「もっと正確な時刻はわかりませんか」

「すみません、わかりません」

「どのような内容の電話でしたか」

「はい、ショートハウスさんが歌劇場で毒薬に苦しんでいるとかで、至急、先生の往診をたのむ、ということでした」

「相手は男性でしたか、女性でしたか」

「わかりません。ずっとささやき声でしたので」

「先方の話を、言葉通りに思い出してもらえませんか」

「はい、あの、たぶん、できません」

「ショートハウス氏自身が電話をかけてきたような話しぶりでしたか」

「ええっと、ひょっとすると、そうだったかもしれません」

「そのあたりを、はっきりさせることはできませんかね」

結局、ミス・ウイリスにはそれが限界であった。フェンは質問の意図を了解した。たしかに、自殺の評決で落着しようというのなら、この電話の一件は、きちんと説明付けておかねばならないのだ。

顔を紅潮させたミス・ウイリスが、それでも誇らしげに退くと、シャンド医師がかわりに立った。背の高い、腰の曲がった白髪の老人で、こういう場へ引き出されることへの嫌悪を全身であらわしていた。連絡を受け、直ちに車で歌劇場へむかった、と話しはじめた。

「わしは、最初、誰もいないので戸惑ったが、ともかく楽屋の方へ進んでいくと、守衛がおって、部屋を教えてくれた。部屋のドアを開けると、ショートハウス氏が天井の鉄鉤から下がった縄で首を吊っているのを発見した」

「その部屋には、ほかに誰もいなかったのですね」

「誰もいやせん。わしは守衛の手を借りて身体を床に降ろした」——その口ぶりから察すると、ファーブロウ老人はほとんど助けにならなかったらしい——「すると、呼吸は停止していたものの、脈はまだあった」

「そういった場合に、よくある現象なのですか」

「滅多にあることではないが、医学的に証明されていて、驚くほどのことではない。わしは強心剤を注射し、人工呼吸を行った。が、もともと弱かった心臓の鼓動は、ほどなく停止した。それで、警察に通報した」

「そういった心臓の活動は、呼吸停止後、どれくらいつづくと思われますか」

「せいぜい、二、三分間」

「では、頸椎の脱臼は、あなたの現場到着の二、三分前に起きた、ということですね」

「そうなるね」

「到着の時刻は？」

「十一時半ちょうど」

つづいて、警部が証言台に立った。いかにもおっかなびっくり証言をはじめたが、それも、事実のすべてを説明するだけの下準備がなかったからである。まず、楽屋とその周辺についての詳細な陳述からはじめた。

「楽屋への進入経路はドア以外にはない、と仰るのですね」

「そうです」

「戸棚、衣装納戸など、ひとが隠れるような場所が、どこにもないわけですね」

「どこにもありません」

警部はジンのボトルとグラスについてふれ、分析結果を読み上げた。さらに指紋の検出結果について述べた。しかし、骸骨の一件と、手首、足首の縛ったような痕に関する発言はなかった。フェ

ンはうすい笑いをうかべた。骸骨については、説明付けようと思えば容易にできることだ。が、縛った痕は……。フェンは妄想を振り払うように頭をふり、検屍官の最後の質問にじっと耳を傾けた。

「では、そういった諸情況から、どのような結論が導き出せると思われますか」

「故人は自殺を図り、亡くなったものと思われます」

場内に、愕きというよりは失望のどよめきがあがった。守衛が喚ばれた。老人は頑固に以前の話を繰り返した。

「それでは、たしかに、十一時十分以降、楽屋に出入りした人物はいないということですね」

守衛は、そうだ、とこたえた。検屍官はさらに質問を重ねたが、それは守衛の証言を揺さぶるというよりは、それを陪審に印象づけるため、とフェンは解釈した。守衛は証言を終えた。

つぎの証言者は、ステイプルトンであった。

「あなたは、私的用件で故人のもとを訪れたのですね」

「そうです。ぼくの書いたオペラについて、感想を伺いにいったのです」

「面会の時間と場所は、故人が指定したのですか」

「はい、その通りです」

「あなたは、指定の時刻がずいぶん遅いことを不審に思いませんでしたか」

「最初はそう思いましたが、あとで、ショートハウス氏には夜はパブをはしごし、歌劇場に戻ってまた飲み直す習慣があることを聞き知りました。それで説明がつくことだと、いまは思っています」

「あなたが楽屋に入った時、故人は独りでいたのですね」

「はい」

「それは何時ですか」

「十一時ちょっと前です。十一時というのが約束の時刻だったのです」

「どのくらいの時間、いっしょに過ごしましたか」

「十分以内です。お会いしてまもなく、楽譜にはまったく目を通しておられないのだとわかりました。それに、そうとう泥酔しておられました。漫然と、オペラの一般論を話しはじめられたので、ぼくは長居は無用と判断して、早々に帰ることにしました」

「故人は、自殺するような精神状態でしたか」

ステイプルトンはためらって、「自殺するような精神状態、とはどのようなものかわかりませんが……たしかに気が滅入っているようでしたし、一、二度、ひどく哀れっぽいことをこぼされもしました。が、まさか自殺しようとは、ゆめにも思いませんでした」

「部屋の中に、かわったようすはなかったですね」

「ええ」

「たとえば、ロープなどを目にしませんでしたか」

「いいえ。たぶん、どこかに隠してあったのではないでしょうか」

「天井の鉄鉤には気づきませんでしたか」

「気づきませんでした」

「けっこうです、ステイプルトンさん。以上です」

フェンがおどろいたことに、ステイプルトンのつぎに証言台に立ったのは、チャールズ・ショートハウスであった。これが検屍官が用意した最後の証言者らしかった。

「ショートハウスさん、あなたがよくご存じの弟さんは、自殺するような人物だったでしょうか」

「さて、どうじゃったかな……」作曲家先生はしばし思案顔でいたが、「むろん、やつは発狂しておったからな。オックスフォードという場所は、人に妙な感化を与えるところらしい。たとえば、つい昨日のことじゃが、メトロポリタン歌劇場の代表者だと身分を詐称した男が、オックスフォードからやって来よった……なに、わしはすぐに看破ったがな」

「弟さんが精神を患っていた、と仰るには、なにか根拠があるのですか」

「ああ、おおありじゃ。なにしろ、色情狂じゃった。色情狂とは」先生はわざわざ説明を加え、「色情に狂っていた、ということじゃ」と、飄然と言ってのけた。

「つまり、異性に対する欲望が異常につよい、ということですね」

「その通り」先生は検屍官の察しのよさにご満悦のていで、「なにしろ、女の尻ばかり追いかけとった。りっぱに狂人の範疇に入れてしかるべき行動じゃ」

場内に失笑が洩れた。検屍官は不信に満ちた目でショートハウスを見つめた。

「そういった、その——偏好性が、自殺の要因になるとお考えですか」

「それは、たぶん、ないな」先生は、またも長考ののち、そう認めた。「が、それでも、やつが精神に異常を来しておったことは事実じゃ。わが一族はみなその気《け》があるからな」

「それでは、弟さんが精神に異常を来していたとする具体例を、挙げていただけませんか」
「やつは、わしの『オレステイア』に金を出すのを渋りおった」

検屍官は混乱して、「たしか、アイスキュロスは（『オレステイア』はアイスキュロス作の悲劇）――」と口にしかけたが、冷静を取りもどすと、「どうも御苦労様です、ショートハウスさん。いまは、それでけっこうです」と言い渡し、陪審のほうへ顔を振り向けた。

「陪審のみなさん、証言はこれで――」

が、検屍官はそこで話を切らざるを得なかった。陪審長の小男がいきなり大きな音を立て、起立したのだった。

「検屍官、わたしから質問を加えてもよろしいでしょうか」と、陪審長は甲高い声を出した。

「それは――つまり、もう一度、証人のどなたかに質問したい、ということですか」検屍官はいくぶん迷惑そうにたずねた。

「いえ、そうではありません。新たな証人を喚問したいのです」

「それはまた、きわめて異例のことですね。あなたの質問は、かならず本件に関係したものと言い切れますか」

「はい、おおいに関係しています」そうこたえる陪審長の眼は、陰湿な光を帯びた。

「どなたに対して質問なさりたいのですか」

「この法廷に来ておられるはずです。ジョウン・デイヴィスさんです」

場内は重い沈黙に包まれた。ジョウンが振り返り、フェンによわよわしく洩らした。

「いったい、何がはじまるの？」

「さあ」そう返辞するしかなかったフェンも、動揺の色をかくせなかった。「ともかく、落ち着いて、正確に、事実だけを話していらっしゃい」

検屍官の召喚に応じて、ジョウンはゆっくり証言台に進んでいったが、ハンドバッグを握るその指は、小刻みに戦慄《おのの》いていた。いくぶんだらけ気味だった傍聴者たちも、固唾《かたず》をのんで経緯《なりゆき》を見まもった。陪審長がことさらに身を乗り出すように構えたのが、印象的だった。明らかに、彼はこのひと時を愉しんでいるのだった。

「デイヴィスさん、あなたは、ネムブタールという薬物を所持なさっていますね」

「はい」

「それがバルビツル酸塩系の睡眠薬だとご存じでしたか」

「はい、存じております」

「ここ数日のあいだ、その薬を大量に紛失されたというのは本当でしょうか――通常の服用では説明できない分量なのですが」

「ええ。でも、それは誰かが――」

「ありがとうございます。では、ショートハウス氏が亡くなった晩のことを思い出してください。たしか夕食後、ランドルフ・ホテルで、ご友人たちとちょっとした会合をもたれたようですが」

「はい」

「その席であなたは、ショートハウス氏に毒を盛りたい、という趣旨の発言をなさいましたか」

「ええ。でも、それはほんの――」

「けっこうです、デイヴィスさん」

「でも、あなた、そんなことで――」

「質問は終わりです」


報道関係者の反応を注視していたフェンは、片手で目をおおい、周囲に聞こえるほどの呻きをあげた。ジョウンは完全に我を忘れていた。

「ちょっと、あんた、利いた風なことを言うんじゃないわよ。この鼻持ちならない、唐変木」ジョウンはそうあびせたものだった。


検屍官は、内心、ジョウンに喝采を送っているようであったが、事態を収拾せねばならない立場にあった。ジョウンは怒りに身を顫わせながら、席にもどっていった。

やがて検屍官は、冷然とした口調で語りはじめた。「さて、そろそろ、以上のところのまとめに入らせていただいても、よろしいでしょうかね。しかしその前に、ただいまなされた質問のこともありますので、ここでもう一度、みなさんにこの法廷の意義を思い起こしていただきたいのです。当法廷は、あくまで死因判定のための事実調査《インクイジション》であって、けっして公判《トライアル》ではないのです。陪審のみなさんの役目は、故人の死が、事故、自殺、他殺のいずれによるものかを判定していただくことにあるのです。この三つの選択肢のうち、かりに最後のものを選んだ場合には、被告として特定の人物を名指すことはできます。が、その他のことに意見をはさむことは、あなたがたの役目ではありませんし、またその権限も与えられておりません。そして、たぶんそうなさることと思いますが、

故人の死を首吊り自殺と評決された場合には、証言にありましたように、故人が死亡する以前に服用した――しかし、それが直接、死の原因となったのではない――睡眠薬の一件は、現在の争点と関係あるかぎりにおいてのみ、重要性を持つのです。われわれの関心事は、かりにそういう人物がいたとして、殺人を企図した人物ではなく、これもかりにそういう人物がいたとして、実際に殺人を犯した人物なのです。そして、証言から判断する限り、そういった人物はどこにも存在しないのです。

警部、シャンド医師、通用門守衛各氏の証言から、この点については疑問の余地がありません。シャンド医師が言われたように、首の骨の脱臼は、十一時二十五分か、それ以降に起きたものにちがいありません。通用門守衛の話では、十一時十分以降、部屋に出入りした者はいないのです。シャンド医師の話では、部屋に入った時、故人のほかには誰もいなかったということですし、また、警部によれば、部屋には隠れ場所はどこにもないということです。それゆえ、犯人が、天井の鳥も通り抜けできないほどの天窓から逃げたと仮定でもしないかぎり、殺人と見なすことは論外なのです。遠隔操作でひとを吊しあげる殺人装置が考案された、という話も聞きませんのでね。

そういうことですので、残ったのは、事故死か、自殺死かということです。事故死説を論駁するためには、多言を要しないでしょう。みなさんにもおわかりのはずです。もちろん、故人がロープでつくった輪に首を突っ込んでいたら、うっかり踏み台を踏み外して、首を吊ってしまった、というようなことも考えられないではないのですが、なぜそんな危険なことをしたのか、まったく理由がわかりません。

その反対に、自殺説には、裏付けとなるような証言がいくつかありました。故人の実兄からは、具体性に欠けましたが、故人が精神を患っていたという話がありました。さらに——より重要な証言ですが——、嘱託医からは、バルビツル酸塩系睡眠薬を多量に服用すると、昏睡状態に陥る前に精神錯乱の症状があらわれるという話がありました。それゆえ、故人は首を吊る際に、一時的にではあっても、薬物の影響で精神に異常を来していたと考えることができます。別の証人の話にありました、『ひどく哀れっぽいことをこぼしていた』というのも、この仮定をそれらしいものにしてくれます。シャンド医師宅への電話については、何の手がかりもありません。しかし、その時刻は、ちょうど守衛が通用門までステイプルトンさんを見送りに出かけた時刻に該当しますので、楽屋と同じ階の、廊下の端にある電話機から、故人自身がかけてきたという推測の域を、けっして越えるものではありません。薬の作用を自覚して、医者の助けを求めて電話したが、結局、その到着の前に精神錯乱に陥ってしまった、というわけです。

しかしながら、これらのことに確証があるわけではなく、事故死か、自殺死かの判定は、すべて陪審のみなさんの判断にゆだねられているのです。わたしの話は以上です。評決協議のため、一時退廷を希望されますか」

陪審員たちはひそひそと相談したのち、退廷を希望した。審理は一時中断した。セント・オールデイツの通りに出て、一服喫いつける者が多かった。フェンは警部のもとへ話をしに行った。

「どうも、あの陪審たちは信用できませんや」警部は苦り切っていた。「わたしから見ても、石頭のわからず屋ばかりのようです。とくにあの陪審長なんかは……」と、適当な罵り言葉をさがそう

とした。

「あの男にジョウンのネムブタールのことをチクったのは、どこのどいつだ？」と、フェンはただした。

「匿名の手紙じゃないですか。あの女性に恨みを持つ誰かがやったんでしょう」

「でなければ、ネムブタールの一件と首吊りは無関係、と見せかけたい真犯人の仕業だな」

「絶対に無関係ですよ。ともかく評決がでたら、あのうぬぼれ野郎からはっきり聞き出しておきます」

フェンはエリザベス襲撃の件を報告した。

「まさか」警部はみるみる肩を落とした。「つぎは、いったい何が起きるんでしょう。ともかく、調査してみます」

「まあ、せいぜい愉しんでくれ。ぼくの経験では無駄骨だったよ……。そう言えば、カール・ヴォルツォーゲンから事情聴取したようだな」

「ええ。ショートハウス死亡の時刻には、就寝していたようです。ほとんどの人間がそうでした」

警部の口ぶりは、どいつもこいつも怠け者ばかりだ、と言わんばかりであった。フェンは、ランドルフ・ホテルでの対策会議の出席者をさがしにいった。その何人かに聞き込むと、その会での話の内容はわりあいひろく知れ渡っており、ジョウンの不用意な発言を陪審長に密告した人間を絞り込むことはできなかった。

ほぼ半時間ほどして陪審が再入場し、それぞれ席に着いた。評決は自殺と、ほとんど誰もが信じ

て疑わなかったが、ジンに混入されていたネムブタールの出処についてなにか発言がなされるか、というべつの興味があった。陪審員らはひどくそわそわして、怯えたような表情をみせている。陪審長が起立すると、廷内を静寂が占めた。

「評決は出ましたか」

「はい、検屍官。故人は、単独もしくは複数の犯人によって殺害されたと思われます」

どよめき。

「さらに、ジョウン・デイヴィスによる殺人未遂行為があったと思われます」

一瞬、啞然と息を呑んだのち、場内は騒然とした。ジョウンの顔から血の気が退いた。新聞記者たちが狂ったようにドアへむかって駆け出した。検屍官は静粛を求めた。

嫌悪感もあらわに陪審に目をやった検屍官は、次のように述べた。「あなたがたがどういった推論の過程をたどって、そういう評決を下したのか、わたしにはとんと見当がつきませんな。しかしながら、あなたがたの評決は警察を通じて公訴局長に報告され、そこでの判断にゆだねられることになります。そして、公共心あふれる市民であるあなたがたは、必ずや、本件担当官に、いったい如何なる奇怪な方法で殺人がなされたかを、説明してくださることでしょう。

もうひとつ、申し上げておくことがあります。あなたがたは、特定の人物を殺人未遂で告発する副申書の追加を妥当とされました。はっきり申し上げておきますが、そのような付加条項はなんらの法的効力をもたず、むろん、起訴状にも当たらず、警察は、随意、それを無視する決定を下すこともできますし、さらに、私見を申せば、かくまで醜悪にして理不尽、無責任きわまりない告発も

前代未聞である、とそう申し上げておきましょう。新聞社のみなさんには、御社の名に恥じない節度をもって事に当たっていただきたいと、お願いするのみです。以上です。閉廷」

「節度、ね」フェンは雪崩をうって戸口へいそぐひとの群に揉まれながら、ひとりそう呟いた。

「あまいね。『陪審、プリマドンナを殺人未遂で告発』か……。なんてこったい」

18

午後になると、フェンは陪審員の一人を訪問し、陪審の評決協議は、ほとんど陪審長の独演会の様相を呈していたことを聞き出した。陪審長はまるで何かに取り憑かれたように、悪意の塊となってまくし立て、その剣幕を前にしては、ほかの陪審員はひたすら押し黙っているしかなかったようだ。殺人という評決の選択も根拠があってのことではなく、新聞の論調に煽られただけと知れた。もっとも、自殺をしそうな精神状態という条りには、さすがにどの陪審員も首を傾げたらしい。それも当然だろう。もとより、そこが自殺説を採る警察の泣き処なのだ。

警部に電話連絡を取った。陪審長は果たして匿名の手紙を受け取っていた。が、現物は、熟読ののち焼却してしまっていた——そう話すマッジの口調は激越をきわめた。帰途、夕刊を買いもとめたフェンは、予感が的中したことを知った。

その後の数日はあわただしく過ぎていった。オペラ関係者と見なされる者はみな、新聞記者にうるさくつきまとわれることとなり、フェンも例外ではなかったが、突飛な話で煙に巻き、その活字にすることもできないいかがわしさで、巧みに新聞ダネにされることから遁れていた。エリザベスはなおも厳重な監視下にあった。アダムは心配のあまり人づてに拳銃を用意するまでになっていた

が、携帯するには重いし、ポケットの中では嵩《かさ》張り、すぐにそれと知れて外聞がわるいしで、結局、楽屋の抽斗《ひきだし》に放り込んだ（その時、楽屋の外を通りかかったある人物が、その存在を網膜に焼きつけたことには気づかなかった）まま、きれいに忘れてしまった。紅茶からはアコニティン（アコニットの成分）が検出され、警部は不毛な調査に駆けずりまわった。作曲家先生とビアトリクス・ソーンは、ホテル、マイタに逗留していた。この両人については、エリザベス襲撃の当日は、終日、自宅に引きこもっていたという証言があり、したがって、襲撃の犯人ではないことが確認された。同じ週の金曜日、ジュウディス・ヘインズとボリス・ステイプルトンは、アダム、ジョウン、エリザベスの立会いのもと、ロンドンの登記所に結婚届を出した。ステイプルトンの健康は依然としておもわしくなかった。そうこうするうちに、大学も新学期を迎え、フェンは講義や学期試験の準備で忙しくなった。それでも、時間を見つけてはリハーサルに顔を出し、そんなある日、カール・ヴォルツォーゲンと話をする機会を得た。

公演初日を眼前に控え、雑多な仕事を一手に引き受けて、ますます多忙なこの老人は、いっとき、仕事の手を休めて話に応じた。よれよれのフランネルのズボンに、レザージャケットという身装で、シルクの大きな赤いハンカチが、胸ポケットからだらしなくはみ出していた。疲れを知らぬ侏儒《こびと》のような黒ずんだ顔には、深い皺《しわ》が刻まれ、白い無精髭がまばらにはえていた。いまも、リハーサルの裏方として、寸暇を惜しんで仕事をこなしていたのだった。

「ピーコックは、本物のワーグナー指揮者ですね」と、カールは語りはじめた。「彼には、なんていうか《ヴィー・イスツ・ゲナント》——しなやかさ、それがあって、巨匠の作品を振るには絶対に必要です。リヒターに

は、それがなかった。わたしは、名指揮者をすべて目にしてきたし、いっしょに仕事もしました――トスカニーニ、ビューロウ、リヒター、ニキシュ、モトル、バルビローリ、ビーチャム……。本物はひと目でわかります、ほんとうです《グラオベン・ジー・ミール》。ピーコック、あれはいい」

「熱心なワーグナー信奉者とお見受けしましたが」フェンは興味をそそられて、カールを眺めやった。

「当然です《アーバー・ナツーリツッヒ》」少しでもドイツ語を解する者が相手の時は、なにかと母国語が出てくるカールであった。「わたしの人生は、オペラ一筋の人生です――とりわけ、ワーグナー、申すまでもありま《セルプストフェアシュテンド》せん《リッヒ》。もし、父が財産家で、わたしに音楽教育を授けてくれていたら、わたしは指揮者になっていた。残念ながら、わたしは晩学すぎました。だからいつも、監督《レジサー》か、プロデューサーか、呼出し係でした。十六の時、ワイマールで呼出し係になったのを皮切りに、ドイツの歌劇場を転々として、一時はアメリカにいたこともあります。やがてナチスが擡頭してきましたが、その思想にかぶれるほど若くはありませんでしたから、あの馬鹿者どもが巨匠をかつぎまわるのが、ひたすら我慢なりませんでした。むしろ、上演禁止にしてもらいたかった。だから、わたしは渡英しましたが、戦争がはじまると、こっちの馬鹿者どもがこんなことを言います。『ワーグナーはヒトラーのお気に入りだから、イギリスではワーグナーを聴くな』と。ヒトラーは、エドガー・ウォレス（英国の人気犯罪小説作家）も気に入っていたんですがね、ウォレスを読むな、とは言わない……。まあ、そろそろ時局も落着いてきましたから、いずれは祖国に帰ることになるでしょう。でも、今度はあっちが、ワーグナーを聴くなと言っている。巨匠の七大オペラをもう一度聴いてからでないと、わたしは死んでも死

に切れないんです。そんなわけで、イギリスに留まっているのですがね」カールはかなりのあいだ、もの想いに沈んだが、やがて、「そういえばあなたは、死んだあの男の事件を調べていらっしゃるんでしたね」と、やや声の調子を変えて言った。

「かつては、そんなことも」フェンは肩をすくめてみせた。

「良策だとは思いませんか《ヴェーレ・エス・ニヒト・ベッサー》――」

「――犯人を暴かないままのほうが、ですか。どうも、そのようです。しかし、いかなる人間にも、他人の存在価値を裁く権利はありません。すべての人間に価値がある、というか、もともと無価値なのでしょう。キリストやソクラテスを処刑したことを考えると、われわれの判断力ほど当てにならないものはないですからね……」フェンは冷めた口調でつづけ、「ナチズムの犯した罪は、まさにこの点にあるのであって、一定の尺度で人間を選別し、一方の人間を抹殺しようとした。わたしも人間の端くれですからな、人間のそういった習性にはぞっとしますね」

カールはしばし、沈黙をたもった。

やがて、「もしかしたらあなたにはその権利があるかもしれない《フィライヒト・ハーベン・ジー・レヒト》」と呟き、「それでも、わたしはあの男が亡くなったことを悦んでいます。心から、悦んでいますよ」と、ささやくようにつけ足した。

本稽古は、第一幕が土曜に、第二幕、第三幕が日曜に、それぞれ行われることになった。地道な努力と芸術家としてのプロ根性が相俟って、土壇場でザックスに代役を立てたことへの懸念は、い

まや完全に払拭されていた。フェンは、エリザベスとともに第二幕のリハーサルを見物していた。

六時半にそれが終了した。

「どうだい、よくなったろう。これで明日の本番は大丈夫だ」舞台から降りてきたアダムは、さばさばした表情を見せた。

「大入りは間違いなしだな。ジョウン目当ての客だけでもね」フェンも機嫌よく言った。

「予約券は最終日まで完売したよ。野次馬根性の客は迷惑だけど、落としてくれる金は、リーヴァイ氏にとっても、ぼくらにとっても、有り難いものだからね」

「ジョウンはどういう心境なんだろう？　ここ二、三日、顔を合わせていないが」

「平気なもんだよ。これほどの打撃も最近なかっただろうに……。まさか警察は、告訴に踏み切ったりはしないだろうね」

「証拠不充分さ――もっとも、いまでも睡眠薬と首吊りは無関係と考えているだろうが」

「きみは、関係ありと考えるのかい？」

「恐らく――陪審長宛に匿名の手紙があった事実だけでも、それを臭わせるに充分だ。残念ながら、証明することはできないがね。むろん、匿名の手紙を悪戯と考えることもできるが、かといって、これまでにジョウンに恨みを持つ人間が確認されたわけでもない……。リハーサルはまだ終わらないのかい？」

「このあと、第三幕の第一場をやる。第二場は、明日の午前中に持ち越しだ。合唱団は今夜はこれでお役御免になった」

「そろそろ一杯ひっかけに――」フェンは疲れた顔をみせた。

「そうだ、いいことがあるわ」エリザベスが、バッグから鉛筆と手帳を取り出した。「この機会に、取材を済ませてしまいたいのですけど、よろしいかしら」

「いいですよ」フェンはとたんに顔をほころばせた。しばし思案してから、こう語りはじめた。

「わが探偵人生、華やかなりし頃……それは大雑把に言っても、初めて探偵術に誘われた時から、錯綜をきわめる怪事件に立ち向かうこの瞬間に至るまでの長きにわたっているが――」

が、その時、通路を小走りにやって来た者があり、話は中断を余儀なくされた。ジュウディスであった。

「すみません、どなたか、ボリスを見かけませんでしたか」

ひどく気を揉んでいる。うす暗がりで表情は読み取れないが、声がせっぱ詰まっており、座席の背に添えた手もかすかに顫えていた。

「いいえ、ここ半時間くらいは見かけていないわ」エリザベスがこたえた。「あなたといっしょじゃなかったの？」

「ついさっきまでは、そうだったんです。それが、急に姿が見えなくなって」

「先に帰ったんじゃないかしら」

「わたしに黙って、帰るはずがないんです」フラッドライト照明が、彼女の金髪に後光のような淡い光沢を与えていた。

「でも、心配することは何もないのでしょ？」エリザベスはやさしく言葉をかけた。

「体調がわるいのです。午から、だんだんわるくなって……どうか手を貸していただけませんか」

ほとんど涙ながらにそう訴えられては、放っておくわけにもいかなかった。フェンは、アダムと手分けして、歌劇場内の捜索に出かけた。十分後、彼らは最上階の、はね上げ戸を開けると屋上に通ずる鉄梯子の前で、ふたたび出会った。改めてアダムの恰好を見ると、羽織っている厚手の外套の下は、緑色の胴衣にタイツのような長ズボンという、十六世紀フランコニアの騎士の扮装のままであった。

「誰だ、お前は。うまくアダムに化けたつもりだろうが」フェンはそうからかって、腹を抱えて笑った。アダムは相手にせず、

「どこにもいないな。やはり帰ったんだよ。気分がわるいのならそうするだろう」

「まあな」フェンは真顔になって、「が、それならひと言断って行くはずだ、というあの娘の意見を支持するね」

「じゃあ、誘拐されたとでも言うのかい？」

「さあ、どうかな……ただ、あの『体調がわるい』というのが、どうも気に入らない。どうやら、いろんな毒薬をポケットにしのばせたやつがうろついているようだからな……。ちょっと、屋上も覗いてみるか」

「懐中電灯はあるかい？　戸外はすっかり暗くなっているだろう。うっかり踏み外して真っ逆さま、なんてしゃれにならないよ」

フェンはレインコートのポケットをまさぐった。汚れたハンカチ、中身が半分に減った煙草の紙

袋、『キリストにならいて』一巻、トマス・シャドウェル（十七世紀後半の英国通俗喜劇作家）と命名されたかわいい熊のぬいぐるみが、つぎつぎと引き出され、やがて懐中電灯も出てきた。

屋上は、凍ってつくような寒さだった。アダムは顫えあがって外套の襟を立てた。まだ月の出ない、星ひとつない漆黒の夜空のもと、眼下を見下ろすと、ボーモント・ストリートでは、劇場の正面が街灯に照らし出され、その左手のランドルフ・ホテルの方角からは、玄関の廻転ドアがまわるたびにロビーから洩れて来るのであろう、断続的な光の瞬きが見られた。セント・ジョン・ストリートから聞こえる通行人の跫音が、異様にくっきりと耳に突き立ってくる。突然、高所恐怖症におそわれたアダムは、いくぶん吐き気を催した。が、次の瞬間、目にしたものは、そういった想念を一挙に吹き飛ばすに足りた。

ショートハウスの楽屋の天井に穿ってある天窓と、エレヴェーターの機械装置を収納する小屋（そのドアは寒風にあおられ、キイキイといやな音を立てていた）の中間あたりに、うつ伏せに仆れている人影があった。ボリス・ステイプルトンであった。仆れた際の打撲の痕以外、何らの外傷も認められなかったが、すでに息絶えているのは一目瞭然であった。アダムは必死に吐き気をこらえた。青年を仰向けにしてみると、その端正な相貌にあったのは、軽い愕きの表情だけであった。

19

ステイプルトンの遺体を鉄梯子から慎重に降ろし、いまは空室となったショートハウスの楽屋に搬び込んだ。意外にたいへんな作業だったので、フェンとアダムはすっかり息があがり、床にへたり込んでしまった。さいわい、誰にも見られずに済んだ。

「どうしよう?」大の字に寝そべったアダムが、喘ぎながら訊いた。

「警部に、電話でこのことを連絡してくれ」フェンはぼさぼさの髪を掻き上げながらこたえた。

「ほかには絶対に洩らすんじゃないぞ——とくに、ジュウディスには」

「でも、そうしないわけには——」

「こんなことを知ったら、寝込んでしまうだろう。そうなる前に聞き出しておきたいことがある」

フェンは声にきびしさをにじませた。

「死因は何だ?」

「砒素だな」

アダムは電話をかけに出ていった。そろそろ第三幕のリハーサルが開始されるらしく、階下からオーケストラの音合わせの音が漂って来た。オーボエがものうげにAの音を出すと、一斉にむきだ

しの五度和音がひろがり、やたらと華麗な音色を聞かせるフルートや、なかなか本調子のでないチューバの音がめだっていた。フェンはしゃがみ込み、もう一度、ステイプルトンの身体を調べてみた。屋上の冷え込みにもかかわらず、わずかに体温がのこっていた亡骸《なきがら》は、ほとんど骨と皮ばかりに痩せこけていた。頬、咽喉、顎の吹出物は、湿疹のそれに似ていた。ニンニク臭のような異臭がかすかに鼻につく。嫌悪感と戦いながら、遺体の口をこじあけ、舌をまさぐってみると、それはひどく爛《ただ》れていた。瞼《まぶた》も赤く腫れている。爪には白い帯状の縞があった。頭髪を調べ、最後に手のひらをみると、硬く強張っていた。洗面器で入念に石鹸を使っていると、アダムが戻ってきた。

「警部は腰を抜かしていたよ」アダムがふさいだ顔で報告した。「エリザベスが暴漢に遭ったうえに、今度のことがあって、自殺説はほぼ壊滅だと、ようやく悟ったようだ……。ともかく、すぐにやって来るそうだ。何か発見はあったかい？」

部屋にタオルがなかったので、フェンはハンカチで手を拭いた。「予想通り、砒素だ。慢性中毒——数週間にわたって蝕まれたものにちがいない」

アダムは死体から顔をそむけた。フェンが口を開けたままにしていたので、不気味だった。「今にして思えば、身体の不調を訴えていたのもふしぎはない。ちょっと医者に診せていれば——」と、つらそうに呟いた。

「そう。むやみに生命を落とすことはなかった」フェンは湿ったハンカチをポケットに入れかけたが、考え直し、化粧台に放り投げた。「吹出物は、砒素中毒に顕著な症状だ。以前、湿疹を経験したことがあるだけに、発見が遅れたんだ」

二人そろって煙草に火をつけた。アダムが苦々しげに話した。「きっと毒を盛ったやつは、ステイプルトンが舞台から降ろされまいと必死だったことを知っていて、そこにつけ込んだにちがいないよ……。ジュウディスも、新婚二日目にして未亡人とはね……ああ、こんなこと、断じて許し難いよ」と吐き捨て、しばらく黙りこくってしまったが、やがて、「それにしても、動機がわからない。ステイプルトンは、エドウィンの死について何か知っていたんだろうか……。自殺ということは考えられるかい？」

「そうだとすればまさに珍事だね」フェンはためらわなかった。「自殺するつもりなら、それ相応の分量を一回、服用すれば済むことで、わざわざ小分けにすることもなかろう。そもそも、なぜ自殺しなければならんのだ。結婚したばかりだぞ。仕合わせを絵に描いたようだった」

アダムは沈鬱な面持でうなずいた。「砒素はどうすれば手に入るんだ？　つまり、正規に購入する以外の方法は？」

「いくらでもある。抽出しよう思えば、蠅取り紙、除草剤、殺鼠剤、寄生虫駆除の洗羊液、その他、何でもござれだ……。ともかく、ジュウディスを捜しに行ってくる。目撃証言を得られるとすれば、彼女しかいない。おれが戻って来るまで、ここの番をしてくれ。侵入しようとする者はことごとく撃退せよ――もちろん、警察はべつだがな」

階下へ降りる途中、守衛ファーブロウに出くわし、ここ数日、確認しておきたいと思っていたことを、はたと思い出した。

「守衛さん、ショートハウスに、楽屋に在室中は絶対入ってくるな、というようなことを言われた

ことがあるかい？」

　胸中に燻《くすぶ》っていた火に油をそそぐ形になったにちがいない。老人はいきなり激昂し、唾を吐くまねをした。もっとも、口が渇いていたらしく、ろくに唾も出なかったが。

「ええ、おおありでさ。舞台関係のひとのなかには、てめいが神様かなんかと勘違いしている御仁もありましてね。あの人がやって来た最初の晩でしたが、わたしは落とし物を捜しがてら、ちょっと部屋におじゃましたんでさ。そしたら、えらい剣幕で、もういっぺん顔を突っ込んだら絞め殺してやるぞ、と呶鳴りつけられました。このわたしを盗っ人呼ばわりでさ」と、息巻く守衛は、まるでいきり立った鵞鳥だった。「それ以来、二度と足を踏み入れません。大鎌振りかざした悪魔に取って喰われそうになったって、絶対に入るもんですか……」

　話がくどくなってきた老人をなだめる手だても思いつかず、フェンは、守衛をわめかせたまま、そそくさと逃げ出した。屈辱を黙って見過ごすような老人ではないから、オペラ関係者がこの一件を知らなかったということはあるまい。つまりそれは、ショートハウスは、おのが死を容易にする情況を、少なくともひとつは、みずから用意した、ということだ。

　舞台袖に入ると、舞台では第三幕が始まっていた。ザックスが二折判の書物を読みふけっていると、ダーヴィットが、巨大な眠り猫の影をおびやかす小鼠のかっこうで入ってくる。木管楽器が、さかんに、しかし不安げなさえずりをたてる。ダーヴィットはテーブルにバスケットを置くと、片目で親方の様子をうかがいながら、中身をあらためはじめる。しばらくすると、贈り物のケーキ、リボン、ソーセージに夢中になってしまい、ザックスが頁を繰る音——弦楽器の急激な下降音に強

調されるーーがすると、はっとする。

「はい、親方様、何でしょう」と、驚きあわてたダーヴィットは震え声を出す。

チェロが渋い音でたっぷり響かせるのは、この偉大な喜劇作品に一抹の憂愁を添える「瞑想の主題」だ……。フェンは、向こう側の舞台袖に、ラザストンと話しているジュウディスの姿を見つけた。と、フェンの視線をとらえた彼女が、舞台裏を通ってこちらへやって来た。

「見つかりましたか」ジュウディスは真剣な表情でたずねた。

フェンはやわらかな声音でこたえた。「いや、それが、まだなんだ。二、三質問してもいいかな」

「は、はい。でもーー」

「とても大事なことだから訊くんだ。きみたちは、オックスフォードに滞在してどれくらいになる？」

「ええ……三週間ほどになります。でも、どうかーー」

「その間ずっと、きみの夫は体調をくずしていたのかい？」

「い、いいえ……吹出物がひどくなってからです。どうしても医者に診せようとしないものだから……」

「症状を詳しく話してくれないかな」

「でも、どうして？　どうしてなんです？　わたし、どうしてもーー」

「じつを言えば、ぼくは医学に明るいから、何の病気か、診断してあげられるかも知れないと思ってね。症状を聞かせてくれれば、医者に相談して、少なくともいい薬を処方できる」フェンはこれ

だけの言葉を辛うじてならべた。嘘をつくことは、それが座興のためでもなければけっして好まぬ男であったから、おのが惨酷には身を斬るような想いがあった。が、ほかに手だてはなかった。

「薬を飲むだけなら、文句を言わないんじゃないかな——とくに、きみの奨めということであれば」

娘は素直にうなずいた。「そ、それは——どうも、ご親切に。では、できるだけ詳しく話してみます……吹出物が出はじめると、咽喉が喉頭炎みたいに赤く腫れてきました。何度か吐いて、下痢がつづき、食事もほとんど摂れなくなりました。ああ、それから、あちこちの筋肉が痛み、ときどき、手の感覚がなくなるとも言っていました……そ、それで全部です。必要にして充分だと思いますが」そう言って、微笑もうとした。

「考えられることが、二つある」フェンは非情に徹した（後日、回想した彼には、この事件中もっとも唾棄すべき瞬間となった）。「ひとつは、食中毒」

「中毒？」ジュウディスの声には、ぎょっとしたような響きがあった。

「いわゆる食あたりだね。必ずしも生命に関わるものではないが……食事は下宿でしているのかい？」

「はい。わたしが料理してます。下宿の女主人が台所を使わせてくれるので」と話したが、はっと目を見開いて、「わ、わたしのせいじゃないですよ……わたしだって、同じものを食べて、なんともないんです」

「そうだね。じゃあ、食事が原因ではないのかも知れないな。そもそも中毒じゃないかもしれないし……。酒はかなり飲むほうかい？」

「いいえ、ぜんぜん。先日の午前、バード・アンド・ベイビイで飲んだきりです」

「じゃあ、心配ないね」必要なことを聞き出したいま、話をどう切り上げるかが問題だった。

「夫は、どこにいるんでしょう？」ジュウディスはかさねてたずねた。

「やはり、エリザベスが言ったように、下宿に帰ったんだな。きみを捜しても見つからないから、先に帰ったと思ってね。ひょっとすると、誰かに間違ったことを教えられたのかも知れないし……ともかく、いっぺん下宿にもどって確かめるのが最善だろう。歌劇場内にはいないようだけど、もし見つかったら、きみが帰ったと伝えるよ」

フェンは、ジュウディスをのこして、ショートハウスの楽屋に取って返した。「ちくしょう、いまいましい。が、避けて通るわけにもいかないんだ」おのれに言い聞かせるように、しきりにそう呟いた。留守番ですっかり心細くなっていたアダムは、フェンの帰還を悦んだ。

「待っているあいだ考えていたんだが、ステイプルトンは屋上で何をしていたんだろう？」

フェンはどさりと坐りこんだ。いい知れぬ疲労感におそわれていた。「空気を吸いにさ。呼吸困難の発作を覚えて、どうにかしようと戸外に出たんだ。屋上というのは、それ自体、意味はない」と、手短にこたえた。

しばらくすると、警部が嘱託医を連れてやって来た。さいわい、嘱託医はラシュモウルではなかった。あの、やたらに勢い込んだ、そのうち屍姦でもしかねない男だけは、いまは御免蒙りたかった。遺体を診た医者は、フェンの推測をあらまし肯定した。フェンは、ジュウディスから引き出した話をかいつまんで警部に伝えた。が、それで活気づくわけではなかった。

「なるほど。答えはひとつしかないようですな」警部は無表情で言った。

「ばかなこと言うなよ」フェンは気色ばんだ。「あの娘は、身も心も夫に捧げている。どうして殺すはずがある?」

「ひとは見かけによりませんからね。恋愛がこじれて殺人に終わるケースは、いまに始まったことではありませんし」警部は、分かり切ったことを、くそまじめな顔で話した。

「毒を盛ったのなら、食事をつくっていたことを自分で認めると思うか」

「もちろん、認めますよ」警部もむっとしていた。「下宿の女主人が知っているんです、いまさら否定したら、それこそばかですよ」

「たぶん」アダムが思いつきをはさんだ。「何者かが、砂糖か、調味料に入れたのさ」

いくぶん誇らしげな目をむけたアダムであったが、フェンも警部も、それならジュウディスも仲良くお陀仏じゃないか、と指摘しようともしなかった。それほど彼らは、無益なやりとりに熱していた。フェンは、ジュウディスを欺いたというやるせなさの反動で、むしゃくしゃしていたし、警部には、せっかく自分がものにしかけている事件をフェンがわざと複雑なものにしている、という意識の鬱積があった。

「外部の者が飲食物経由で定期的に毒を盛った、ということだって、まったくあり得ないではないんだぞ」

「そうかもしれませんがね」警部は強硬に反論した。「あなたが仰るように、それほど円満な夫婦なら、妻が気づかないのはおかしいですよ」

「そんなこと、知らんね」と、フェンは吐き捨てた。「彼女が絡んでいるなんていう説は、断然聞き入れんぞ。おまえさん、目の玉はくっついているのか。わからないのか、あの娘がどれほど惚れているか」

「そちらも、おわかりになっていないようですね。あなたは、あらたな不可能殺人をでっち上げようとなさっているんですよ」

双方譲らず、睨み合いとなった。と、その時、いきなりドアが開き、入って来たのは、ほかでもない、ジュウディスであった。

「フェン教授、こちらにおられると聞いたので――」

ジュウディスの眼は、床にまるく転がったわが夫に釘付けになった。

あらゆる言葉が失せた。ジュウディスは立ち竦んだまま、微動もしない。階段を急いで上がって来たため、頬に火照りがあったが、鼻、口もとは白蠟のようであった。夫の亡骸には近寄ろうともしない。ややあって、嗚咽《おえつ》がこみ上げた――涙も出ない、ゆっくりとした、機械的な、ほとんど声にならない啜り泣きだった。男四人は、しばし呆然と手をこまねいて、見まもるしかなかった。医者が慰めの手をかけようとしたが、彼女はむずかる子供のようにそれを撥ねのけた。嗚咽がよわまり、やがて途絶えた。

「どうか、解剖だけはしないでください」ジュウディスは、ぽつり、こぼした。かと思うと、俄然、「夫には触れないで。おねがいします、おねがいです!」と、怯える猫のごとく、腸を抉《えぐ》るような、しかしまた、どこか滑稽なひびきのある叫びをあげた。

アダムは外套を脱ぎ、痴呆のような表情をうかべるジュウディスをくるんだ。遠方の音楽が鳴りやんでいることには気づいていた——そしてまた、鳴りやんだのは、登場場面に自分が不在であるがためだと知っていた。階下から呼出し係の声が聞こえてきたが、その場を立ち去ることは到底できなかった。

リハーサル終了後、フェン、アダム、ジョウン、エリザベスは、ホテルへの帰途を辿っていた。長い沈黙を破って、ジョウンが呟いた。

「あのふたり、わたしの忠告を守ったかしら——しばらくは赤ちゃんが出来ないように、という……もし、守らずにいてくれたなら、ジュウディスには慰めができるかもしれない——」

今度は、フェンが癇癪玉を破裂させる番だった。「慰め、ね。或いはそうかもしれん。だが、どうやら、またお忘れのようだが、いま、われわれが直面しているのは殺人事件であり、いずれ誰かが犯人として絞首台に登ることになるんだ」

「だって、まさかジュウディスが——」

「もちろん、夫は殺していない。それは断じてない。が、もうひとつ、ショートハウス殺しの件がある。すべてが片づくまでは、慰めなんてことは考えないほうがいい」

エリザベスがやんわり口をはさんだ。「フェン教授、何もつかめていないのですね」

「そうさ」フェンはしらっとしてこたえた。「影も形もない……。きみの新聞連載から、ぼくは切ってくれ」

みんな黙りこくって、ホテルまで戻ってきた。別れ際、フェンはジョウンに詫びた。

「さっきは、ずいぶん乱暴なことを申し上げたようです」

ジョウンはフェンの眼をじっと覗き込んだ。やがてにこりとして、「それを仰るなら、取るに足りないことを、でしょ。みんな、神経が疲れているのよ。たしかに、おセンチなことを言ったってはじまらないものね……。明日の公演には来てくださいます？」

「もちろん。成功を祈ります。本番前に会えないといけないから、いま言っておきます」

「終演後に、楽屋に寄ってくださいね」

「ええ、そうします……。かさねて、お詫びします」

「謝ってもらうようなことではないわ。じゃあ、畏れ多くも、英語英文学教授の面前で、シェイクスピアなど引用させてもらおうかな……。『過ぎ去りしことに、心を煩わせることなかれ』(『テムペスト』第五幕第一場)」ジョウンは微笑を残して、エリザベス、アダムとともにホテルに消えていった。

20

事件が大詰めを迎えるまでの二十四時間ほどのあいだ、そこには、凪《なぎ》とも称すべき一時期があった。ショートハウスが死亡してちょうど一週間後の月曜、その午前中に、第三幕第二場のリハーサルが行われた。出演は取りやめたが、親許に帰ろうとはしないジュウディス、そして、亡くなったボリス・ステイプルトンには、代役が立てられた。ラザストンは合唱団相手に最後の嘆願をして、どうか十六世紀のニュルンベルク市民に見えるように、けっしてリズム音楽教室の幼児科に間違えられないようにと、悲痛な叫びをあげた。ステイプルトンの司法解剖はやはり避けることができなかったが、その結果は、火曜の午前まではっきりしたものが出ない。したがって、月曜の午後は、夕刻六時半に公演初日の幕が切って落とされるまで、仕事らしい仕事は何もなかった。

そんな午後を、アダムとエリザベスはホテルで過ごしていた。ここ数日の出来事は、この夫婦にも微妙な影を落としていた。ふたりのあいだには、なにか気詰まりな、冷めたとさえ言えるものができていて、しかも、それがひじょうにかすかな、正面切って対処するのは憚《はばか》られるようなものだっただけに、放置される結果となった。かつてののびやかな一体感が消え、もはや幸福とは言えな

くなっていた。たがいに批判力ばかりが研ぎすまされ、何でもないことが、さらには在りもしないことまでもが、いちいち気に障った。アダムが押しつけがましい暴君に見えはじめたエリザベスは、独身時代を（若干の後ろめたさを覚えながら）懐かしむようになっていた。アダムからすれば、エリザベスは、短気で気むずかしい、神経過敏の女になっていた。ふたりとも、そういったことを新婚後に必ずやって来るおきまりの幻滅感のせいだと見なし、各々自主的にあきらめをつけたがために、かえってそれを承認し、もてあます形にもなった。

理由はいくつかあった。その自覚はなかったものの、やはり陰惨な殺人事件は、ふたりの神経を相応に逆撫でした。かといって、具体的なあれこれの不安は、その一部でしかなかった。ふたりの胸中では、一種の先祖返り現象が起きていて、太古から人類の心の深奥に眠る、得体の知れないものへの畏怖心、これに捉えられ、揺さぶられていたのである。それは意識せずとも、厳然としてそこにあった。そして、これに加え、アダムの場合、最終リハーサルでの極度の緊張（ショートハウスという看板を失ったいま、ほかの主要出演者の肩にかかる重圧は途轍もなく大きくなっていた）や、こういったショービジネスにつきもののごたごたによる疲労があった。エリザベスの場合には、夫の厳重な監視下におかれつづけたことが問題であった。彼女は先天的に適宜、孤独を必要とする人間として、いまや緊急にそれを欲していた――そういった人間の存在を疑うなら、長期間、集団生活を強いられると人間は凶暴化し、極端な場合には発狂するにいたることを証明した、戦争時の例を見るがいい。

そんなあいまいな意識しかなかった二人は、だから、それを話し合おうとはしなかった。かとい

って、面と向かって批判を口にすることはなかったし、あったとしても、態度や言葉にすこし出る程度であった。しかし、疎遠な感じはいかんともしがたく、おおむね自分に都合のいい言い訳を探しもとめるあまり、そのよそよそしさを倍加させることになった。むろん、そういった彼らの、いわゆる倦怠は、破局的瞬間にいたるにはほど遠く、そうしようと思えば、いつでも修復可能であった。ただ不幸なことに、どちらも率先して、それをなそうとはしなかったのである。

昼寝をしたアダムは悪夢に魘《うな》された。のどの渇きと吐き気で目を醒ますと、憶えていたのはこんな夢であった。彼は田舎道をドライヴしていた。やがて、どっしりわだかまった、中世の面影を残す、煤けた色合いの壮大な建物を目にする。はじめて見るが、その名が「オールドエイカー小修道院」であることは直感的にわかった。部屋に足を踏み入れると、調度は何もなく、ぼろ雑巾のような幡旗《はんき》が数旒、飾られているだけだった。展示室のようだ。ひとの気配はなかったが、動く物体がいることは、しばらくして知ることになる。ひとつの扉を開けると、中庭に出た。やはり物音ひとつしなかったが、ほどなくどすんと重い音がして建物が振動しはじめると、甲冑の騎士たちが隊伍をなして姿をあらわした。奇怪なことに、甲冑の中身は、生者、死者、いずれでもなかった。ではロボットかというとそうでもない。それらは純粋に物質の集合体であり、意志を持ったなんらかの外部の力によって誘導されているものらしい。姿を見られたわけではないが、逃げねばならぬような気がして、いそいで展示室まで戻ると、閉ざした扉を背に、しばしじっと息をひそめた。そして、一気に駆け出した。

巨大な廃墟というべき部屋を忍び足でいくつも通り抜け、ひたすら出口を捜しもとめた。遠くに

きこえる騎士の跫音のほかは、無音の世界であった。恐怖で真っ白になった頭で考えた限りでは、かなり遠くまで逃げて来たはずだった。永遠とも思える時間ののち、ついに、気も遠くなるほど大きな回廊の一角に出た。向こう端にじっと佇む人影らしきものがあり、はじめは蠟人形か彫刻かと思われたが、やがて、それは動き出した。はっとしたことに、エリザベスであった。昔、死者にそうしたように、朽ちかけたリネンの包帯を結んで顎を吊っていた。彼女がこちらにすうっと進みはじめたので、彼も——愛ゆえにではなく、歓迎の意でもなく、ひたすら耐え難い恐怖に駆られて——そちらへ走り出した。かなり接近した時、突然、包帯が崩れ落ち、エリザベスの下顎がだらりとぶら下がった。とっさに思ったことは、もはやしゃべることも、食べることも、呼吸をすることもできないのなら、あれでもたいして不自由はなかろう、ということだった。回廊のほぼ真ん中で、ふたりはしっかと抱擁し合ったが、早鐘のような彼の心臓の高鳴りは身の毛がよだつほどのおぞましさのためであった。

心底、顫えあがって目醒めたアダムは、ホテルのラウンジの単調な日常に目が馴れるまで、かなりのあいだ、茫然自失していた。エリザベスがテーブルにむかって手紙を認《したた》めていた。すこし神経が落ち着くと、そのそばへ寄った。

「なんだか、こわい夢をみたよ」アダムは遠慮がちに話しかけた。

「そうなの?」エリザベスはきわめて事務的な、気のない返辞をした。「それはおかわいそうに……。でも、おねがいだから、その話はしないでね。他人の夢ほど退屈なものはないから」

一挙に現実に引き戻された。悪夢よりもなおわるい悪夢……。「エリザベス、ぼくたち、どうし

たんだろうね?」アダムは思わずこぼした。

「あらまあ。そんなこと、わたしにわかるものですか。わたしに関していえば、どうもしていないわ……この手紙を書き終えてしまいたいのだけれど、いいかしら?」

「いいや、よくないね。きみと真剣に話がしたいんだ」

「こんなひとなかで?」エリザベスは煩わしそうに言った。

「誰も聞いてやしないさ……。ぼくらの結婚はどこかおかしくなっている」

「なんだか、三流の、そのまた三流のイギリス映画の出だしみたいね」

「ちゃんと聞いてくれ。こんな時には決まり文句しか思いつかないようだが、なるべく陳腐にはならないようにする……。どうにかしたいと思っているんだ、ぼくたちがもとにもどるために」

「もどる?」エリザベスはことさら品よく、小首を傾げてみせた。

「たとえばハネムーンの頃、ぼくらが感じていたようなところへ」

エリザベスは顔をあげたが、その眼は何の感情も映してはいなかった。「それがそんなに大切なことなの。結婚なんて、遅かれ早かれ、割切りでやっていくようになるべきものなのよ。一生、べたべたして暮らせ、なんて誰も思ってやしないわ」

「きみを幸福にしたいと願うぼくの気持ちが、そういうふうに解釈されるのは悲しいね」アダムは苦々しげに言った。

「泣き言は言わないで。みっともないわ」

アダムは懸命に冷静をたもった。「きっと、きみを不快にさせることが多々あったんだろうが、

それについては謝る。でも、ぼくに悪いところがあるのなら、そう言ってくれ。それなら直しようもある」

「あらまあ」エリザベスが何気なく繰り返すそのもの言いが、何にもましてアダムの胸に応えた。「欲しいと仰るなら、一覧表にして差し上げますけどね。自分でおわかりにならないようでは、目の見えない人に花の名を教えるようなものだわ」

「きみだって完全無欠な人間じゃないってことを、すこしも考えないのかい？」

エリザベスは怒りを面にあらわした。「もちろん、わたしは完璧じゃないわ。だからといって、あなたが失礼きわまりない人だという事実にかわりはないわ」

「ぼくは知りたいだけなんだ。この――ぼくらのすれ違いの理由を」

「なんとでも、お好きなように」エリザベスは立ちあがり、手紙やメモを掻き集めた。「どうしても、わたしのじゃまをするつもりのようね。わたしは階上にあがります。どうか部屋には入って来ないでくださいね」

エリザベスはラウンジを出て行った。アダムは悄然と椅子にへたり込んだ。最初の喧嘩など、ものの数ではなかった。これほど冷めてもいなかったし、烈しくもなかった。そんなつもりはなかったのに、彼らは危機的情況を迎えていた。

その決着は、その夜の出来事を待たねばならなかった。

セント・ジョンズ・コレッジでは、大学の中庭を散歩するジョウン・デイヴィスとジョージ・ピ

ーコックの姿が見られた。

浅黄色の太陽が脆弱なひかりを射しかけていたが、空気はつめたく湿っていて、しぜん、ふたりの歩調は迅く、長い足でさっさと歩いていくピーコックに追いつくには、ジョウンは時折、小走りにならねばならなかった。こんなばかみたいなことでも、男性に自分を合わせる、なんてことをするのはずいぶん久しぶりね、とジョウンは内心、皮肉を洩らした。大芝生のまわりを周回すること、すでに数度、それでもピーコックという男は一向に気にならないようであった。

「なんだか、廻転ホイールで遊んでいる鼠みたいね。それとも、吹雪のなかで同じところを彷徨《さまよ》い歩く登山家かしら」ジョウンは思い切って口にした。

ピーコックは、はっとした目をジョウンにむけた。「退屈ですか」

「いいえ、そうじゃないわ。退屈ならつき合わない」

ふたりはまた無言で歩を進めていった。ピーコックはふだんから無口な男だが、いまはほとんど無礼と言えるほど黙りこくっていた。「……わたしがいけないんだわ。わたしが散歩に誘ったものだから、かわいそうに、断る口実もなくて……。いいえ、そんなことはない。本番前に休息したい、と言えば済むことだもの。でも、それじゃあ、わたしと一緒にいたってどうってことないの……」

ジョウンの心中は複雑であった。

「今夜のことが心配なの？」と、声に出して訊いてみた。

「こわいですね。事務所の話では、アーネスト・ニューマン（ワーグナーの伝記で知られる二十世紀前半の英国の代表的音楽評論家）が聴きに来るそうです」

「でも、あれ以上、どうしようっていうの?」

「やり残したことがたくさんあります。アーネスト・ニューマンを前にしてワーグナーを振るなんて、天使に神の摂理を説教するようなものです……しかし、どうにかやり遂げてみせます」

「ここまでのところには、満足しているんでしょ?」

「主演の皆さんを見ていると、孔があったら入りたくなります。わたしの十倍はオペラをご存じなのに、このわたしの望むところにしたがおうと、なりふり構わず一所懸命になさる。わたしはじつに果報者です」

ジョウンは妙に感動した。いたわるような声音で、「まあ、そんなこと言わないで。この指揮者、わかっていないなと思ったら、ありとあらゆる手段を使って逆らっていたわ。感謝すべきは、わたしたちのほうよ。そのうち、あなたのおかげで評判になるわ……。この公演が終わったらどうするの?」

「リーヴァイ氏しだいです……。『マイスタージンガー』が成功すれば、終身契約が取れるかもしれません」

「じゃあ、大丈夫。契約は取れたも同然ね」

ふたりは立ち止まり、芝生の端で移り気にとび跳ねる駒鳥に、ぼんやり視線をむけた。ややあって、ピーコックは口にした。

「ちょっと個人的ことをお訊きしてもよろしいでしょうか」

「いいわよ」

「結婚なさっていますか」

「現在は、いいえ、ね。数年前はそうだったけど、離婚したの。結婚して幸福だったのは、教会から出て十三時間くらいのものだったかしらね……まあ、そんなこと、どうでもいいじゃない。もう終わったことなの、おかげさまで」

「わたしと――わたしなんかと、結婚を考える気はないですよね」

ジョウンは顔をあげた。そのいたずらっぽい相貌が、笑ったようにちょっとゆがんだが、奇妙にも、それは必死に涙を怺《こら》えているようにも見えた。「ありがとう。でも、そんなこと、いいのかしら？」

「もちろん、だめなのは承知で――」

「いいえ、わたしが訊いているのは、あなたの側から見て、ということ。もっと若い女性といっしょになったほうがいいんじゃない。『エーファよ、わたしは〝トリスタンとイゾルデ〟という悲しい物語を知っている。だが、ハンス・ザックスは賢明だったから、マルケ王のような幸福は望まなかったのだよ』（『マイスタージンガー』第三幕第一場）……あまり適切な引用じゃなかったわね。あなたに似合うのは、たぶん、ホーフマンスタールが創造したマルシャリンみたいなタイプの女性じゃないかな……」そう話しながらジョウンは内心、呟いていた。「……このとんま、なんでわたしがこんな話をしなきゃならないの。あんたは、プロポーズしてくれる男を袖にできる年齢じゃないのよ……」

ピーコックが極まり悪そうに言った。「その気がない、ということでしたら――」

「そうじゃなくて」ジョウンはさえぎり、「この際、情況を、いやというほどはっきりさせておか

ないと、あなたに対してフェアじゃないから言うの。わたしは三十五歳——花恥ずかしい年頃の娘とはちがう。もちろん」ピーコックが何か言いかけたので、あわてて言い足して、「女盛りって言い方もあるわよ。でも、悲しいかな、いくら女盛りでもそれは若さではない。中年女と結婚した男は、何の因果か、一生、骨董屋でしかものが買えない男と同じことなのよ」と、一気にまくし立て、「どう、おわかり？」

ピーコックはかるく一揖した。「すみませんでした。出過ぎたまねをしたようです」そう言い残し、芝生の上を中庭の出口のほうへむかって、どしどし歩きはじめた。

立ち去っていく男を見つめるジョウンの目に、涙があった。結婚について、冷静な頭でまともな話をすれば、こうなるのは分かり切っている。きっと、わたしが彼を傷つけまいとして間接的に断ったのだ、ということになっているはずだわ……。この一瞬が流れ去るごとに、話を蒸し返すことは困難になる。数時間を経たあとで、「あの、きょうの午後のお話なんですが……」なんて、そんな恥知らずなことが口にできる自分ではないのだ。それに、神経の繊細なあの男が、二度押ししてくることも、まずあり得ない。その背中が遠く、小さくなるにしたがって、幸福が手のひらから逃げていく。決断するなら、はやく、はやく……。

ジョウンは、ぱっと駆け出した。「ちょっと、ちょっと待ってちょうだい」喘ぎながらそう叫んだ。

ピーコックは足を停め、ふりむいた。ジョウンが目に光るものをあふれさせ、冷気で頬を赤く染めながら駆けてくる。そして、目の前まで来ると、息を切らせ、戸惑いを見せ、ためらっていた。

その片手をとらえて引き寄せたピーコックは、そっと唇にキスをした。

そして、大まじめな顔でこんなことを語ったものだ。「近ごろでは、いいものはみんな、骨董屋で手に入れるんです」

21

作曲家先生とビアトリクス・ソーンは、ホテル、マイタのラウンジでくつろいでいた。

「ビールも、度を越されますとよくありません」

「わしが呑みたいから、呑むんじゃ」

「もちろんです。でも、お身体にさわらない程度になさらねば」

「わしの身体なんか、何年も前からぼろぼろじゃよ」

「それなら、なおのこと大事になさらねば」

「だめになったらだめになったで、それまでのことじゃ」

「でも、後世の人のために頑張っていただかないと」

「後世の連中が、わしに何かしてくれるのか……。そう言えば、ウイルクスのやつ、何だって、あんな妙なことを頼みよったんじゃろう」

「ええ、わたくし、なんだか不吉な感じがしましたわ」

「何か仔細がありそうじゃな。そうそう、わしは小型スポーツカーを買おうと考えているんじゃ」

「ぜひ、お考え直しくださいさい。騒音がひどいですから」

「ところが、わしは騒音が大好きなんじゃ。そう言っても、わかってもらえんじゃろうが」

「ご冗談を」

「冗談ではないんじゃな。わしが買いたいから、買うんじゃ」

「もちろん、どうしても、と仰るなら……しかし、わたくしの話もお聞きください」

「いや、結構」

「まず――」

「静かにしてもらえないかね。新作オペラの冒頭の曲想がうかんだんじゃ」

「申し上げたいのは――」

「黙らっしゃい。そう車の話ばかりされては、集中することもできん」

「わかりました」

「何が？」

「わかりました、と申し上げただけです」

「ふん」


カール・ヴァルツォーゲンはカーファクスの停留所でバスに乗り、ヘディントンで降りた。そこからホイートリイまでは徒歩だった――きびしい寒さのなか、よれよれのズボンのポケットに両手を突っ込み、痩せた小柄な体軀を、前屈みになって運んでいった。着古したコートは、いつ、どこで買ったものかも忘れてしまった。ドイツか、オーストリアのどこかだろう。ふと立ち止まり、手

首の内側の縫込みを調べてみた。ドレスデン、ヴェティナー通り、八三D、フリードリッヒ・イエンセン。そうだ――その通りには、黒髪の娘が住んでいたはずだ。彼女は、「黒ずんで矮小化したゲルマン人」（ナチの人種観への揶揄を込めた表現）でなければ、ユダヤの混血児だったはずだ。もし後者なら、あの娘はどうなっただろう。オペラにはまったく関心がなかった。「そんなの、かび臭いわ」なんて言った。そう言えば、自分もずいぶんかび臭い人間になってしまった。年齢を重ねるにしたがって、ますます、過去に住むようになった。終点もそれほど遠くはないのだろうが、生きることにも厭《あ》いて、どうでもよくなっている。音楽に情熱のすべてを注ぎ込んだから、生涯、独身で過ごしてしまったが、それ以外は、おおむね望みどおりの人生を送らせてもらった。満足してしかるべきなのだ。

通りかかった労働者が、こんにちは、と声をかけてきたが、こちらが挨拶を返すと、とたんに胡散臭げな目つきになった。信用できない――そう思ったに違いない。ドイツ人は信用できない。たしかに、そう思われても仕方がない。だが、こっちだって、お前たちを信用していないとは気づかないだろう。ドレスデンはいまや瓦礫の山と化しているのだ……オペラハウスもやられて、ウエーバー、ワーグナー、シュトラウスの霊を慰める殿堂もなくなった。いや、シュトラウスはまだ生きている。ガーミッシュの別荘にいる。手術を受けたはずだ。彼なら、同じ時代を生き、同じ記憶を持つ者を歓迎してくれるだろう……。ブリュール宮の大階段には、いまも鳩がいるだろうか。ポスト広場の四隅にあった金色の鉤十字の小旗は、黒の細長い旗竿ごと取り外されているだろう。べつに惜しくもないが……。ノイ・マルクトのレストランで、ホットチョコレートを飲みながら、無感動な顔で、黙ってオペラの話を聞いていたフリーダ……。ある晩、彼女にベッドに誘われ、無様な

醜態をさらしたが、それも、いまとなってはどうってことはない。仕事が無くて、喰うや喰わずの三年間を過ごしたこともあったが、あれだって大したことではない。これから死ぬまで、喰うに困りはしないだろう……。

エドウィン・ショートハウスもいまや故人となり、解剖でばらばらになった身体は、棺桶の中にきれいに納まっているはずだ。二度と災いをもたらすことはない。それでいいのであり、唯一、正当にして、当然そうあるべきことなのだ。

ジュウディス・ステイプルトンは、ボドレアン新図書館の角を曲がり、パークス・ロードを歩いていた。その後方には、適度な距離をおいて尾行するひとりの男があった。ジュウディスは肩を落とし、泣き腫らした目で、とぼとぼと歩いていく。ラドクリフ・サイエンス・ビルディングの階段をあがり、その科学図書館に足を運んだ。図書館員が顔をあげた。

「この図書館は利用できますか」ジュウディスはたずねた。

「自然科学専攻の学生さんですか」

「いいえ」

「では、オックスフォードの卒業生ですか。それなら入館できますが」

「そうです」ジュウディスは嘘をついた。

「この帳面に名前、専攻、コレッジ名を記入してください」

──アン・マシューズ、文学士、セント・ヒルダズ・コレッジ。

そう記帳して、「法医学関係の本を見たいんですが」

「まっすぐ進んで、右手の二番目の区画です」

「どうも」

館内に人影はまばらだった。ジュウディスは適当な概説書を抜き出して、机に向かい、食中毒の項を捜しだした。しばらく読んでみたが、満足する結果は得られなかった。漫然と頁を繰っていくと、やがて、砒素の項の一節に眼がとまった。

『栄養不良と肉体的精神的疲労により痩せて衰弱状態が進行する。舌が爛れ、赤い炎症を起こす。口峡部も炎症を起こし、咳がとまらず、喉頭炎を引き起こす。眼は充血し涙がとまらず、結膜は赤くなり、ひりひりと痛み、目蓋も腫れることがある。

胃の粘膜も炎症を起こし、嘔吐と下痢が頻繁になり、食欲減退や拒食症をともなう……皮膚は皮膚発疹の症状を呈し、色素沈着、手のひら足の裏に角質増殖が見られる。手足の爪には白い帯状の縞がでる。

神経系統の障害も顕著、もしくはその徴候が徐々に見られる。手足に痺れ、疼痛があり、圧痛をともない、筋肉の圧痛を最初に訴える。これら末梢部神経炎の症状につづき、筋萎縮、不全麻痺もしくは全身麻痺を起こす』

ジュウディスはしばしためらってのち、「加療方法」の頁を開けて読んだ。パークス・ロードから尾行して来た男は、受付の帳面を入念に調べ、入館していたが、ジュウディスのうしろに身をすべり込ませ、彼女の背後の棚から一冊の本を抜き出していた。が、頁から目を離さないジュウディ

スは、それに気づかなかった。

解剖室では、全裸のボリス・ステイプルトンの遺体が、台上に仰向けに寝かされていた。その大きく切開された腹部に、ゴム手袋をはめた若い医者が手を突っ込み、慎重に腸や臓器を切り取っていた。部屋にはエーテルの臭いが充満していたが、体内より発する異臭を相殺するには足りなかった。

「この手の死体ってのは、じつに臭いますすね」その若い医者がこぼした。

そばの台で手をうごかしている先輩格の男が眉をひそめた。

「このほとけも、二十四時間前には、おまえと同じように生きていたんだぞ」

若いほうは、「二十四時間の内には、ずいぶんいろんなことが起きるもんですね」と話しながら、作業が終わったらしく、「さあ、できましたよ。テストはマーシュ（ジェイムズ。十九世紀前半の英国の化学者。その砒素検出方法）にしますか、ラインシュ（アドルフ。十九世紀後半から二十世紀にかけて生きたドイツの医者。同検出方法）にしますか」と、訊いた。

五時をまわった頃、アダムはホテルのポーターから、薄汚い小僧が配達して来たといって、メモを手渡された。

『ジュウディスの下宿で待つ。二階の右手、二番目の部屋。至急』とあった。『G・F』と署名がある。この時、アダムは、自分がフェンの筆跡を知らずにいることを思い起こしもしなかった。思案ののち、階上の部屋に寄っていくことにした。エリザベスがドアを開けた。泣いていたようだっ

た。

「ちょっと伝えに来た。フェンに呼ばれて、これからジュウディスの下宿へ行く。歌劇場へはその足でまわると思う」と、気まずそうにぼそぼそと告げた。

「わかった」

「公演には来てくれるね?」

「わからない」

「来るんだったら、あとで楽屋に寄ってくれ……エリザベス、ごめんよ」

彼女は何もこたえなかった。アダムは踵をまわし、部屋をあとにした。

22

しこたま紅茶を飲み干し、パイプに火をつけたフェンは、入室中は絶対に邪魔をするな、と家人にきびしく言いおいて、書斎に退きこもった。これから、事件の謎と最後の格闘を試みようというのである。ここまで何の戦績もあげていないという焦躁が心の痼《しこ》りとなり、ほかのことをしようにも、ほとんど手につかないでいるのだった。だから、誰のためでもない、おのれのために、意地になって事件に決着をつける覚悟があった。

肘掛椅子を暖炉のそばに寄せると、まず、物的証拠に思いを凝らした。ひらめくものはなかった。つぎに、犯行の機会ということに考えをうつした。ジョウン・デイヴィス、カール・ヴォルツォーゲン、チャールズ・ショートハウス、ビアトリクス、ボリス・ステイプルトン、ジュウディス、そしてアダム、エリザベス——以上が、エドウィン・ショートハウス死亡の時間帯に、アリバイを証明できない人間で、恐らくは、このうちの誰かが犯人にちがいない。ステイプルトン殺しについては、一見、ジュウディスにだけ犯行の機会があるように見えるが、彼女が無実だという考えはいまもかわらない。さらに、エリザベス襲撃は、アダム、チャールズ・ショートハウス、ビアトリクス・ソーンをのぞく誰かの仕業ということになる……。が、そもそも、なぜエリザベスは襲われた

のか。

フェンはものごとの細部に異常な記憶力をもっている。脳裡に、事件発生以降になされた、あらゆる会見や聞込みの場面を再現しはじめた。その作業は長時間にわたり、困難をきわめたが、やがて真相が仄見えた。

その鍵となるのは、何気なく洩らされた三つの発言だった。殺人の明くる朝、居酒屋バード・アンド・ベイビイにおいてのエリザベスの発言、同時刻、同所においてのアダムの発言、そして歌劇場においてのジュウディスの発言だ。アダム、ジュウディスの発言はたがいに関連していて、これに、アダムとエドウィン・ショートハウスのあいだに確執があったとするエリザベスからの情報を結びつけると、ステイプルトン変死の謎が解ける。エリザベスの発言は、エリザベス襲撃の理由をしめすだけではなく、ショートハウスが如何なる方法で最期を遂げたかを教えてくれる。ショートハウスの楽屋とその周辺の構造を思い浮かべると、これがうまくかみ合った。しかし、どうしても腑に落ちない些末な問題があった。かなりの時間考えあぐねたが、やがて、フェンはにやりとした。

「偽装、だな」と、ひとり大声をあげた。「それと、万が一のため、念を押したというところか。いや、待てよ……」

乱雑な書棚から医学関係の書物を数冊抜き出し、数分間あちこち拾い読むと、ボール紙の箱、何本かの糸、なにかの形をあらわすらしい品物を取り出してきて、まるで子どもの遊びのような作業に、長時間没頭した。やがて、彼の疑念は晴れた。それぞれの殺人の殺害方法が、おのずとその犯人を指し示していた。

炉棚の置時計を見ると、五時四十五分であった。公演に出かける前にこの件を警部に報告するには、ぎりぎりの時間しかなかった。いそいで署に電話をかけた。

「謎が解けたよ」警部が電話に出ると、フェンは開口一番、そう言った。「説明すべきことがたくさんあるから、じかに会って話をしよう。それでいいかい？」

「ほんとうに事件解決なら、一生、恩に着ますよ」

「じゃあ、そう心の準備をしておけ」フェンはにべもなく言って、「ちなみにステイプルトン殺しの犯人は、ジュウディスではなかったよ」

「そうですか」警部の声には、落胆のひびきがあった。「まあ、お話をうかがえば、そのへんのこともはっきりするでしょう……じつは、あの娘には尾行をつけていたんです」

「ご苦労なことだね」

「ラドクリフ科学図書館に偽名をつかって入館した、というところまでは調べがついているのですが」

「ほお、そうかい。それも、じゅうぶん察しのつく行動だな。ともかく、あとで会おう」

フェンは電話を切り、寝室にいき、あわただしい着替えに五分間を割いた。やがて、コートを羽織り、ばかに大きな帽子をかぶって、車庫へとむかった。車庫の入口に到達しようとしたその瞬間、ふと、ある恐ろしい想念が脳裡をよぎった。

「なんてこったい！」と、叫びざま、引き返したフェンは電話機に飛びついた。

ホテル、メイス・アンド・セプタの受付に電話をかけると、「七十二号室を頼む」と告げ、いら

いらを募らせながら待っていると、しばらくして、エリザベスが電話にでた。

「エリザベスかい？　フェンだ。アダムはいるかい？」

「いいえ。あなたといっしょだと思っていた」エリザベスはびっくりしていた。

「ところが、そうじゃないんだ」フェンは苦悩の色をにじませた。「どこでぼくと会うことになっていた？」

「ジュウディスの下宿先でしょ。だけど、どうして――」

質問にこたえている時間はなかった。受話器を机に放り投げざま駆け出し、あやうく猫を踏みそうになりながら玄関に転がり込むと、棚の抽斗から自動拳銃をつかみ出し、車庫へと突進した。

「さあ、リリイ・クリスティンよ。お前さんの一世一代の走りをみせてくれ」

が、そうは問屋が卸さなかった。リリイ・クリスティンのエンジンが、どうやってもかからない。レヴァーを押したり引いたり、ハンドルを何度もぐるぐる回したあげく、フェンはくたびれ果ててしまった。ついに堪忍袋の緒も切れて、ラジエーターキャップのメッキの女性裸身像をめがけ、ガソリンの空缶を投げつけると、細君の自転車を引っ張りだし、それに飛び乗ったかと思うと、気が狂ったようにペダルを漕いで出ていった。

もろもろの事情で、アダムがクラレンドン・ストリートにあるジュウディスの下宿に到着したのは、五時二十五分過ぎであった。舞台衣装の着替えと化粧の時間を差し引くと、どんなに遅くとも六時までには歌劇場入りしなければ間に合わないな、と思いながら、下宿の窓を見上げた。ベッチ

エマン（サー・ジョン。古建築保護を訴えた二十世紀の英国桂冠詩人）好みの温和な佇いを見せるヴィクトリア朝建築で、すこし道路から引っ込んで建っている。全体的に、茶色のペンキ塗りが腐食し、剝げかけているなかで、玄関扉の真鍮の取っ手だけがやけに輝いていた。その玄関に到るには、崩れかけた低い煉瓦階段を三段ほどあがり、いつも開け放してあるらしいちいさな鉄門を通り抜け、手入れの行き届かない小庭のなかを、アスファルトの小径を辿っていかねばならない。無断で下宿屋に入った経験のないアダムは、ノックをし、呼び鈴を鳴らした。一分後、再度、それらの動作を繰り返してみたが、屋内からの応答はなく、ひとの気配もしなかった。どうやら留守のようだ。

待ちくたびれたフェンは、すでに帰ってしまったのかもしれない。ともかく、確認したほうがいいだろう。二階の右手、二番目の部屋……。玄関扉を開け、硬くて薄い絨緞の狭い階段をのぼり、目的の部屋のドアをノックした。返辞はなかった。ためらいながら、そうっとドアを開け、室内を覗きこんだ。安物の家具が二、三あるだけだったが、案外、広い部屋だった。そこら中に衣服が取り散らかされている。ベッドの端には荷造り途中のスーツケースがあった。紙くずが屑籠にあふれ、床にもこぼれ落ちていた。閉まっている窓には、寸足らずの黄色いカーテンがかけられていた。そして、ガスストーヴがあった……。アダムは部屋に一歩を踏み入れたが、その刹那、狙い澄ました強烈な一撃に後頭部を襲われ、眼前は一瞬にして闇と化した。

しばらくすると、ガスストーヴからガスの漏れる音がしはじめ、部屋のドアが音も無く閉まると、外側から鍵がかけられた。

六時十分頃、歌劇場には、ソーン嬢、作曲家先生、サー・リチャード・フリイマン、リーヴァイ氏が、到着していた。本部長とリーヴァイ氏は初対面であったが、歌劇場のバアで意気投合した。

「ピーコックという指揮者、すばらしいです。まさに《ゲナウ》、ここぞ、というところで、オーケストラに鞭を入れる、みごとなものです。今夜は、見ものですよ」と、リーヴァイ氏は話していた。

そのそばで、インテリ青年たちがワーグナーを論じ合っていた。

「『指輪』が、ゲルマン人の民族精神を誤った方向へ鼓舞したことは、じつに嘆かわしいね」

「ぼくの主張もその点にある。ベルゼン（ナチの強制収容所）の悲劇は、どうみてもワーグナーに責任がある」

「どうしてそうなるの。ワーグナーは、ヒトラーが生まれる七年前に死んでいるのに」黒髪の女子学生が素朴な疑問を投げかけた。

「アンシア、そんなへそ曲がりを言うものじゃないよ……『マイスタージンガー』には、そういったものが、もっと巧妙に取り込まれているんだよ」

「そうなんだ。セシル・グレイ（二十世紀前半の英国作曲家、批評家）も言っているが、このオペラは芸術と戦争におけるゲルマン人の勝利を頌える歌なのさ」

「戦争に触れているのは、一箇所、終盤のザックスの台詞だけでしょ。それも、戦争に負けたら、ドイツの芸術は立ち直れないだろう、とあるだけだわ」

青年たちは不快の眼を女子学生にむけた。

「きみは、セシル・グレイよりもワーグナー通だと言うつもりなのかい？」

「そうよ」黒髪の女子学生はあっけらかんとして、「ザックスの台詞をそんな風に解釈するなら、

どんな解釈だって成り立つわ」

「盗作の疑いだってあるんだぜ。最終幕第一場には、ニコライのオペラ『メリイ・ウイドウ』を剽窃した一節があるんだ」

「剽窃じゃないわ。『優勝の唄』の変奏にすぎないわ」

「……それに、ワーグナーのような不道徳な人間が、偉大な芸術を創造できるはずがないんだ。金銭の亡者だし、パトロンの女房とよからぬ関係を持ったりしているんだ……」

「道徳的に正しい人間が、偉大な芸術を生み出すわけではないわ。ヴィヨンは泥棒だし、ベイコンは権力にごまをすったし、チャイコフスキーやミケランジェロは男色だし、グルックはアル中で、ワーズワースは虚栄の塊……」

「きみの話は、うんざりだよ」

ソーン嬢と作曲家先生は、なおも自動車について議論していた。

「それに振動がいけません……先生のお耳に……」

「わしの耳なんて、くそくらえじゃ。お説教はもうたくさん」

「ああいう学生たち、青二才、言いますね。ちがいますか《ニヒト・ヴァール》?」リーヴァイ氏はさも愉快そうにそう語った。

23

フェンはクラレンドン・ストリートの下宿屋に六時十分頃到着したが、すべての出入口に鍵がかかっていたので、うろたえた。表門まで引き返し、人通りのない道路の左右をいらいらと見まわした。すると、舗道に立ち、先ほどからフェンの様子を観察していたらしい、みすぼらしい身装の小男が、声をかけてきた。

「よお、ご同輩、どうなすった？　鍵でも失くしたか」

「中に入れないんだよ。中に」フェンは地団駄を踏んだ。

「手頃な煉瓦で、窓硝子を割りな」

「そんなもの、持ち合わせがないよ」

「どっこい、あっしが持っていてね」小男は気味わるいウインクをして、コートのポケットから煉瓦を取り出した。

フェンがそれを受け取り、正面の窓硝子に投げつけようとすると、素人の無考えに呆れた小男は、フェンの腕をひっつかんだ。

「だめだよ、ここじゃあ。裏へまわんな」

二人は家の裏手へまわり、台所の窓を割って、首尾よく侵入した。フェンは二階へいそいだ。

「なんだい、ちっとも金目のものがないじゃないか」小男は不平を鳴らした。「富を平等に行き渡らせるには、やっぱり社会主義が必要かね……ひょお、ひでえガスの臭いだ」

これは、けっして大袈裟なもの言いではなかった。あたふたと駆けつけたフェンは、向こう側にアダムが仆れているドアの前で、しばしむなしく手をこまねいた。やがて、数歩退き、ドアに体当たりを喰らわせはじめた。小男は、さも軽蔑したような色をうかべた。

「おまえさん、鎖骨を折っちまうぜ」

「もう折れたようだ」

「いいから、あっしにまかせときなって」と、上着から合鍵の束を取り出す。

「あんた、そうとうな悪だな」フェンはにやりとした。

「おかげで、あんたは大助かりだろ……おお、しめた。ちょろいもんだ。子ども騙しだね」

アダムを部屋から曳きずり出し、新鮮な空気を吸わせた。失神から回復しかけていて、さいわい、致死量のガスは吸い込んではいなかった。ストーヴにはどこか故障があるらしく、ガスの漏れは、それほど勢いのあるものではなかったのだ。が、顔色はひどく蒼かった。烈しく嘔吐するあいだ、頭を支えてやらねばならなかった。

「あんた、生命を粗末にしようとなすったね。罰当たりなことをするから、こんな目に遭うんだよ」小男は叱った。「鳥や木々、原子爆弾なんかを思い描いてみな。生きる気力が湧いてくるぜ」と、元気づけにそんなことを言い残し、小男はどこかへ消えていった。

歌劇場では、すでに序曲の演奏が開始されていたが、アダムの不在という一大事は、依然として発覚していなかった。たとえ気にかけた者があったとしても、知らないうちに到着し、楽屋に上がったのだろう、と考えるのが当然であったから、それもやむを得なかった。最初に異変に気づいたのは、ジョウンであった。「第一幕冒頭に出演のかた」という呼出し係の声で、心地よいうたた寝から目醒めた彼女は、階下に降りていく途中、もぬけの殻のアダムの楽屋をのぞき、さきに舞台に降りたと思ったのだが、アダムの第一幕用の舞台衣装が、椅子の背にだらしなくかけられているのを目にして、はっとした。階段を駆け降り、カール・ヴォルツォーゲンのもとへすっ飛んでいった。

「カール、アダムはどこ?」と、ジョウンは叫んだ。

カールは情況が呑み込めないようであった。「どうして、わたしに訊くんですか」と、いささか突っ慳貪に訊き返した。

「わからないの……アダムが歌劇場に来ていないのよ」

「へっ!?」カールは頓狂な声を出し、目をまるくした。

「どこにもいないのよ」

カールは呆然とジョウンの顔を見まもった。やがて、「神《リーバー・ゴット》よ。どうしましょ?」と呟いた。

「かまうもんか。ぼくは舞台をつとめるよ」アダムが頑強に言い放っていた。

フェンはなんとか思い止まらせようとしていた。「こんな体調では、五時間も立ちつづけで声を

張りあげるのは無理だよ」

「それでも、やるだけさ」

「それほど言うのなら、止めはしない……ときに、殴ったやつの顔は見たか」

「いや」

「そうだと思った。一応、確認してみたまでだ」フェンは落ち着いていた。道路の向かいに、調剤薬局がまだ店を開けているのが、窓から見えていた。フェンはアダムの腕をつかみ、「じゃあ、ちょっと来いよ。気付けの薬でも調達してやろう」

商品が山積みの手狭なその店を、ひとりで店番していたのは、禿頭で太鼓腹、おびえたような顔つきの、中年の薬剤師であった。

「薬を頼む」と、フェンは断って、細かく薬の成分を挙げた。彼の医薬の知識は雑学にすぎなかったが、広範囲にわたっているだけに、実用に役立つこともままあった。

「医者の処方箋はお持ちですか」

「いや」

「では、申し訳ありませんがお売りできません」

「いや、それができるのさ」フェンは拳銃を取り出した。「すぐにやってくれ。でないと、きみの肺に風穴があくことになるよ」

血相を変えた店の主人はさっと両手を挙げた。

「誰が手を挙げろと言った」フェンはしらっとして、「そんなふうに突っ立っていたんじゃあ、調

剤ができないじゃないか」

　そして、時折、注文を出しながら、主人の仕事を見まもった。やがて、硝子の小瓶にできあがった無色透明の液体を、アダムに手渡す。朦朧《もうろう》として、ことの経緯を批判する力もないアダムだったが、さすがに不安をのぞかせた。

「こんなもの、飲んで大丈夫かい？」

「絶対に大丈夫。いいから早くしろ。そろそろ六時半だぞ」

　アダムは度胸を決め、一息に飲み干した。たちまち、気分が勝れてきた。

「ぼくが来ていないことに、早めに気づいてくれよ」アダムは祈るように呟いた。

「うちのやつの自転車に乗っていけ」フェンは拳銃をポケットにしまい、店から出て、自転車を疾駆させて行くアダムを見送った。

　しばらくすると、薬局の主人が店の戸口に出てきた。フェンがまだその辺にいるとは、つゆ知らなかったのだ。

「だれか、だれか」と、助けをもとめ、叫びはじめたので、振り返る通行人もあった。

　甚だ迷惑に感じたフェンは、「おい、そんなけちなことを言うなよ。静かにしてろ」と、強面《こわもて》であびせた。店の主人は、ぎゃっ、と恐怖の悲鳴をあげ、這々《ほうほう》のていで店のなかに逃げ込んだ。フェンは以前からそれを疑わなかったが、他人に睨みが利くことに大いに満足して、悠然と立ち去った。

　歌劇場に飛び込んだアダムは、序曲の演奏が開始されているのを耳にして、髪の毛が逆立つほど

の戦慄を覚えた。しかも、序曲はその三分の二に達していて、ということは、あと三分以内に、衣装を替え、舞台に立っていなければならないのだった。舞台裏は、右往左往する人の奔流でごった返していた。それを掻き分けて進み、階段を駆けあがりながら上着を脱いだ。廊下にはいると、ズボンの釦（ボタン）をはずしながら突進したが、それを目にしてぎょっとした遅刻の女性合唱団員は、背中を壁に押しつけ、彼が通過するまで、消え入るような悲鳴を発しつづけたものだ。化粧の時間はすでになかった。——衣装は、こういう急ぎの場合に限って更衣しなければならない、着付けのややこしいものであった。が、それもどうにか恰好がつくと、ふたたび階下へダッシュし、序曲の末尾から二番目の和音が緞帳の向こうから聞こえた時、ようやく所定の位置につくことができた。ジョウンに手を振って合図を送っていると、幕が上がってしまい、そんな大胆な仕草とともに——観客の大部分には、新趣向にしては趣味のわるい演出だな、と映った——オペラは開幕した。

フェンは公衆電話を見つけ、マッジ警部に電話をかけた。

「すまん、署へ立ち寄る時間がなかった。椿事出来でね」

「椿事？」

「あとで説明するよ……歌劇場の舞台裏に、きみの部下を二名ほど派遣してくれ。ラングリイが生命を狙われる危険がある」

「ラングリイ？」

「そうだ。きみもできるだけ早く来てくれ。まもなく、そっちにちょっとした報告がいくと思う。

煉瓦で窓硝子を割って家宅侵入し、薬剤師を拳銃で脅迫したのはこのぼくだ」

「煉瓦？　薬剤師？」警部はてんでわけがわからず、面喰らった。

「いちいち復唱するなよ……じゃあ、あとで。公演が終了したら、関係者に集まってもらうことにしよう。例の骸骨を持参してくれ——いや、どれでもいいから、骸骨が一体、必要だ」

それだけを伝えて、フェンは電話を切り、徒歩で歌劇場へといそいだ。舞台の袖から第一幕をのぞくと、公演は順調に進行しているようであった。ほどなく警部の部下が到着したので、彼らにある懸念について打ち明けた。警部自身はもうすこし遅れて到着するとのことであった。

幕間になるとフェンは、上気した顔にほっとした表情をみせる出演者たちにねぎらいの言葉をかけ、アダムからある点について訊きだした。その情報に基づいて、楽屋のひとつを調査してみると、予想通りのものが発見されたので、直ちにタクシーで帰宅し、屋根裏部屋——即席の実験室——に閉じこもると、さっそく実験を開始した。家人は、フェンの実験がいつも悪臭をまき散らし、しばしば爆発を伴うものであることを承知しているので、台所に待避して身を寄せ合った。

ほぼ二時間、フェンは、塩酸、水、銅箔、ブンゼンバーナー、昇華フラスコを使った作業に没頭した。やがて、結果を顕微鏡で確認すると、自説が証明されたことを知ったが、会心の笑みを洩らしたばかりで、いささかの驚きも喫さなかった。歌劇場に引き返すと、舞台裏に控えるリーヴァイ氏をして、脳卒中を起こすほど激怒させ、数ヵ国語で罵詈雑言を喚かせることになるある事態を目撃するのに、辛うじて間に合った。

オペラは、全曲終了まで、あと二十分というところであった。「優勝の唄」を朗々と歌いあげる

アダムは、間《あい》の手を入れるはずの合唱団の歌が、なにかおかしいことに気づきはじめた。何気ない素振りで、顔を舞台袖のほうへ振り向けると、そこには、彼に狙いを定めている一挺のリヴォルヴァーの銃口があった。

観客は、つづいて起きた出来事に啞然とした。シュトルツィングの騎士ヴァルターは、喜劇の結末として当然そうなるはずのエーファとの結婚を、土壇場になって考え直す気になったか、「優勝の唄」を途中で歌いやめ、周囲を不安げに見まわしたかと思うと、さっと壇から降り、そそくさと舞台から逃げ出しはじめたのだった。その直後、場内に銃声が轟きわたり――最高の音響効果をもたらすべく緻密に設計された歌劇場での、その凄まじさを想像されたし――、舞台袖から、叫び声にまじって、揉み合うような音が聞こえてきた。出演者たちは肝を潰して、棒立ちとなっていた。空白の一瞬ののち、幕が降ろされた。

リーヴァイ氏が観客に事情を説明しようと躍起になったが、あの英語では、観客の不可解をますます掻き立てるだけであろうから、周囲の人間はやっとのことで思い止めた。五分後、ふたたび幕が上がり、演奏が「優勝の唄」の出だしから再開され、今度はどうにか終曲までこぎつけた。が、砂を嚙むような演奏には、もはや何の感興も伴わなかった。アダム殺害未遂事件は、あまりに多くの人に目撃されていたし、警察に引き立てられ、怒りと憎悪に歪んだジュウディスの顔も、あまりに多くの人の目に晒《さら》されてしまっていたのだった。

24

出演者たちが着替えをし、化粧を落とすあいだ、フェンは、本部長と、観客がためらいがちに拍手をしている最中に歌劇場に到着した警部に、事情を説明した。十一時十五分頃、休憩室に、アダム、ジョウン、ピーコック、カール、チャールズ・ショートハウス、ビアトリクス・ソーン、そして、公演に来ていたエリザベスが集合した。最初の四人は、疲労した顔で、ジュウディスのことをささやき合っていた。作曲家先生がにこやかにアダムに話しかけた。

「やあ、ラングリイ君、厄介なことになったね。わしも、ほとんど強制的にここに呼び出されたんじゃよ……。ときに、『オレステイア』のニューヨーク公演では、きみにアイギストスをやってもらいたいんじゃが。きみか、メルキオール（ローリッツ。オランダ出身の往年の名テノール歌手）じゃな。契約のほうは大丈夫じゃね？」

今宵、すでに持てる気力のすべてを使い果たしていたアダムは、しばらく返辞もできずにいた。ほどなく、フェン、警部、本部長が入室してきた。一同はいっせいに口をつぐんだ。その静寂のなか、作曲家先生、ビアトリクス・ソーンと面識がなく、また、誰からもそうと教えてもらわずにいたエリザベスが、ひとり、声をひびかせた。

「でもチャールズ・ショートハウスって、ビアトリクス・ソーンとかいう、とんでもない女と暮らしているんでしょ」

フェンはやたらと咳払いをした。「ソーンさん、ようこそお出でくださいました」と、神妙な顔で挨拶した。

さっと顔色を変えたエリザベスを睨みつけるソーンの目つきは、ほとんど殺意に満ちていた。フェンはあわてて本題に入った。

「皆さんの中には、エドウィン・ショートハウス殺し、ならびにステイプルトン殺しの犯人は、ジュウディスだ、という印象をお持ちのかたもおられるでしょう。まもなく、そうでないことがおわかりになると思います」

フェンは一同の顔を見まわした。アダムが椅子からずり落ちそうな恰好で腰かけている。その隣に、正装のまま、身体を動かすのも大儀そうなピーコックがいる。深々とかぶったホムブルク帽も上着も黒一色のチャールズ・ショートハウスが、ポケットに手をさし込み、我関せずとばかりに立ち、その傍らには、小柄な体軀に気性の烈しさをのぞかせるビアトリクス・ソーンが控えている。ジョウン・デイヴィスはさっぱりとした表情に大人の落着きを見せ、エリザベスと顔をならべている。異様な長さをもって、沈黙の時が流れた。それを破ったのはアダムであった。

「しかし、ジュウディスは、二度もぼくの生命を奪おうとしたぞ。いったい、どういうわけだ？」

「理由は、きわめて単純明快」そう応じたフェンの声音は、いくぶん奇妙なひびきをふくんでいた。

「ジュウディスはきみを呪っていたからだ。なぜ呪っていたかというと、彼女は、誰よりも早く、

夫を殺したのはきみだ、と看破したからにほかならない」

アダム・ラングリイは顔面を蒼白にさせた。髪を乱し、額には汗をうかべている。そして、おもむろに立ち上がった。エリザベスが部屋を横切って行き、アダムに寄り添い、その手を取った。

「どうやらきみは、エドウィンを殺したのもぼくだと考えているようだな」アダムの声はしわがれていた。

「その通り。きみはショートハウスも殺した」フェンの口ぶりに、冗談めかしたものはなかった。

「あなた、何てばかなことを」エリザベスの呟きがもれた。

フェンは話をつづけた。「きょうの午後、ジュウディスはラドクリフ科学図書館に立ち寄った。恐らく漠然と疑惑を持っていたからであろう、法医学の入門書を読み、確信した。すなわち、砒素は、外用薬として、皮膚からでも毒の作用があることを知ったのだ。そうなると、いやでも思い出すのは、ボリスが毎日一時間、化粧の練習をしていたこと、さらには、使っていたクリームは、アダム、きみから借り受けたものであったことだ。だからジュウディスは、きょうの午後、にせのメモを寄越し、下宿の人間が出払う時間帯を選んできみをおびき寄せ、ガスで殺そうとたくらんだ。ジュウディスが科学図書館で調べものをしていたことを、たまたま警部から聞いたからよかったものの、そうでなければ、ことは彼女の思惑通りに運んでいただろう。が、これに失敗したので第二の犯行に及んだ――ちなみに使われた拳銃は、きみが不注意にも鍵をかけずに楽屋の抽斗に放り込んでおいたやつだ。つまり、常套句を使えば、『悲嘆のあまり逆上しての犯行』ということになる」

そこまで話したフェンはがらりと態度を変え、一転して、さらりとした、さばけた表情を見せた。

そのあまりの豹変ぶりに、緊迫した空気の中にいた一座の者はかなりのショックを受けた。「だが、これ以上、無用な心配を掻き立てるのは、罪作りってものだな。むろん、いまの話が嘘だというのではない。きみは、たしかに二人の男を殺した。何の因果か、何も知らずにふたつの罠の仕掛けを作動させたのは、きみなのさ。その内のひとつは、きみを陥れるためのものではあったがね」

アダムは口をあんぐりとさせた。フェンはさすがに気が咎めた。頬に血の気がもどりはじめたエリザベスは、安堵の涙をこぼすまいと懸命であった。

「さてさて、さてさて」と、無意味な言葉をならべた。

「ふ、ふたつの罠……」アダムはどもりながら呟いた。

フェンは改めて一同に目をやった。「そうだ。今度の事件には、犯人が二人いる」

「おそろしい――」ピーコックの口をついて、その言葉が洩れた。両手をわなわなと顫わせている。

「そして、その両名は、すでにこの世にいない」フェンはしずかに告げた。

「ショートハウスと、ステイプルトン！」アダムが叫んだ。

「ご名答。ステイプルトンはショートハウスを殺した。そして、ショートハウスはきみを殺そうとして、ステイプルトンを殺した。まったく、皮肉なことだね――ショートハウスは死後に復讐を遂げた形になるのさ」

「でも――でも、わたしが襲われたのは、なぜ？」エリザベスが疑問をもらした。

「言うまでもなく、あれはステイプルトンの仕業だった。先日の午前、居酒屋バード・アンド・ベイビイで、ショートハウスの死因について、きみがあることを口走ったからだ。『重力が無効にで

もならなければ……』と」

「まだ、わからない……」

「どういうことかはあとでお目にかけるよ。まずは、ステイプルトン殺しに関して、すべてを明らかにしておこう。ジュウディスが無実だという直感は、最初からあった。ふたりの睦《むつ》まじさを見ていると、それはとても考えられない話だった。にもかかわらず、定期的に飲食物に毒を盛る機会があったとすれば、それは彼女にしかなかった。では、どういうことか。砒素はほかの方法で投与されたに相違なく、遅蒔きながら、外用としても毒の効果があることが思い出された——この手の犯行には、フェイスクリーム、化粧用脱毛剤、石鹸などを使った例がある。すると、ステイプルトンが舞台化粧の練習をしていたという——ジュウディスから得た——情報、さらに居酒屋バード・アンド・ベイビイで聞いた、ステイプルトンに化粧落としクリームを貸与したのはアダムであるという情報が記憶に甦った。今夜、クリームの銘柄を確認のうえ、合唱団用楽屋から現物を見つけだし、自宅に持ち帰ってラインシュ・テストにかけてみた。ごく少量のクリームしか残っていなかったにもかかわらず、白色の粉末砒素がはっきり検出された。だから、ある意味で、ステイプルトンは自殺を遂げた、ということになるわけだ。

当然のことながら、アダム、最初はきみを疑った。が、きみが犯人だとすると、クリームをステイプルトンに貸したことを、あれほどおおっぴらに公言するはずはないし、そもそも動機が見当たらない。ステイプルトンとはこの公演を通じて初めて知り合ったわけだし、ジュウディスのことで嫉妬心を燃やしているようでもなかったし、また、ステイプルトンを亡き者にしたところで、きみ

に『棺桶王』の（米国の現代詩人、作家。コンラッド）エイキン、一種の殺人狂、きみが得る利益もなさそうだ。だから、登場するような無差別殺人鬼でもないかぎり、解答はほかで捜すしかなかった。

それを見つけるのは難しいことではなかった。『ドン・パスカーレ』公演当時、ショートハウスがきみの楽屋に入り、無断でクリームをいじっていたことがあったようだね。エリザベスと結婚したきみを逆恨みした彼は、その時、きみのクリームを毒入りクリームにすり替えたわけだ。きみはショートハウスの謝罪を真に受けなかったそうだが、なかなか勘が鋭い……騙されても仕方のない筋書きだからな。もっとも、ショートハウスの意図は、きみを殺すことにあったのではなく、ちょっと痛い目に遭わせてやろう、ということだったと思う。きみが医者に行ってしまえば、すぐにばれてしまうことくらい、承知していただろう。彼にしてみれば、毒入りクリームを手にしているところをきみに見つかったのは、最悪の事態だった。もとのクリームを戻そうとすれば不審に思われるし、かといって、そうしなければ、毒の徴候が出はじめた時にやはりそう思われる。だから、わからないのは、なぜショートハウスはその後に毒入りのクリームを回収し、もとのクリームを返しておくことをしなかったか、という点だが」

「それは簡単に説明できる。ショートハウスに無断侵入されて以降、ぼくは、楽屋を留守にする際、必ず鍵をかけるようにしたからだ」

「なるほど。じゃあ、この悪戯の効果が一向にあらわれず、本人も内心ではほっとしていたかもしれんな――もっとも、同時に不思議がりもしたろうが」

「エリザベスのおかげだ。エリザベスが新しい上等のクリームを買ってくれたから、すぐにそれを

使いはじめた。そうでなければ、恐ろしいことになっていたんだな……でも、その場合は、ステイプルトンを死に追いやらずに済んだわけか」アダムは沈痛な面持でつけ加えた。

「生命を救えたにしても、それは一時的なことだ。たとえ砒素で中毒死しなくても、いずれ絞首台に登らねばならなかった……。ついでに話しておくが、きみがショートハウスを殺したことを知られたがためにステイプルトンを殺した、という筋書きも、念のため考えてみた。しかし、ステイプルトンが中毒症状を見せはじめたのは、ショートハウス死亡以前であったから、それはあり得ない――いずれにせよ、ステイプルトンが、ステイプルトンのみが、ショートハウス殺しの犯人だと、まもなく明らかになった」

アダムがおずおずと口をはさんだ。「さっきは、たしかぼくが――」

「その通り、きみが仕掛けを作動させた。だが、その仕掛けのお膳立てをしたのはステイプルトンなのさ」

カール・ヴォルツォーゲンが疑問を口にした。それは一同の気持ちを代弁していた。「いったい、どういうことなんです?」

「お見せしたいものがありますから、階上に来てください。警部、準備をはじめてくれ」

25

十分後、関係者は、エドウィン・ショートハウスの楽屋に、いくぶんすし詰め状態で参集した。本部長がアダムに声をかけた。「あなたの同意が得られれば、われわれはジュウディス・ヘインズを告訴しない方針です。本人の恢復のためには、精神科医にかけるよりも、親許へ帰らせるのが一番でしょう。真相を知れば、これ以上あなたに危害を及ぼすことはありますまい」

チャールズ・ショートハウスが、おずおずとした呟きをもらした。「何とも物々しい雰囲気じゃが、いったいこれから何がはじまるのか、わしにはとんと見当がつかんね……」

「お疲れでしたら、横になってください」ソーン嬢が気づかった。

「いやだね」

「ご無理をなさってはいけません」

「いいから、黙っていてくれたまえ」

マッジ警部が、小道具部屋で発見された骸骨を携えて入ってきた。頸椎をつなぎ止める針金が真っ直ぐになっていることに、アダムは気づいた。床には、三本のロープ、綿パッドがあった。フェンは表情を引き締めると、一同に静粛をもとめた。

「さて、エドウィン・ショートハウス殺しについて、その動機はすでにご承知でしょう。ジュウディス・ヘインズが穢されようとしたからです。しかし、ステイプルトンはできるだけ犯罪に手を染めたくはなかった。そこで、彼らしい、ひと癖ある巧妙な殺人方法を考案した。そして、その方法を、事前にこの骸骨で試してみたのです。

最初の仕事は、天井に鉄鉤を取り付けることだった——ショートハウスが首を吊っていた鉄鉤です。取付けの機会はいくらでもあったろうし、危険と言えば、ショートハウスに鉄鉤に気づかれることだけだった。が、たとえ気づかれたとしても、その用途に思い当たるはずもなかった。

仕事の第二段階は、ジョウンが所持する睡眠薬ネムブタールを、ジョウンの楽屋から盗み出し、この楽屋に置いてあるショートハウスのジンに混入することだった。ここのところで、ステイプルトンには誤算があった。睡眠薬はジンのボトルに入れておくしかなかったわけだが、そのままでは、ことが発覚した暁に当然、疑惑を生ずる。たぶんこの部屋にいるあいだに、何らかの策——恐らく睡眠薬入りのものを回収し、べつのものに置き換えておく——を講ずる手はずだったのだろうが、肝心のところで、彼はそのことを失念してしまった。どんな犯罪者も必ずひとつはへまをやる——そんな決まり文句など、いまさら口にするのも野暮だが、ときには真実を語っていることもあるわけだ。

さて、ショートハウスはいつものように梯子酒をして、さらに飲み直すためにこの楽屋に戻ってきた。ステイプルトンは、睡眠薬の効果が充分にあらわれる頃合いを見計らって、ロープを持って屋上にあがった。その際、エレヴェーターの箱が、一階ではなく三階にあることを確認しておいた。

守衛のファーブロウ老人が機械嫌いであることは承知していたし、深夜の歌劇場にほかの人間がやって来るはずもなかった。アダム、ここの天窓からそれほど離れていないところに、エレヴェータ——の機械装置があったのを憶えているかい？」

「おい、まさか」アダムは俄然ひらめいた。

「その、まさか、なのさ。もちろん、きみがエレヴェーターに乗らなければ、ステイプルトンが自分で乗っただろうから、きみが責任を感ずる必要はまったくない。彼が為すべき仕事を、きみが代行して、びっくり仰天だったろうがね。

ステイプルトンは、ロープを、機械装置か、エレヴェーターの箱のうえに結びつけた。ロープの長さは、引っ張りすぎて頭を引き抜いてしまっては大変だから、入念に調節してあったに違いない……。そして、もう一方の端を天窓から下に落とす。天窓からは、べつに二本のロープ（結びつけていないもの）と綿パッドを落とす。室内にはすでに、これもきちんと高さを計測済みのスツール一脚が搬び込んである。天窓の屋上側には、引っかけるための出っ張り——恐らくは小さな釘——を用意しておいた。警部、釘は取り付けたか？」

「ええ、やりました」

「ご苦労。では、屋上の準備はこれでよし。ステイプルトンは自作オペラの感想を伺うという口実を作り、疑惑を最小限にとどめる下ごしらえを、万端にととのえておいた。十時五十五分、守衛に目撃されながら、この部屋に入る。老人が、ショートハウスの在室中は絶対に顔を出さないという ことも先刻承知している。そして、準備の最終段階に入った……。警部、ロープを持っていって、

天窓から降ろしてくれないか。もう一方の端は、実際にエレヴェーターに結びつけなくてもいいから、手に持っていて、ぼくが声をかけたら引っ張りあげてくれ」警部は言われた用事を果たすため、その場をはなれた。「そのほかの小道具はすでにここに用意してある」

しばらくすると、警部の大きな鼻息とともに、天窓からロープが降りてきた。「では、これより、ステイプルトンの行動を、その手順通りにご覧に入れましょう。この骸骨は被害者をあらわしていて、いまは睡眠薬の影響で昏睡状態にあると承知していただきたい」

フェンはポケットからチョークを取りだし、スツールの座部の二箇所に、うすく印を付けた。その印を付けた箇所をつかんで、スツールを骸骨のそばまで運び、骸骨の手の指をスツールの木の部分のしかるべき数箇所に押しつけた。

「これで、自殺と思わせるにふさわしい指紋が残せたわけだ」

スツールを脇に置くと、床から短いロープを取り、椅子の上に立ち、先端を天井の鉄鉤に堅く結びつけた。もう一方の端を引結びの輪にし、顎さきが当たる部分に結び目が来るようにした。椅子から降りると、長いほうのロープを取って骸骨の手首を縛り、しばらくそうしてから、それを解いた。

「なんだい、そりゃ?」アダムが狐につままれたような顔で訊いた。

「そう、ぼくも一杯喰わされた。ステイプルトンの計画では、ショートハウスの足首を縛らねばならず、その痕は隠しようがない証拠として残ってしまう。これを偽装するために、手首にも縛り痕をつけておいた——ここのところが、彼の計画中、最大のポイントだ。苦肉の策にしてはわるくな

い。おかげで、あれこればかな推測に振りまわされて、さんざ頭の痛い思いをさせられたよ……」

フェンは長いロープを骸骨の腰に固定し、その一方の端を鉄鉤に引っ掛けて、引っ張った。骸骨がぐにゃりと宙に浮き上がった。適度な高さまで引っ張り上げると、フェンはロープの端をドアノブに結わえておき、スツールを取ってきて、あとで骸骨の足さきがちょうどその上に乗るように調整した。ふたたび椅子に乗ると、天井から下がっているロープの輪を骸骨の首にはめた。そして、綿パッドを当て物としてかませ、輪をかなりきつく引き絞った。

「自殺者は、自分がなるべく苦しまないように工夫するものだ」フェンは作業をしながら、背中越しに話した。「これは、ステイプルトンにとって好都合だった。予定の時刻よりも早く絞め殺してしまっては元も子もないからな」

フェンは椅子から降りると、骸骨の腰からロープをはずした。骸骨は天井の鉄鉤からだらりと垂れ下がり、足さきをスツールにつけた状態となった。

「ここのところは、非常に慎重な作業を要する。が、うまくやれば、こんな宙吊りの状態でも、被害者をしかるべき時刻まで生かしておくことができる。注意すべきは、舌が咽頭に入らないようにすること、頸動脈洞や迷走神経を圧迫しすぎないようにすることだ。しかし、ご覧のように、体重のほとんどは両足にかかっているというわけだ」

フェンは天窓から垂れているロープを手に取り、骸骨の足首に、結び目がうしろにくるように結びつけた。ポケットからハンカチを取り出し、スツールのチョークで印をつけた箇所から、自分の指紋をふき取った。最後にドアノブに結んでおいたロープをはずし、その真中あたりをスツールの

足の一本に結わえつけはじめた。

「ここで、ハイウエイマンズ・ヒッチ（「追剝ぎ結び」の意）という結び方を利用する」フェンは作業のために顔を紅潮させていた。「ロープの両端は手もとに持っておく。ロープの一方はかなりの緊張にも堪えるが、もう一方を引っ張れば、結び目はいとも簡単に解けてしまう」

そう語りながら、ロープの両端にそれぞれ輪を作った。それを手にして、また椅子にあがり、輪を天窓から外へ出し、警部が打ち込んでおいた釘に引っかけた。仕上げに、使った椅子の座部と背を丁寧に拭き払った。

「さて、準備はこれで完了。ステイプルトンは部屋を出て、守衛に見送られながら歌劇場をあとにする。しばらく時間をおき、公衆電話ボックスからシャンド医師に電話をかけ、至急、ショートハウスに往診を頼むと伝える――というのも、仕掛けを作動させた直後に、医学的に正確な死亡時刻の証言がなければ、すべては水の泡になるからだ。すなわち、信頼すべき人間に、ショートハウスは死亡してまもなかったと――裏を返して言えば、ステイプルトンが楽屋を出て、かなりの時間が経ってから死亡したのだと証言させなければ、何の意味もなくなってしまうのだ。ステイプルトンは医者の到着時刻を正確に計算していた――もし、シャンド医師がだめでも、電話帳を調べれば、ほかの医者の住所がわかる。そして、医者の到着時刻の直前にふたたび歌劇場へ入り、エレヴェーターを一階に降ろそうとした――が、アダム、きみがせっせと彼の代わりを果たしてくれていた、とこういうわけだったのさ」

「ひどい話だ。そんなこと、知っていれば……」アダムは呻吟した。

「が、きみは知る由もなかった。だから、心配はこれっぽっちもいらない……。ともかく、エレヴェーターの箱が下に降りるとどうなるか、それをご覧に入れよう。この実験で、エレヴェーターの代わりを相務めまするは、マッジ警部……警部、いいぞ、引っ張りあげてくれ」フェンはそう声をかけ、「それ曳け、やれ曳け」と、船乗りの唄を音頭を取って歌い始めたが、本部長にたしなめられた。

骸骨の足首に結わえられたロープに緊張が奔ると、次の瞬間、骸骨は依然として首を吊られた状態で、スツールから足を浮かせ、徐々に天窓のほうへ吸い寄せられていった。やがて、首の後部が天井の段差のある部分に押しつけられる。そして、足先が天窓から一、二インチのところに到達するや否や、いやな音を発して頸椎の骨が外れた。

「よし、もういい。ロープをどこかに結びつけて、足首のロープをはずしてくれ」

「ちょっとお待ちを」と、姿の見えない警部の声がした。しばらくすると天窓から手があらわれ、結び目を探り当てると、それを解いた。骸骨は振り子のようにおおきく揺れ戻し、ロープは天窓から消えた。

「これで、『重力が無効に云々……』というきみの発言に、ステイプルトンが泡を喰った理由がおわかりだろう」フェンはエリザベスに語った。「ひとを逆さ吊りにして縊死させるという発想は、なかなか奇抜なものだ……。さあ、警部、つぎは、スツールだ」

スツールの足に結びつけられたロープの片方が、ぴくっと動くと、スツールは横なぎに倒された。そして、もう片方が動くと、ハイウェイマンズ・ヒッチの結び目はぱらりと解けてしまった（「や

あ、うまくいった。なかなかこうはいかないものだが」と、フェンもちょっと驚いていた）。そのロープも天窓から姿を消すと、室内に残ったのは、天井の鉄鉤から首を吊ってぶら下がる一体の骸骨だけとなった。

「上出来だ」フェンは感嘆の声をあげた。「複雑だが、見事なものだ。むろん、手口が判明すれば、犯人はおのずと知れた。いま、下準備に十分ほどかかった――これだけの作業を、守衛がステイプルトンを見送って、当直室を留守にしたわずか三分あまりのあいだに終えるのは不可能だから、第三者の犯行ではあり得ないということになる。歌劇場の内外には、隠れる場所がいくらでもあり、この条件はステイプルトンに味方した。そしてそれ以上に、守衛に、午前零時まで起きていて、電気ストーヴから発する有毒ガスを換気するためと称して、当直室のドアを開け放しておくという習慣がなければ、この計画は成立しなかっただろう。守衛による目撃証言が、彼のアリバイ工作の根幹をなしているのだからね。ステイプルトンは使用した小道具を片づけてしまうと、シャンド医師と守衛がこの楽屋にいる隙に、屋上から降り、歌劇場から姿を消した……だが、そうしながらも、自分が殺した男が用意した砒素によって、刻々と身体を蝕まれ、しかも、それを本人がまったく知らずにいたのだ、と考えると、何とも名状しがたい感慨におそわれるがね」

室内は長い沈黙に包まれた。鉄梯子をつたって、屋上から降りてくる警部の靴音が聞かれた。やがてエリザベスがアダムにささやいた。「わたし、ひどいことばかり言ったわ。これからはもうすこしお行儀よくする。大好きよ、あなた」

ピーコックはジョウンにこう語っていた。

「リーヴァイ氏のおかげで終身契約が取れました。すぐにでも結婚しましょう」

かくして時刻も同じ、ちょうど一週間前、エドウィン・ショートハウスが死亡したこの部屋には、抱擁する二組の男女の姿があった。本部長は、鏡台に散らかる品々に関心があるかのように、そちらへ視線をそらせた。そういった気遣いに無頓着なフェンは、じっと見つめながら一抹の感傷を噛みしめていた。

すると、ここまでの出来事を、ぽかんと口をあけて眺めていたチャールズ・ショートハウスが、唐突にしゃべりだした。

「いやあ、信じられんね。まったく信じられんが、おもしろい見世物じゃった。エドウィンというやつは、往生する時でさえも、こんなにもご大層に、はた迷惑な死に方をせねばならんかった、とはな。もっとも」作曲家先生はにこやかにつけ加えた。「結局、どういうことだったのか、もうひとつはっきりせんのじゃが……」

「そう言えば、あの晩、あなたとソーンさんはどちらに行かれたのです?」フェンはたずねた。

「いや、わしらはどこにも行かんよ」先生はあっけらかんとしてこたえたが、とたんに顔を曇らせた。「そうじゃな――わしはそう言わなかったかね」

「なぜ、そう仰ってくれなかったんです?」フェンはにわかに猜疑心を募らせた。

「ウイルクスと約束したんじゃ」先生は幼児のようにしょぼんとして言った。「弟が亡くなった次の日の朝、ウイルクスから電話があって、事件の直前の時刻に、わしが席をはずしたということにしてくれと、頼まれたんじゃ。どういうことかよくわからなんだが、あんまりしつこく頼むので、

断るのもわるいと思って請け合った。たしか、フェンを困らせるためだとか言っていたが、いったい何の話かね？」

「なるほど」フェンは胸中にどす黒いものを宿しながらこたえた。「なるほど、よくわかりました」

「じゃが」と、先生はつづけた。「きみが帰ってしまう前に、わしの『オレステイア』のニューヨーク公演について話し合っておきたいのじゃが」

「ぼくがメトロポリタン歌劇場の代表者でないことは、ご存じのはずでしょう」

「やっぱり、そうじゃったか」作曲家先生は寂しげな色をにじませた。「では、仕方がない。先方はもっと若い作曲家を求めていたんじゃろう。この次に期待するとするか」とこぼしたが、いくらか元気を取りもどすとこう言った。「そうそう、ちょっと相談なんじゃが、きみ、あのしゃれた小型車をわしに譲らんかね」


次の日の午前中、ホテル、メイス・アンド・セプタのバアに立ち寄った者なら、隅のテーブル席に、三人の男女が腰かけているのを目にしたことであろう。鳶色の髪の小柄な女は、手帳をひろげ、鉛筆を手にし、いやに真剣な表情をしていたはずだ。二人の男のうち若いほうは、パイントグラスのビールを見つめながら、このうえなく晴れやかな笑顔をうかべていたことだろう。もう一人の男はすらりと背が高く、さっぱりとした血色のよい顔立ちをして、髭はなく、鳶色の髪は強靭な癖毛で、頭のてっぺんがくしゃくしゃだったはずである。ウイスキーグラスを片手にしたその男は、なにやら眉間の険しさを異様なものにし、これから神託でも下そうかという相貌であったことであろ

う。そして、こんなことを、語りはじめたに違いない。

「わが探偵人生、華やかなりし頃……」

オペラの後で

渡辺千裕

一　音楽が人を殺す

――音楽が人を殺す――というと、一笑に付せられそうだが、誰でも音には「殺されかけた」経験があるかと思われる。

映画館で、あまりの大音量に肝を潰した経験のあるかたは？

運動会の銃声に怯える小学生時代を過ごしたかたは？

深夜の電話に身体をこわばらせたことのあるかたは？

心当たりのあるかたが多いのではないだろうか。

音が人の心に及ぼす影響は大きい。ときにそれは聞く者のうちに強烈な感情をかきたてるが、それは必ずしも安らぎや慰めといった正の感情ばかりではない。音楽も同様で――歓喜を呼ぶ旋律もあれば恐怖をあおる旋律もある。すべてがいいほうに働くとは限らない。

現に、音楽は「負の感情を増幅させる」のにも一役買っている。それをよく理解していたヒッチコックは、映像のスリルを盛り上げるのに音楽をうまく利用した――『知りすぎていた男』のクラ

イマックスでのシンバルの使い方（銃声のカモフラージュ）などはその最たるものだ。
また、ナチズムの宣伝のための式典や演説会で、ヒトラーがワーグナーの楽曲を巧みに利用したという事実もある。ここまでくると、「音楽は本来、人の心に平穏や感動を与えるもの」という考えが必ずしも正しくないことに気づかれるだろう。むしろ――ミステリと音楽はよく合うのである。

しかし意外なことに、音楽、特にクラシックをテーマにしたミステリは案外書かれていない。絞め殺された悲鳴のようなヴァイオリン、早鐘のように打つ心臓の鼓動に似たティンパニなど、殺人によく似合う楽器が多いにもかかわらず。

用いる凶器にしても、絞め殺すにはチェロの弦、毒薬の針を仕掛けたピアノの鍵盤など、実に詩的で魅力的だと思うのだが。演奏中の舞台上、楽屋、客席……すべて殺人現場に似つかわしい。また、音楽家という特殊な人種の葛藤や欲望は殺意を醸成しやすいではないか。しかし、ミステリでは演劇を背景にしたものは多くても、クラシック音楽はそれほどない。

少ないなかで例を挙げると――ベートーヴェンを探偵役に据えた森雅裕の『モーツァルトは子守唄を歌わない』。ピアニストが演奏中に射殺される、ナイオ・マーシュの『死の序曲』。コンサート中に、楽屋でヴァイオリニストが殺されるシリル・ヘアーの『風が吹く時』――といったところだ。

これがオペラを背景にしたもの、となるとさらに少なくなる。クリスティーの「白鳥の歌」や「ヘレンの美貌」など、短編はいくつかあっても長編となると……。ガストン・ルルーの『オペラ座の怪人』に、プッチーニのオペラ『蝶々夫人』に材を採った横溝正史の『蝶々殺人事件』ぐらいだろうか。

そんな数少ないオペラ・ミステリの中で、本書『白鳥の歌』は傑作といっていい出来だ。その理由には、オペラとプロットが絶妙に結びついているということが挙げられる。このような作品が書かれた背景には何があったのか？　作者クリスピンの経歴をまずは見てみることにしよう。

二　才人クリスピンの音楽修行

才人とはまさにこういう人のこと――と言いたくなるくらい、クリスピン（本名ロバート・ブルース・モンゴメリー）の経歴はそうそうたるものである。しかも、『金蠅』でデビューを飾ったときは、まだ大学生であったというから、驚きである。早熟の天才という呼び名もふさわしい。しかし、天はその才能を妬んだのか、五十七歳という若さで亡くなってしまう。

大学はオックスフォード、一時期教壇に立った後は数々の合奏曲や映画音楽の作曲を手がけ、〈タイムズ〉紙ではミステリの書評を担当し、アンソロジーの編纂にも関わったりと、さまざまな才能に恵まれていた人という印象がある。

プロの作曲家であり、オペラをテーマにミステリを書くからには、演奏のほうの腕前もさぞや相当なものと思いきや、本書の冒頭の献辞で「僕の音楽修行と言えば、ピアノのレッスンをさぼることだった」と書いている。あんがい実技のほうは得意ではなかったのかもしれない。この点は探偵役のジャーヴァス・フェン教授にも反映されているのか、『消えた玩具屋』のなかにこんな場面があった。

事件の重要参考人と目される女性を追いかけ、大学の構内にある講堂に踏み入ったフェンは、合唱隊に飛び入り参加してしまう。が、フェンの歌声に周囲は迷惑そうにし、指揮者からは「出て行って下さい」と言われる始末。教授の歌声のほどが知れようというものである。クリスピンも音痴だったのかも？　と考えると楽しい。

さすがに作曲家だけあり、知識のほうは抜群。オペラはワーグナーの『ニュルンベルクのマイスタージンガー』しか持ち駒がないと言いながら、その限られた持ち駒をうまく使いこなしている。使いこなすだけでなく――新たな楽しみを付け加えているのが、クリスピンのすごいところである。その楽しみは『ニュルンベルクのマイスタージンガー』を知る人にのみ与えられる「おまけ」のようなもの――しかし一部の人に独占させるにはもったいない。のちにご説明するのでご安心を。

クリスピンの作品は、オックスフォードを舞台にしたものが多い。クリスピン自身も大学生活を送った街であるから思い入れがあるのだろうし、探偵役のフェンがオックスフォード大の英語英文学教授だということもある。

ここで、フェン教授の紹介をしておこう。彼は固い肩書きに反してかなりおちゃめな人物だ。真っ赤なスポーツカーを乗り回し、同乗者を震え上がらせることもしばしばで、オペラに使う化粧道具で髭を描いてみたり、研究に飽きたからといって選挙に出たりと、教授らしからぬ行い（奇行？）の数々がある。しかし、容貌はいかにも教授らしく知的に描かれている。

フェンは、四十すぎのすらりと背の高い男である。さっぱりとした血色のよい顔立ちで、髭はなく、アイスブルーの目は愛嬌があるが眼光鋭く（以下略）……

（『愛は血を流して横たわる』より）

捜査法は英国本格派の探偵らしく、推論を積み重ねて解決に到達するというオーソドックスなもの。ただ、フェンの場合は、到達するまでに必ず何らかの障害が入る。それは同僚のウイルクスの好奇心やおせっかいが招くものだったり、逃亡する犯人との追跡劇であったりする。

というわけで、フェンが乗り出す事件は山あり谷ありで捜査に集中できないものばかり。捜査の際に起こるドタバタ喜劇はカーと共通しており、『曲った蝶番』を読んでミステリ作家を志したというのもうなずける。娯楽としての面白さを追求したという面も同じだが、クリスピンの場合は後期の作品になるにつれ次第に暗いトーンになってしまう。しかし、彼が私淑していたマイケル・イネス譲りの知性的な作風は最後まで変わらない。このように黄金時代の作家たちの影響を色濃く残しているという点で、クリスピンは貴重な作風の持ち主だといえよう。なかでも『白鳥の歌』はカーの姿勢を保ちつつイネス好みの題材を扱ったという、そのルーツがよくわかる作品である。

三　『白鳥の歌』——舞台的な、あまりに舞台的な……

物語は、オペラ歌手であるアダムと作家のエリザベスが恋に落ちるところから始まる。二人はお

互いの思いを通じ合わせ、結婚に至り、前途洋々――かと思えたが、その前に邪魔者が立ちはだかる。嫌われ者の、しかし実力は一番の歌手エドウィン・ショートハウスは二人の結婚を面白く思っていなかった。彼は以前からエリザベスに色目を使っていたのだが、アダムにさらわれた形になったのだ。しかし、ショートハウスはあきらめたと見え、しばらくは平穏な日々が続いていた。

そんな折、オペラ『ニュルンベルクのマイスタージンガー』でアダムとショートハウスが共演することに。女性歌手ジョウンの心配が的中し、ショートハウスはアダムの代わりに新しい指揮者に当り散らし、リハーサルの進行を妨げる。その一方で合唱隊の一員ジュウディスを襲おうとするなど、その蛮行は目に余った。ついには「指揮者を替えろ」とまで言い出す。一同の怒りは心頭に達し、対策会議が開かれる。その席上でジョウンが「毒を盛って歌えなくしてしまえれば」とこぼす。

特に解決策がないまま散会となり、帰路についたアダムは札入れの紛失に気づく。深夜、歌劇場の楽屋に向かった彼を待ち受けていたのは、天井からぶら下がったショートハウスの首吊り死体であった。

アダムの知り合いであるフェン教授は、例によって例のごとく事件に首を突っ込む。自殺にしては妙な点がいくつか――酒に混入された睡眠薬、両手足に紐で縛った跡。しかし殺人と見るのも難しそうだ。ショートハウスの死亡時刻周辺に、現場の楽屋に人が立ち入っていないと守衛が証言したのだから。もちろん、楽屋に隠れる場所などなかった。

この不可解な状況をどう説明するのか――人々はフェンに期待をかけるが、代役を立ててすいすい進むリハーサルとは逆に捜査は難航する。そんな中、エリザベスが命を狙われる事件が起こり、ア

ダムは稽古に集中できなくなる。

そしてオペラの初日を迎えるのだが、いろいろな事件が重なって……はたして、無事に開幕することができるのだろうか？

一読して、オペラに関わる人々の群像劇――いわゆる、バックステージもの――としての出来のよさが印象に残る。ミステリとしても、もちろんすばらしくよくできているのだが、それ以上に「物語」としての面白さが目立つのだ。このあたり、カーでミステリに開眼したクリスピンのことだから、「面白ければなんでもする」というカーの姿勢を継承した結果だろう。

とにかく、登場人物一人一人にドラマがある。読者はそれをどれでも追っていくことができるという点で、非常に舞台的な作品である――これはクリスピンの作品全てに言えることだが。本書で繰り広げられるドラマは、アダムとエリザベスの恋に始まり、ジュウディスとその恋人で作曲家志望のボリスにふりかかる運命、男勝りのジョウンを悩ます恋、ショートハウスとその仲たがいした兄との確執……いずれも魅力的なものばかり。

カメラによって視点が固定されるテレビや映画と違って、舞台は多視点の解釈が可能である。そのため、たとえ舞台の隅にいる端役であっても「常に演技する」ことが要求される。その点ではクリスピン作品の登場人物は非常にうまい役者たちであると言える。観客の目を各々に惹きつけるのに成功しているからだ。

劇団の座付き作家ともいうべきクリスピン自身も、実にうまい脚本を書いている。舞台ではつき

もののの、暗転の処理が洒落ていて面白い。印象的かつ物語の流れを断ち切らないのがうまい暗転であるが、その点、クリスピンの暗転処理は文句なしである。たとえば『白鳥の歌』における、ある一場面――

命を狙われたある人物が、我が身の無事にほっとして、用意された紅茶を口に運ぶ――読者としては「あぶない！　毒が入っているかもしれないのに！」と叫びたくなる――が、次の瞬間に場面は切り替わってしまう。はやる心を抑えつつページを繰らずにはいられない名暗転である。

一座の看板スター、フェン教授の登場場面にも配慮を怠らない。スターのご機嫌を損ねないように、あざやかにして印象的な登場の仕方をちゃんと用意している。『消えた玩具屋』で、フェンがオックスフォード大に車で乗り付ける場面などは、そのいい例である。映画ならば、車から降りてくるフェンのアップが続き、テーマ音楽が流れてもおかしくない場面だ。

名探偵退場の場面もしかり、ため息が出るほどかっこいい退場の仕方をさせる。本書『白鳥の歌』の、「わが探偵人生華やかなりしころ……」とフェンが得意げに語りだすラストもいいが、渋い退場のさせ方なら『お楽しみの埋葬』である。事件が片付き、一夜の宿を探しに遠ざかるフェンの背中に漂う哀愁、虚脱感――たまらなくかっこいい。

また、クリスピンは演出家としても手腕を発揮している。本書『白鳥の歌』の場合だと――オペラの開幕と同時に、事件の解決編も「開幕」するあたり、うまいではないか。この解決編の盛り上げ方だが、『金蝿』では演劇の公演初日という設定を使い、『消えた玩具屋』や『愛は血を流して横たわる』、『お楽しみの埋葬』では車での追走劇を取り入れている。これがまたはちゃめちゃで面白

いのだ。大喝采のうちに閉幕することしばしばである。

さて――クリスピン作・演出の舞台のうち、一際大きく拍手を送りたいのが、今回日本で初演（初訳）された『白鳥の歌』である。

この『白鳥の歌』ではオペラが効果的に使われている、とさきほど書いた。どう使われているのかを論じる前に、オペラ『ニュルンベルクのマイスタージンガー』の説明をしておきたい。

四　『ニュルンベルクのマイスタージンガー』――殺人にオペラはよく似合う

時代背景

中世のニュルンベルクはじめドイツの多くの都市では、同種の職人の乱立を防ぐための組合制度がしかれていた。この組合は、親方（マイスター）、職人、徒弟の三つの身分に分かれ、縦の関係を厳重に保っていた。このなかで、マイスターは仕事場、材料、道具などを持ち、市民権を所有する身分である。マイスターになるには、弟子入り後、厳しい徒弟生活を送らねばならない。

ニュルンベルクでは、親方になるためには職の技量だけではなく、歌の実力も重要視するというユニークな選抜法が採られるようになった。歌の道を習得したものは一般人よりも高い教養を持つとされていたので、歌がうまいこととイコール人の上に立つ親方にとってふさわしい教養を持つ、という意味があった。

そのうち、歌手を生業《なりわい》とする人の間でも組合制度がしかれるようになった。しかし、その親方

（マイスタージンガー）の多くはマンネリズムに陥ってしまう。十六世紀のこうした時期に登場したのが、『ニュルンベルクのマイスタージンガー』の主人公であるハンス・ザックスである。彼は時事問題から神話に至るまで広汎な題材を用いて、当時のマイスタージンガーの世界に新風を起こした。

あらすじ

〈第一幕〉

舞台は十七世紀なかばごろのニュルンベルク。聖ヨハネ祭の前日の午後、教会でエーファと若い騎士ヴァルターが出会う。二人はひと目で恋に落ちてしまう。しかしエーファは、明日の歌合戦で優勝した者との結婚を定められていた。ヴァルターはそれを聞き、歌合戦で優勝することを決意する。そこへエーファの乳母マグダレーネの恋人で、ザックスの徒弟ダーヴィットがやって来て、歌の資格試験の準備を始める。ダーヴィットの勧めもあり、ヴァルターは資格試験を受けてみることにする。

マイスタージンガーたちが入ってきて、ヴァルターの試験が始まる。親方のひとり、ベックメッサーは恋敵の登場にいい顔をしない。彼は記録係となり、ヴァルターの歌を採点することになる。ヴァルターはみごとに歌いあげるが、失格となってしまう。ハンス・ザックスのみが彼を支持するが、結局受け入れられず、一同は出て行く。

〈第二幕〉

マグダレーネは、ヴァルターの試験が失敗したことを聞きがっかりする。そこに、父ポーグナーと共に帰ってくるエーファ。彼女はザックスに相談に行くことにする。夕闇迫るころザックスが現れ、今日のヴァルターの歌がいかに自分に衝撃を与えたかをふりかえって考える。そこにエーファが現れ、試験について尋ねようとするが、ザックスは話をそらす。エーファがあきらめて家へ帰ると、ヴァルターが訪ねてきて駆け落ちを持ちかける。そこへベックメッサーが通りかかったので、エーファはマグダレーネと服を交換し隠れる。ベックメッサーは、エーファの部屋の窓に向かって恋歌を歌うが、ザックスが靴底を叩き邪魔をする。その騒ぎにダーヴィットがやってきて、ベックメッサーがマグダレーネにちょっかいをかけたと誤解したため乱闘になる。大騒ぎの末、人々は去っていく。

〈第三幕〉

ヨハネ祭当日の朝。ザックスのもとに、「すばらしい夢を見た」とヴァルターが言いにくる。それを歌わせ、書きとめるザックス。ヴァルターが去った後、ベックメッサーがやってきて先刻の歌に気づく。ザックスはそれをベックメッサーに進呈する。ヴァルターの詩と知らず彼は大喜びで受け取る。

場面は変わって、歌合戦の会場となる。ベックメッサーがまず歌い始めるが、先ほどの歌の歌詞を暗記していないため間違いを連発する。ザックスは本当の作者であるヴァルターを紹介し、ベッ

クメッサーはすごすごと退場する。ヴァルターは人々の感動を呼ぶ歌を歌い、みごと優勝する。人々がザックスとヴァルターを称える大合唱のうちに幕が下りる。

三時間半ものオペラの内容を簡単に説明するのは難しいが、おおまかなあらすじはわかっていただけたと思う。恋の鞘当て、陰謀、停滞する芸術への批判、そして新しい芸術の予感……と、実に盛りだくさんな内容の作品である。

あらすじに触れたこの時点で、このオペラと『白鳥の歌』の登場人物との類似に気づかれた方も多いのではないだろうか。実力はあっても性格が最悪のベックメッサーはすなわち、ショートハウス。エーファがエリザベスで、ヴァルターがアダムだ。しかし、クリスピンが配役に加えたひねりがある。『白鳥の歌』の劇中の配役ではヴァルターがアダムで、エーファがジョウン、ザックスがショートハウス。まったく性格が正反対の役にショートハウスを割り振ることで、より芸術家らしからぬ面が強調されている。ジョウンにしても、男たちの意に従うしかない籠の鳥のようなエーファ役にはそぐわない気がする。まあしかし、クリスピンの配役についてあれこれ考えるのも、楽しみのひとつではある。

配役に難癖をつけたら、次は事件と『ニュルンベルクのマイスタージンガー』との関係に目をやってみよう。なんらかの意図があってこのような配置にしたのでは——と思えるほど、興味深いことがある。

まずはじめに、前奏曲と第一幕第一場、ヴァルターとエーファの出会いにあたると思われる部分

がある。本書の序章といえる、アダムとエリザベスの恋を描いた部分である。そして、恋敵（ベックメッサー）の登場──これが、ショートハウスに関する記述が始まる部分がオペラ的で、物語の始まりを高らかに予告するすばらしい「前奏曲」となっている。

前奏曲の後には本編が始まるが、そのリハーサルと事件も深く関わっている。

たとえば──第二幕のリハーサル最中に、ショートハウスは指揮者に文句をつけ始めて、皆の反感を買う。第三幕に入るといよいよ文句は多くなり、指揮者は激怒しリハーサルを打ち切ってしまう。

第二幕から第三幕にかけては、ヴァルターに対して理解ある態度をとるザックスに観客の好意が増していくはずだが、ショートハウスに対してはまったく逆で降下の一途。この対照ぶりが面白く、しかも意味深でいい。

また、別の日に行われた第三幕のリハーサルの際にもう一件殺人が起こる。ヴァルターが優勝し芸術に新しい風を吹き込んだという感動的な場面なのに、歌劇場の屋上ではさびしく死体が転がっているのだ。こちらは残酷さすら感じさせる対照である。

リハーサルが済むといよいよ公演の初日になるが、ここでもクリスピンはやってくれた。前奏曲の最中に（しかも最後から二番目の和音のところで！）歌手を劇場に駆け込ませるなどは序の口。オペラが最高潮に盛り上がる第三幕最終場では、ヴァルターの「優勝の歌」に銃声の伴奏をつけてしまう。これがまた、「狙いすぎ！」と言いたくなるくらいばっちりきまっているのだ。ほかにも、オペラの台詞の巧みな引用オペラの派手な盛り上がりを実に効果的に利用している。

など、読みどころはたくさんあるのだが、いちいち取り上げるときりがない。

クリスピンが駆使する小技の数々を発見するには、解説書片手に、『ニュルンベルクのマイスタージンガー』のCDを聴きながら本書を読むことをお薦めする。

五　残された謎が……

『白鳥の歌』を読み終えて、タイトルの「白鳥の歌」とは何だったのか?と少し考えてしまった。

瀕死の白鳥は一際美しい声で鳴く、ということから——「作家の一番最後の作品」という意味で使われることが多い言葉である。しかし本書はクリスピンの四作目で、まだ二十六歳のときに発表されたもの。彼の「白鳥の歌」となるべき作品は、死の前年の一九七七年に二十六年間の沈黙を破って発表されたThe Glimpses of the Moonだろう。ということは……ショートハウスが、殺された晩のリハーサルで聴かせた美声のことを指しているのだろうか? 充分納得できるが、深読みをしてみると——クリスピンはこの作品を最後にミステリを書くのをやめるつもりだったのでは、とも考えられる。『愛は血を流して横たわる』といい、『お楽しみの埋葬』といい、クリスピンは意味深な引用のタイトルをつけることが多いので、その真意をさぐるのもまた一興である。

『白鳥の歌』では、オペラの幸福な結末に沿うようにして何組かのカップルが誕生し、ある者には幸福がもたらされる。歓喜の歌が流れるなか閉幕するのにふさわしい結末になっており、クリスピ

ンはオペラの祝祭性をみごとに再現してみせたといえよう。
そう考えると、『白鳥の歌』においては殺人事件こそが祝祭であり、フェン教授は推理を朗々と歌いあげる歌い手で、読者が観客ではなかったか。最後に——その観客の一人として、クリスピンにあらためて拍手を贈り閉幕としたい。

参考文献

『作曲家別　名曲解説ライブラリー②　ワーグナー』、音楽之友社
『名作オペラブックス23　ワーグナー　ニュルンベルクのマイスタージンガー』、音楽之友社
『オペラへの招待』、黒田恭一著、暮らしの手帖社

＊

作品リスト

＊全長篇にジャーヴァス・フェンが登場する。

［長編］

1　The Case of the Gilded Fly［米題 Obsequies at Oxford］（1944）『金蠅』加納秀夫訳、ハヤカワ・ミステリ

2　Holy Disorders（1945）

3 The Moving Toyshop（1946）『消えた玩具屋』大久保康雄訳、ハヤカワ・ミステリ／ハヤカワ・ミステリ文庫

4 Swan Song［米題：Dead and Dumb］（1947）『白鳥の歌』本書

5 Love Lies Bleeding（1948）『愛は血を流して横たわる』滝口達也訳、国書刊行会

6 Buried for Pleasure（1948）『お楽しみの埋葬』深井淳訳、ハヤカワ・ミステリ／ハヤカワ・ミステリ文庫

7 Frequent Hearses［米題 Sudden Vengeance］（1950）

8 The Long Divorce［米改題 A Noose for Her］（1951）

9 The Glimpses of the Moon（1977）

［短編集］

10 Beware of the Trains（1953）

11 Fen Country（1979）

世界探偵小説全集29
白鳥《はくちょう》の歌《うた》
二〇〇〇年五月二〇日初版第一刷発行
著者——エドマンド・クリスピン
訳者——滝口達也
発行者——佐藤今朝夫
発行所——株式会社国書刊行会
東京都板橋区志村一—一三—一五　電話〇三—五九七〇—七四二一
印刷所——株式会社キャップス＋株式会社エーヴィスシステムズ
製本所——大口製本印刷株式会社
装丁——坂川事務所
装画——影山徹
編集——藤原編集室
ISBN——4-336-04159-8
●—落丁・乱丁本はおとりかえします

訳者紹介
滝口達也（たきぐちたつや）
一九五九年兵庫県生まれ。慶應義塾大学文学部卒業。専攻英文学。主な訳書に、クリスピン「愛は血を流して横たわる」、イネス「ハムレット復讐せよ」（国書刊行会）などがある。

世界探偵小説全集

*31. ジャンピング・ジェニイ　アントニイ・バークリー
32. 自殺じゃない！　シリル・ヘアー
*33. 弁護士、絶体絶命　C・W・グラフトン
*34. 警察官よ、汝を守れ！　ヘンリー・ウエイド
35. 国会議事堂の死体　スタンリー・ハイランド

ミステリーの本棚

* 1. 四人の申し分なき重罪人　G・K・チェスタトン
* 2. トレント乗り出す　E・C・ベントリー
* 3. 箱ちがい　R・L・スティーヴンスン&L・オズボーン
* 4. 銀の仮面　ヒュー・ウォルポール
* 5. 怪盗ゴダールの冒険　F・I・アンダースン
* 6. 悪党どものお楽しみ　パーシヴァル・ワイルド

＊＝未刊・タイトルは仮題です

世界探偵小説全集

16. ハムレット復讐せよ　マイクル・イネス
17. ランプリイ家の殺人　ナイオ・マーシュ
18. ジョン・ブラウンの死体　E・C・R・ロラック
19. 甘い毒　ルーパート・ペニー
20. 薪小屋の秘密　アントニイ・ギルバート
21. 空のオベリスト　C・デイリー・キング
22. チベットから来た男　クライド・B・クレイスン
23. おしゃべり雀の殺人　ダーウィン・L・ティーレット
24. 赤い右手　ジョン・タウンズリー・ロジャーズ
25. 悪魔を呼び起こせ　デレック・スミス
26. 九人と死で十人だ　カーター・ディクスン
*27. サイロの死体　ロナルド・A・ノックス
*28. ソルトマーシュの殺人　グラディス・ミッチェル
29. 白鳥の歌　エドマンド・クリスピン
*30. 救いの死　ミルワード・ケネディ

＊＝未刊・タイトルは仮題です

世界探偵小説全集

JN267838